A TORRE ACIMA DO VÉU

A TORRE ACIMA DO VÉU

ROBERTA SPINDLER

Rio de Janeiro, 2023

Copyright © 2023 por Roberta Spindler
Todos os direitos desta publicação são reservados
à Casa dos Livros Editora LTDA.

Nenhuma parte desta obra pode ser apropriada e estocada em sistema de banco de dados ou processo similar, em qualquer forma ou meio, seja eletrônico, de fotocópia, gravação etc., sem a permissão dos detentores do copyright.

Coordenadora editorial: Diana Szylit
Assistente editorial: Camila Gonçalves
Copidesque: Mel Ribeiro
Revisão: Daniela Georgeto
Projeto gráfico de capa e ilustrações: Joana Fraga
Diagramação de capa: Eduardo Okuno
Projeto gráfico de miolo e diagramação: LeTrastevere

Dados Internacionais de Catalogação na Publicação (CIP)
Angélica Ilacqua CRB-8/7057

S739t
    Spindler, Roberta
        A torre acima do véu / Roberta Spindler. — Rio de Janeiro: HarperCollins, 2023.
        384 p.

        ISBN 978-65-6005-018-1

        1. Ficção brasileira 2. Distopia I. Título.

23-2065   CDD B869.3
                                                                                CDU 82-3(81)

Publisher: Samuel Coto
Editora Executiva: Alice Mello

Rua da Quitanda, 86, sala 218 — Centro
Rio de Janeiro, RJ — CEP 20091-005
Tel.: (21) 3175-1030

www.harpercollins.com.br

Para Paula e Davi

PRÓLOGO

A cidade uivava. Os gritos de desespero ecoavam pela névoa cinzenta que engolia os prédios, as ruas e os carros. O homem corria aos tropeções, tentando encontrar o caminho que o levaria ao megaedifício que ainda recolhia refugiados. Vinte e quatro horas haviam se passado desde que aquela fumaça dos infernos tomara conta da megacidade Rio-Aires. Vinte e quatro horas e o mundo ordenado e seguro que ele conhecia transformou-se em caos.

Enquanto as transmissões insistiam que a população mantivesse a calma, o exato oposto aconteceu. Saques, brigas, o terror nublando o julgamento. Boatos de que a névoa havia tomado o mundo todo, de que as pessoas estavam sufocando com o gás cinzento que encobria o céu.

O homem não se sentia sufocado, não ainda, mas um ardume estranho começou a se alastrar por seu peito, como se a pele queimasse. Os olhos também lagrimavam sem parar, e ele já não sabia dizer se aquilo era efeito da fumaça ou do medo.

Se o ar estivesse mesmo envenenado, sua única esperança seria chegar aos andares mais altos de algum megaedifício ou arranha-céu, onde diziam que a névoa não alcançava. Sozinho, ele tentava evitar a confusão de pessoas que tomavam as ruas. Muitas saíram com o mesmo pensamento: encontrar uma forma de subir. Outras só queriam gritar por ajuda. Ele viu mulheres chorando copiosamente, famílias de mãos dadas sem saber o que fazer, crianças perdidas chamarem pelos pais. Não parou para ajudar nenhum deles.

Ao dobrar uma esquina, encontrou um amontoado de gente em frente ao megaedifício onde pretendia entrar. As portas de vidro estavam fechadas, protegidas por cinco seguranças com armas em riste. Quando alguém tentava furar o bloqueio, levava empurrões, coronhadas e ameaças de tiro. Por enquanto, a intimidação funcionava, mas a cada instante mais pessoas se juntavam à turba querendo subir.

O homem se espremeu entre a massa, tentando chegar o mais próximo possível dos seguranças. O cheiro azedo de suor chegou às narinas e revirou o estômago. Ele empurrou e até trocou alguns socos para chegar à primeira fila. Estava com o lábio inferior partido quando se deparou com o cano da pistola apontado diretamente para sua cabeça.

— Fique quietinho aí, *compañero* — o segurança ameaçou. — Nem mais um passo, ou leva bala.

O homem engoliu em seco, mas não recuou, ficar em meio à névoa não era uma opção. Se em um único dia a situação já se encontrava daquele jeito, com pessoas saindo às ruas e pregando o fim do mundo, a tendência era só piorar. Além disso, os boatos dos efeitos da névoa o assustavam demais. Seu apartamento ficava em um prédio mais baixo, em uma construção antiga que foi engolida pela neblina; ele não queria ficar ali e acabar morrendo envenenado, tinha que subir, sair daquelas brumas cinzentas de qualquer jeito. Cerrou os punhos pronto para um inevitável embate.

— Você não pode nos deixar aqui fora! — gritou. — Por favor, tem gente sufocando com a névoa. É perigoso.

— Ninguém sufocou! As transmissões não falaram nada disso, pare de contar mentiras! — o segurança atalhou depressa, trocando olhares nervosos com seus companheiros. Nenhum deles usava máscaras de gás. Se a névoa fizesse mal à saúde, estavam tão condenados quanto as pessoas que intimidavam. — Este ME é propriedade particular, nenhum de vocês está autorizado a entrar.

Uma chuva de insultos se abateu sobre os seguranças. As pessoas atrás começaram a empurrar as que estavam na frente, causando um alvoroço sem tamanho. O homem acabou caindo de joelhos e quase foi esmagado pelos outros dois que estavam grudados às suas costas. A intenção da multidão era forçar a entrada, não havia dúvidas, mas os tiros ensurdecedores acabaram cessando o ímpeto de resistência. Apontado para cima, o cano da pistola fumegava.

— Fiquem quietos! Vão para suas casas! — O rosto do segurança ficou vermelho com a força de seus gritos.

As pessoas passaram a recuar. Alguns começaram a murmurar sobre quantos tiros poderiam ser disparados antes que todos os seguranças fossem derrubados, planos de ataque se espalharam. O homem sentiu que uma nova agressão não demoraria a acontecer. O suor que lhe escorria pela testa dificultava ainda mais sua visão já prejudicada. Começou a ver rastros e passou a piscar de maneira frenética buscando foco. Cada inspiração era um sofrimento, parecia que trazia ar fervente para dentro dos pulmões. O ardume estava se tornando insuportável. Levou a mão ao peito, agarrando a camisa molhada.

— Ei! Ele está passando mal! — Um gritinho próximo o deixou apavorado. Ergueu a cabeça pronto para inventar qualquer desculpa, mas percebeu que não era ele o alvo das atenções.

O segurança que havia disparado os tiros encontrava-se curvado para a frente, a boca aberta em um ataque de tosse tão forte que o fez vomitar. Seus companheiros tentavam ajudá-lo, mas o surto parecia piorar. As tosses secas deram lugar a tremores no corpo todo. Em questão de segundos, ele estava caído no chão, convulsionando. Um gemido gutural saiu de sua garganta em meio a uma respiração cada vez mais entrecortada. Por fim, parou de se mover por completo. Um fio de baba escorria, os olhos arregalados fitavam o nada. A pistola que antes segurava com tanto afinco agora estava esquecida ao seu lado sobre a poça de vômito.

— Morto... — disse um dos colegas com a voz trêmula ao tomar sua pulsação.

Aquela palavra tão simples foi como faísca sobre gasolina. As pessoas se agitaram, o desespero falava mais alto que a ameaça de levar um tiro. Os empurrões recomeçaram e, desta vez, os quatro seguranças restantes não resistiram o suficiente. Homens os dominaram acertando-lhes socos e os desarmando. Enquanto isso, pedras, pedaços de ferro e até mesmo punhos nus atingiam as portas do megaedifício.

Quando o vidro quebrou e caiu no chão em uma chuva de cacos, a multidão começou a correr ensandecida, empurrando os mais lentos para o lado e pisoteando quem estivesse no caminho. Enquanto corria, o homem percebeu que mais e mais pessoas caíam de lado, tomadas pelas mesmas convulsões que mataram o segurança. Os sons de passos logo foram encobertos pelos gritos que antecediam a morte. Aquilo só aumentou seu ímpeto de chegar aos elevadores. Precisava sair daquela névoa. Já!

— *Dios mío. Dios mío. Dios mío* — ele repetia sem parar, saltando por corpos, vendo gente se contorcer ao seu lado como se tivesse levado um choque inesperado. Só podia rezar para que sua hora não chegasse ainda. Estava tão perto. Tão perto.

Foi o único a alcançar os elevadores com vida. Depois de tantos gritos, um silêncio sepulcral tomava o ambiente nevoento. A névoa era menos intensa no interior do ME, mas mesmo assim avançava, faminta. Apressado, ele colou o dedo indicador no cristal condutor que chamaria os ascensores, acendendo uma luz amarelada como sinal de que eles estavam a caminho. Batia o pé contra o chão liso contando os segundos que se passavam. A visão só fez piorar, agora tomada por um borrão que escondia as formas mais distantes. Nervoso, o homem passou as mãos pelos cabelos molhados. Ficou chocado quando percebeu que tufos volumosos se soltaram de sua cabeça com aquele simples movimento. Repetiu o gesto algumas vezes, até que a parte lateral ficasse completamente careca.

— Anda! — Soltou um gemido desconsolado e voltou a apertar o botão do display, dando socos nas portas metálicas que o separavam de sua pretensa salvação. No indicador visual, observou que um dos elevadores se encontrava no centésimo andar. Faltava pouco.

Entretanto, aqueles minutos restantes eram muito tempo para o pobre homem. Pontadas intensas atingiram seu coração, fazendo-o se curvar para a frente e cair de joelhos. Apertou os olhos com força, sentindo como se garras afiadas estivessem tentando rasgar o seu peito de dentro para fora. Um grito escapou. Estava perdido, sem chances de fugir da névoa. A dor foi tamanha que vomitou. Quando abriu as pálpebras outra vez, viu o que restou do seu café da manhã misturado a uma gosma esverdeada bastante nojenta. Aquele cenário fez seu estômago dar um nó. Se ainda tivesse algo a expelir, com certeza o teria feito naquele momento.

Apoiou as mãos no chão tentando encontrar forças para se levantar. Foi aí que viu que suas veias tinham triplicado de tamanho, parecendo caminhos inchados e nodosos. Elas se espalhavam por toda a extensão de seus braços emitindo uma fraca luz azulada.

Ele agarrou a camisa e a abriu com um único puxão. O ar lhe faltou quando viu o mesmo caminho venoso por seu tórax e abdome. Seu corpo estava tomado. A dor piorou e a queimação no peito se espalhou com velocidade impressionante. Era como se chamas o cobrissem por completo. Caiu de lado, incapaz de vencer aquela transformação. Os olhos arregalados foram perdendo a cor, tornando-se opacos. Seus lamentos diminuíram de volume até se calarem para sempre.

Quando o apito do elevador ecoou no saguão e as portas metálicas se abriram, revelando um interior repleto de cadáveres, não havia mais ninguém que se interessasse em entrar.

TRANSMISSÃO 23.789

Ano 53 depois do véu.
Você ouve agora Emir Fayad, direto da Torre.

Esta é a história do final dos tempos, o apocalipse da humanidade. Não deixe que seja esquecida.

    Tudo acabou quando uma densa e venenosa névoa cobriu nossa superfície. As primeiras ocorrências se concentraram nas áreas mais populosas do globo, mostrando-se devastadoras. Em vinte e quatro horas, metade da população da megacidade Rio-Aires, pertencente ao bloco ULAN, a União Latina, foi dizimada diante do misterioso gás.

    Ninguém se preparara para uma tragédia daquela magnitude. Acusações foram bradadas de todos os lados, tratados de paz, desfeitos, grupos terroristas, apontados, mas o fato é que ninguém sabia explicar como aquela névoa havia surgido. O conselho gestor da UE, a União Europeia, depois de mais de 500 milhões de mortos em sua megacidade Londres-Ankara, declarou que o risco de extinção dos seres humanos era uma realidade.

    O desespero se espalhou pelos quatro cantos do planeta e uma fuga em massa para regiões mais altas se iniciou. Aqueles que não tinham condições de fugir para as montanhas se refugiaram nos megaedifícios e arranha-céus das megalópoles. As imponentes construções com mais de trezentos andares salvaram mais vidas do que qualquer ação por parte dos blocos políticos.

    Meses se passaram e a névoa continuou extensa, ganhando tanta densidade que chegou a encobrir o céu. O início da era das trevas. Os dias ficaram mais frios, a comida escasseou e as pessoas viram suas esperanças se desfazerem. O número de suicídios aumentou exponencialmente naqueles tempos sombrios. Então, depois de muitas reuniões de cúpula, os quatro blocos que ainda tinham o mínimo de *organização, UE, ULAN, ASIAN e UNA, ou a União Norte-Americana, decidiram enviar suas últimas equipes para o chão. Seria a derradeira tentativa de compreender aquele pesadelo.*

O primeiro grupo a descer foi o da UNA, na megacidade Seattle-Monterrey. As poucas emissoras que ainda estavam no ar se dedicaram a transmitir o dia a dia da missão denominada Drayton. A população assistiu com olhos atentos ao que ocorria na escuridão. Foi neste momento que os primeiros casos de mutações apareceram.

Com inegável surpresa, a missão Drayton encontrou vida dentro da névoa. O primeiro contato aconteceu ao acaso, quando um pesquisador ajustava alguns equipamentos de análise do ar. A microcâmera que filmava a delicada operação captou um movimento em meio a alguns escombros e carros revirados. Todos, tanto no chão como no topo, viram três figuras sombrias aparecerem. Eram homens de carne, osso e algo mais... algo inegavelmente não humano. Sem pelos ou cabelos, pareciam fantasmas. Veias grossas e inchadas tomavam as partes descobertas de seus corpos.

Depois de instantes de tensão, atacaram o grupo. Tudo se passou muito rápido. Os membros da missão Drayton pereceram, selando o fim da civilização antiga.

Com o desastre da missão, os outros blocos desistiram de mandar suas equipes para a morte certa. Os anos se passaram e o número de sobreviventes diminuiu. Diversas foram as causas — doenças, fome, efeitos colaterais causados pela névoa —, mas a principal foi o ataque constante das criaturas que vivem dentro do véu. Os Sombras, que atacavam sem aviso e levavam grandes grupos para o submundo. Para fazer o quê, até hoje ninguém sabe.

A névoa despertou os piores instintos humanos e viramos um povo ainda mais mesquinho e sem esperança. Os blocos que no passado pregaram ser a solução para o nosso futuro desfizeram-se sem a mínima menção de resistência, como os fracos que realmente eram.

O caos em que vivíamos nos levaria ao fim, era inegável. Estaríamos condenados a esperar pelo dia em que os Sombras nos sequestrariam para os escombros de nossa antiga sociedade.

Porém, tudo mudou com a ascensão da Torre.

Liderados por meu pai, o grande Faysal, os Resistentes da Irmandade conquistaram respeito. Decididos a lutar contra a realidade sombria, começaram como recolhedores, salvando equipamentos, roupas e armas. Tudo o que podiam encontrar da velha vida nos ajudou a recomeçar. Refugiaram-se nos destroços de uma pequena parte de Rio-Aires, organizaram os quatro setores como os conhecemos hoje e treinaram a população. Com coragem e grandeza, mostraram que não precisávamos nos esconder como ratos, que podíamos nos defender dos ataques dos Sombras.

Foi assim que a Nova Superfície começou. Graças à Torre, temos uma sociedade organizada, os sequestros no nosso território diminuíram consideravelmente e, mesmo com todas as dificuldades, resistimos. Os megaedifícios são nossas fortalezas, os arranha-céus, nossos postos de observação; prevaleceremos enquanto continuarmos unidos sob a liderança insubstituível que nos devolveu a esperança. A criação de meu pai Faysal Fayad foi imprescindível. Salvou todos nós!

Lembrem-se sempre do que a Torre fez por vocês, pensem no que éramos sem ela e no que poderíamos ter nos transformado. A Torre é grande e forte, salvadora da humanidade! Oferecemos comida e proteção, recolhemos tesouros do passado quando ninguém mais tem coragem de se aventurar na névoa. A dívida que têm conosco é eterna e incalculável. Por isso, obedeçam às nossas instruções, sejam cidadãos ordeiros. Vocês não querem perder o único refúgio que resta, querem? Se um dia se encontrarem com um Sombra, não banquem os heróis. Fujam imediatamente. Não tentem mergulhos despreparados, deixem a exploração do velho mundo para a Torre, que conta com a experiência e os equipamentos necessários. Sabemos o que é melhor para vocês, sabemos o que fazer para mantê-los vivos. Obedeçam e continuem sob nossa proteção. Somos poucos e precisamos nos manter unidos se quisermos continuar existindo. Vida longa à Torre! Vida longa aos homens da Nova Superfície!

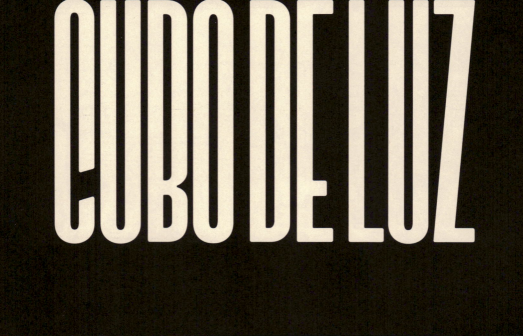

O barulho de estática ficou mais alto, indicando que a transmissão havia terminado. Com um muxoxo inconformado, a jovem de cabelos castanhos mudou a frequência de seu comunicador sem fio. A pele marrom-clara brilhava sob a luz forte do sol, com algumas gotas de suor começando a brotar dos poros e a grudar a camisa preta de mangas compridas ao corpo esguio.

— Essas histórias são tão deprimentes — ela disse através do microfone preso na gola, um ponto preto mínimo que mal podia ser percebido.

— Então por que você continua ouvindo? — foi a resposta que veio do outro lado da linha. — A voz do Emir nem é tão bonita assim...

— Cala a boca, Edu! — Houve uma pausa na transmissão e o som forte do vento tomou seus ouvidos. — Estou chegando perto, chame *el viejo*.

Ela ajeitou os óculos escuros extremamente leves no rosto magro, fitando o céu azul. Se forçasse a vista, poderia ver os balões alimentados por placas solares que possibilitavam as conversas por rádio e o uso da rede, resquícios de tecnologia que a Torre conseguiu resgatar. Olhou outra vez para baixo. Os mais de mil metros de altura não a assustavam, muito menos o vento forte que ameaçava desequilibrá-la. De pé sobre a amurada de um arranha-céu com duzentos e cinquenta andares, apenas esperava o momento certo para saltar.

— Lion na escuta. Prossiga.

Ao ouvir aquela voz truculenta, ela sorriu de maneira divertida. Quando estavam em uma missão, seu pai era só negócios.

— Cheguei ao local das coordenadas. Alguns metros acima, claro. Posso perguntar de novo por que acreditamos nessa informação do Rato?

Do outro lado da linha, Lion suspirou irritado. Aquela conversa já se repetira pelo menos umas quatro vezes.

— Desta vez parece que a coisa é quente, *hija*. Deixe de implicância.

"Implicância?" Ela se empertigou e quase perdeu o equilíbrio com uma lufada de ar mais forte. Sentiu vontade de gritar que ninguém em sã consciência confiaria no Rato, mas resolveu não reviver a discussão de horas atrás. Já que perdera tempo para chegar até ali, por que não verificar de uma vez se o que o informante dizia era mesmo verdade?

— Está bem, está bem. Você venceu, *viejo* — falou, assumindo um tom sério, agora a missão era pra valer. — Peço permissão para agir.

O som do vento tomou seus ouvidos novamente enquanto seu pai ponderava sobre o que deveria responder.

— Permissão concedida. Tenha cuidado, Beca.

Sem pensar duas vezes, ela saltou rumo à escuridão. Girou no ar e abriu os braços enquanto sentia o vento no rosto. Adorava a adrenalina e a sensação da gravidade agindo sobre seu corpo. As janelas ao seu lado passavam depressa, sem dar chance para que verificasse se alguém ainda morava naquele prédio semidestruído. Estava fora da Zona da Torre, dos quatro setores da Nova Superfície defendidos com afinco pelos soldados, por isso não podia perder tempo com explorações sem objetivo: mesmo acima da névoa, ali os perigos, longe das armas da Torre, eram vários. Quanto mais cedo voltasse para a segurança do seu setor, melhor. Depois de cair mais alguns metros, girou o corpo outra vez, de forma a ficar de pé em pleno ar, e desprendeu sua *grappling gun* do cinto. Era uma pistola escura de material leve que tinha acoplado, na boca do cano, um gancho metálico. Avistou uma grossa viga de ferro e a identificou como o marco das fotos de reconhecimento feitas por seu irmão, Edu. Alguns andares abaixo encontrava-se a entrada que deveria usar.

Sem muita dificuldade, fez mira e atirou o gancho de aço. Desde que suas habilidades se manifestaram, aquilo era o que fazia para viver. Não temia errar o tiro e cair dentro da névoa, pois sabia que era boa demais para cometer tal tolice.

O gancho se prendeu no metal como as garras de um predador que se fecham sobre a presa. A corda de escalada deixou a arma com um chiado baixo, e Beca permitiu que ganhasse uns bons metros antes de travá-la. Quando sentiu o empuxo, aproveitou a velocidade para fazer uma curva angulada e entrar de forma certeira na janela marcada. Aterrissou e seus sapatos esmigalharam diversos cacos de vidro espalhados pelo chão. Diante da escuridão do lugar, as lentes dos óculos mudaram de cor, tornando-se esverdeadas. Ela sorriu satisfeita: aquele equipamento tinha custado muitas entregas de produtos, mas valera o esforço. A Torre controlava com mão de ferro quase todos os recursos de alto nível, por isso conseguir no mercado paralelo lentes que forneciam visão de infravermelho, visão noturna e *zoom* era um grande golpe de sorte.

— Estou dentro — sussurrou pelo comunicador. Não sabia qual era a distância até sua mercadoria, mas preferia evitar encontros desnecessários. Mesmo fora do limiar da névoa, Sombras podiam estar espreitando.

— A escada de incêndio fica no corredor à direita — disse Lion. — Vá até lá e desça cinco andares.

Beca se levantou e tirou a poeira das vestes. Olhou ao redor, analisando a sala. Não sobrou muita coisa além de vidro e móveis quebrados, mas dava para perceber que um dia aquele lugar fora um local de trabalho. Divisórias estraçalhadas se espalhavam pelo chão ao lado de folhas rachadas de papel eletrônico, que consistiam em finos e dobráveis displays de cristal. Tudo o que era de valor ou que ainda podia ser aproveitado já tinha sido recolhido e agora a sala não passava de mais um depósito de entulhos. Se mesmo dentro da zona de proteção da Torre já era difícil encontrar locais bem preservados, ali fora, no território de ninguém, a destruição e o abandono pareciam ainda piores.

— Este lugar precisa de uma faxina urgente.

Ao passar por uma abertura na parede, avistou um longo e escuro corredor. Agradeceu mais uma vez pelos preciosos óculos e tomou a direita. Melhor ainda seria ter um traje antinévoa para o caso de cair no véu, mas aquilo era item exclusivo dos mergulhadores da Torre. Enquanto se aproximava da saída de incêndio, observou outras salas no mesmo estado precário da que havia deixado.

— Eu não quero parecer chata, mas este lugar nem tem mesas inteiras. Como vou encontrar um cubo de luz intacto por aqui?

— Você não parece chata, Beca. Você *é* chata! — ouviu Edu dizer.

— Você fala isso porque não está aqui, *hermano*, respirando esse agradável cheiro de mofo. Cadê o Lion?

— Estou aqui. O Edu vai partir para o ponto de saída e preparar as cordas de extração. Agora estamos os três na linha.

— Que ótimo! — O sarcasmo tomou sua voz. — Adoro quando o Edu participa pelo comunicador. É tão agradá...

Assim que abriu a porta que dava para a escada de incêndio, um forte cheiro de decomposição tomou suas narinas. Sentindo o estômago embrulhar, levou as mãos à boca e prendeu a respiração. É, talvez o Rato tivesse razão quanto àquele lugar ser quente.

— Beca! O que houve? Beca!

Ela fechou os olhos e se concentrou para recuperar a compostura, os gritos preocupados de Lion chegavam a causar pontadas nos ouvidos. Contou até dez e voltou a fitar o corredor repleto de corpos dilacerados.

— Eu acho que estou chegando perto — disse baixinho. — Tem um monte de gente morta aqui.

Com cuidado para não pisar em nada, começou a descer a escadaria. Sangue seco manchava os degraus e as paredes, o cheiro parecia piorar a cada andar percorrido e mais corpos apareceram. Ela se perguntou quem eram aquelas pessoas. Seriam moradores pegos de surpresa num ataque sombrio? Era comum aqueles que não contavam com a proteção da Torre viverem em prédios mais baixos e abandonados, correndo riscos e quase sem condições de se defender dos Sombras. Ou seriam sequestrados? Ela ouvira dizer que um grupo de quinze pessoas do Setor 4 havia sumido sem deixar rastros fazia cinco dias ao sair para procurar roupas em prédios próximos, mas fora da zona protegida. A área em que se encontrava agora era relativamente perto daquele local.

— Isso é mau — Lion tinha a voz carregada de tensão. — O cubo deve estar em um dos ninhos.

— Eu devia ter trazido uma máscara... — Ela fez uma careta por causa do terrível fedor.

Depois de descer mais um lance de escadas, Beca alcançou o andar cento e setenta e sete. Nunca chegara tão perto da névoa — mais vinte níveis para baixo e entraria nela —, e já podia sentir um pouco de seus efeitos colaterais: enjoo e dor de cabeça. Apesar do frio, uma fina camada de suor cobria sua pele.

— Eu só espero que não tenham sido *los perros*. Eu odeio *los perros*.

Depois da transmissão que revelou ainda haver vida dentro do véu, não demorou muito para que surgissem outras criaturas além dos Sombras. Os animais mortos pela névoa aparentemente não estavam tão mortos assim. Cobertos por uma aura azulada, cães, gatos, pássaros e até animais selvagens agiam sob o controle dos seres sombrios. Cada um parecia cumprir uma missão diferente: os pássaros eram ótimos espiões e batedores, enquanto os odiosos cachorros caçavam qualquer ser humano que aparecesse pela frente.

— Sinto desapontá-la, Beca, mas, pelo que você nos contou, só podem ser eles.

Com cuidado, ela saiu da escadaria e entrou em mais um corredor não iluminado. Agora que se encontrava em terreno claramente hostil, deveria ser o mais silenciosa possível, e, sabendo muito bem desse fato, Lion tratou de lhe passar mais coordenadas.

— Certo, segundo o Rato, o cubo está nesse andar. Não sabemos onde exatamente, então você vai ter que procurar.

"Como sempre", pensou inconformada. No corredor havia uma fileira de corpos, tantos quanto na escadaria. Ela decidiu seguir a trilha. Reconheceu os uniformes de alguns mortos, pelo menos dois eram mergulhadores, com máscaras avançadas nos rostos e trajes impermeáveis antinévoa. Como só a Torre tinha condições de manter equipamentos daquele nível, a garota logo desconfiou que eram homens de Emir. Presumiu que o mergulho de exploração no solo fora da Zona da Torre acabou de maneira problemática, obrigando-os a subir aos andares emersos para sair do véu. Era por isso que poucos homens tinham coragem de se alistar em tão arriscada profissão. Durante anos, seu pai foi um deles, mas ele também não aguentou a pressão.

Passou por diversos escritórios antigos, adentrando um labirinto de escombros marcado por um rastro interminável de sangue e dejetos. Experiente, ela não cedeu à tentação de procurar equipamentos ou suprimentos. Sua missão era o cubo, e mantinha-se focada nisso, desvios e distrações eram um risco. De repente, viu-se diante de uma sala cuja extremidade dava para um novo cômodo. Com cautela, caminhou naquela direção e finalmente avistou o núcleo do ninho. Ela se agachou e pôde visualizar melhor o que teria de enfrentar: por volta de trinta cães adormecidos, deitados justamente ao redor do púlpito que guardava o cubo. Era um objeto metálico do tamanho de um punho fechado, não emitia nenhum brilho e já havia perdido o polimento com o passar dos anos, mas aparentava estar bem preservado. Parecia ter sido colocado ali de propósito, como uma provocação.

O ambiente fechado, sem circulação de ar, tornava o mau cheiro quase intolerável. Analisou a situação procurando considerar todas as possibilidades de aproximação. Tinha a vantagem de que as feras provavelmente não sentiriam o seu odor em meio a tantos outros fortes que impregnavam o ambiente. Entretanto, pareceu-lhe que sua única opção viável seria caminhar por entre elas numa cega esperança de que tudo terminaria bem. Ao menos podia contar com suas habilidades.

Nem todas as pessoas que sofreram mutações pela névoa se transformaram em monstros: pouquíssimas, nascidas após o véu, demonstraram habilidades extraordinárias. A intensificação de características como agilidade, força e velocidade foi a principal mudança notada, porém houve outras, mais raras e inexplicáveis, como habilidades psíquicas e clarividência. De início, a apreensão foi total. Até onde essas crianças teriam sido alteradas? Chegariam ao ponto dos Sombras? Com o passar dos anos e após observação apurada, chegou-se à conclusão de que as mutações as agraciaram com aptidões muito úteis. Ganharam o nome de "Alterados", cobiçados tanto pela Torre quanto pelas gangues e facções da Nova Superfície.

Para que pudessem entender essas diversas habilidades, os moradores da Nova Superfície sentiram a necessidade de catalogá-las e nomeá-las. Dessa forma, aqueles que tinham força exagerada foram chamados de combatentes, os super-rápidos, de corredores, os clarividentes passaram a ser oráculos e muitos outros títulos surgiram. Beca era uma saltadora. Com agilidade e equilíbrio bem acima da média, ela não encontrava qualquer dificuldade em se dependurar no topo dos prédios e improvisar as mais variadas acrobacias. E, naquele momento, era nessas habilidades que confiaria para vencer mais um obstáculo.

Devagar e sem fazer ruído, iniciou seu perigoso percurso. Os espaços entre os cães eram bem estreitos e ela precisava de todo cuidado para não pisar em uma cauda. A cada avanço bem-sucedido, comemorava em silêncio, contudo, a parte mais perigosa daquela missão ainda viria: ela sabia que as feras acordariam eventualmente, talvez assim que retirasse o cubo do púlpito, e nesse momento ela precisaria contar com muita sorte para sair ilesa.

Com mais alguns passos cautelosos, já estava quase chegando ao seu objetivo e os cães continuavam dormindo. Tudo parecia ir muito bem até que uma fraca ventania tomou conta da sala. Os cachorros se mexeram irrequietos e alguns abriram as longas mandíbulas, bocejando. Beca arregalou os olhos assim que avistou um jovem sorridente se materializar bem ao lado do púlpito. Era um teleportador.

Sem demonstrar preocupação com os diversos cães que acordavam, o jovem apanhou o pequeno cubo metálico e o colocou no bolso. O sorriso em seus lábios se alargou ainda mais quando se deu conta de que a garota o observava. Ele lhe endereçou um aceno de mão malicioso.

Com um forte impulso, Beca saltou em sua direção. Não o reconhecia de lugar algum, mas, pelas roupas e óculos de visão noturna que usava, não era difícil notar que tinha um excelente patrocinador, o que limitava um pouco as opções de empregadores, talvez algum grupo do Setor 3. Para obter respostas, no entanto, ela precisaria agir rapidamente.

Pisando na cabeça de um cão recém-desperto, Beca quase conseguiu segurar o casaco do jovem intruso, porém ele se teleportou para o canto oposto da sala e a deixou cercada pelas feras.

— Beca, o que está acontecendo aí? — a voz de Lion veio abafada pelos latidos e rosnados ameaçadores.

— Temos um concorrente — ela respondeu ofegante enquanto desviava dos dentes afiados. — E ele é um teleportador!

— *Carajo*! Não o deixe fugir! — Lion gritou. — Nós não podemos perder esse cubo de jeito nenhum.

"É mais fácil falar do que fazer", ela pensou, e chutou o focinho de um cão.

Divertindo-se com aquilo, o ladrão continuou parado no canto da sala, mas seu sorriso não demorou a desaparecer quando se deu conta de que a garota conseguira escapar da matilha e agora corria furiosa em sua direção.

Usando toda a rapidez que suas habilidades concediam, ela chegou perto do garoto com cinco longas passadas. Só que perseguir um teleportador era uma competição mais do que desleal, e quando quase agarrou seu pescoço, ele desapareceu com uma lufada de vento, materializando-se no corredor fora do ninho.

— Eu não consigo pegar o maldito! — ela gritou pelo comunicador. — E ele está brincando comigo!

— Beca, ele não pode se teletransportar para muito longe e precisa conhecer o caminho — disse Edu. — Com certeza vai procurar uma janela para ver aonde está indo. Você tem que chegar nele antes disso!

— Como se fosse fácil!

Naquele momento, uma caçada inusitada se iniciou. O ladrão fugia de Beca se teleportando de sala em sala enquanto a garota se preocupava em segui-lo e, ao mesmo tempo, também em fugir da matilha ensandecida que a perseguia.

De repente, ela se deu conta de que ia para uma parte do prédio que não conhecia. Entrou em um cômodo que parecia ser um salão de festas repleto de móveis quebrados. Aproveitou uma mesa e uma cadeira para ganhar impulso e saltar até um dos grandes lustres que ainda restavam presos ao teto. Lá de cima, em meio a poeira e teias de aranha, conseguiu ter uma visão clara da direção que seu oponente seguia.

— Lion, o que vou encontrar depois da saída norte desta sala? — perguntou, já temendo o que ouviria como resposta.

— *Hijo de...* — O forte barulho de alguém socando uma mesa abafou o resto do xingamento. — O teleportador está indo diretamente para uma área de sacadas.

"Certo, eu já esperava por isso", ela tentou manter a calma. Teria apenas uma chance para fazer seu plano dar certo. Olhou para baixo e observou as dezenas de cães que tentavam alcançá-la com saltos perigosos. Respirou fundo e começou a se balançar. Os cabos que seguravam o lustre rangeram e estalaram. Ela precisava do máximo de velocidade, e, quando algumas rachaduras começaram a aparecer no teto, saltou.

Com o impulso, voou em direção ao último lustre da sala, próximo da saída norte e bem em cima do jovem ladrão. O impacto da aterrissagem foi forte, mas o teto enfraquecido aguentou. Ela caiu sobre o garoto com a certeza de que o pegaria, mas só conseguiu encostar nos óculos dele, derrubando-os no chão, antes que ele desaparecesse.

Beca rolou no chão para abrandar a queda e logo se pôs a correr, enfurecida por mais um fracasso. Tão perto das sacadas, não

via outra solução a não ser confiar em sua velocidade. Assim que o jovem derrubou as portas da saída, uma luz forte invadiu a sala e o cegou. Aproveitando que seus óculos a protegiam da claridade, Beca acelerou e pulou sobre as costas dele, finalmente conseguindo segurá-lo. Entretanto, já estavam próximos demais da sacada e o esbarrão só serviu para terminar de desequilibrá-los.

Em meio a socos e pontapés, os dois caíram em direção à névoa. Beca tentava com insistência alcançar o bolso que guardava o cubo, mas o garoto, apesar da pouca idade, não era inexperiente. O vento forte dificultava que ela ouvisse as instruções de seu pai, mas tinha quase certeza de que ele deveria estar gritando os mais variados palavrões. Olhando para baixo, podia ver o extenso paredão cinza que era o véu: mais alguns metros, não haveria volta.

Em um rápido movimento, o jovem conseguiu se livrar das mãos que o agarravam e encolheu as pernas, aplicando um forte chute no peito da garota. O impacto os afastou e, sem o contato, ele poderia se teleportar sem levar a garota consigo.

Beca girou e olhou para baixo, sentindo um incômodo frio no estômago. Estava quase dentro da névoa e contava com poucos segundos para encontrar um bom ponto onde atirar sua corda-gancho. Alguns raios iluminaram a imensa nuvem cinzenta, como se ela estivesse se preparando para receber sua mais nova vítima.

— Beca, aqui em cima!

A voz de seu irmão nunca lhe pareceu tão melódica. Tentando controlar o desespero, retirou sua arma do bolso e olhou para o alto. Avistou um helicóptero compacto com placas solares na fuselagem e rotores móveis. "Vai dar tempo, tem que dar tempo", repetiu o mantra em sua mente ao atirar, enquanto se aproximava mais e mais da morte cinza. Quando o gancho se prendeu nos esquis da aeronave, o empuxo quase deslocou seu ombro. Ela abafou um gemido e ligou a tração, concentrando-se em se manter segura. Aos seus pés, novos raios iluminaram a névoa que se distanciava.

— Você pegou o cubo? — Desta vez, ouvir Edu lhe trouxe dor de cabeça, não alívio.

— Eu estou bem, Edu. *Gracias* — respondeu irônica.

— Pegou ou não?

Sabendo que seu pai ouvia do outro lado, ela não teve coragem de responder, mas o silêncio foi mais esclarecedor do que qualquer palavra.

— *Ay, Dios...* Nós estamos *jodidos* — a fala de seu irmão resumiu a situação.

— Nós, não, o Rato.

BAR FÊNIX

O bar Fênix era um dos lugares mais movimentados da Nova Superfície. Localizado no ME Potosi, no Setor 2 — zona mais desenvolvida e segura depois do Setor 1, onde ficava a Torre —, era conhecido como uma das principais opções de lazer do bloco Carrasco, um conjunto de três megaedifícios e dois arranha-céus interligados por pontes. Lá, as pessoas se reuniam para beber, jogar, procurar trabalho e, principalmente, amenizar suas preocupações. A proprietária se chamava Velma, uma mulher entroncada de pele negra e cabelos volumosos. Não era um espaço muito grande, podendo receber no máximo cinquenta pessoas, mas possuía um bom balcão, um sistema de som avariado que tocava apenas três músicas, mesas e cadeiras que figuravam entre as mais bem preservadas da Nova Superfície e, por fim, uma intacta e completa mesa de sinuca original, não a virtual que todo mundo considerava uma chatice. Com todas as bolas coloridas e os tacos de madeira, era a atração principal do lugar, uma verdadeira relíquia.

Naquela noite, Velma se ocupava em limpar o balcão com um pano encardido. Não tinha muito o que fazer, pois, além de um grupo que jogava com bastante empolgação, o movimento era fraco. Começava a pensar em fechar mais cedo quando um forte estrondo acertou a porta de seu estabelecimento e a filha de Lion, famoso ex-mergulhador que trocou suas aventuras na névoa por uma empresa de entregas, apareceu com fogo nos olhos. Ao vê-la correr até a mesa de bilhar, teve certeza de que seu momento de paz e sossego havia terminado.

— Rato, *canalla desgraciado*! Eu vou matar você! — ela gritou em alto e bom som, fazendo com que os homens parassem de jogar. De maneira displicente, o mais alto largou o taco em cima da mesa e deu um passo à frente.

— *Cariño*, eu juro que aquela mulher era só uma amiga. Por favor, não me mate. Você é a única que eu amo. — Ele abriu os braços e soltou seu melhor sorriso, arrancando risadinhas dos companheiros de jogo. Era magro e de rosto quadrado, a pele branca pouco conhecia o sol. Seu cabelo era levemente ondulado e curto.

Diante daquela cena, Velma apenas suspirou. Aquele era Rato, não havia jeito de mudá-lo. Mulherengo assumido, ele não era um homem feio, mas também estava longe de ser um galã. Sua lábia lhe garantia a fama de conquistador. Em qualquer situação, estava sempre com uma tirada pronta, ainda mais quando o alvo era Beca. O homem tinha um verdadeiro fascínio em aborrecer a filha de Lion — talvez porque ela sempre o menosprezasse.

Como o histórico de conversas civilizadas entre aqueles dois não era muito animador, a dona do bar, sempre precavida, começou a retirar do balcão as garrafas mais preciosas, afinal, as bebidas recolhidas das profundezas da névoa um dia iriam acabar.

— O assunto é sério! — Enraivecida, a garota empurrou o informante contra a parede e sacou sua pistola. — Acho melhor tirar esse sorrisinho idiota do rosto.

— Opa! Opa! Muita calma, *cariñito*. — Ele levantou os braços em sinal de rendição. — Você sabe que eu adoro um jogo duro, mas isso já é demais.

— Você nos traiu. Passou a informação para outros interessados!

Assim que viram a arma, as outras pessoas trataram de se afastar. Rato sentiu o cano frio tocar sua testa, mas permaneceu calmo. Os olhos escuros se estreitaram quando ouviu a acusação de jogo duplo, mas o sorriso se recusou a enfraquecer.

— De onde você tirou essa ideia? — perguntou. — Assim meu pobre coração fica despedaçado de desgosto.

— Eu tirei essa ideia do teleportador *jodido* que roubou minha mercadoria e me deixou para morrer no meio de uma matilha de *perros*! O que acha disso?

Depois da menção aos cães sombrios, o clima no bar ficou ainda mais tenso. Se aquela acusação fosse verdadeira, nem todo o charme do Rato iria livrá-lo da fúria da garota. Ele parecia saber muito bem disso, pois deixou seu sarcasmo de lado.

— Eu nunca trairia o Lion. Ao contrário do que pensam, tenho muito amor a esta minha vida.

— Então me explica o que aconteceu! Quem era o teleportador? Como ele soube da carga? Você garantiu que a informação era exclusiva.

Se fosse possível, Beca apertaria ainda mais a arma contra o informante. Tinha tanta certeza de que ele era culpado que já começava a cogitar um tiro em seu pé para que abrisse logo o bico. Naquele momento, uma mão pesada pousou em seu ombro.

— Calma, *hija* — ouviu seu pai dizer. — Ele não merece o gasto de nossas balas. Pelo menos não ainda.

— É isso mesmo, *cariño*. Escuta *tu padre*. Ele sabe do que fala, ele...

Os braços grossos de Lion afastaram sua filha do informante. Ele era grande e truculento como um urso, entretanto, seus cabelos e barba volumosos e dourados garantiram-lhe a alcunha de Rei das Selvas. No antebraço esquerdo trazia a tatuagem de uma âncora, símbolo do grupo de elite de mergulhadores da Torre que abandonara fazia oito anos. Quando andava, puxava levemente a perna esquerda, mas a sequela não era grave o suficiente para que usasse bengala. Com um movimento brusco, agarrou

Rato pelas vestes e o jogou sobre a mesa de bilhar. As bolas voaram para todos os lados, alguns tacos caíram no chão.

— Escuta, Lion, eu não vendi a informação para mais ninguém. Juro! Vamos tentar resolver essa situação sem violência...

Um forte soco sacudiu a mesa, deixando claro que o ex-mergulhador odiava aquela falação ainda mais que sua filha. O informante se sentiu acuado e levou a mão ao bolso da calça, talvez procurando alguma arma que pudesse livrá-lo daquela situação.

Notando que a intimidação em breve evoluiria para algo pior, Velma decidiu intervir. Retirou sua escopeta de trás do balcão e atirou para o teto. O barulho do gesso explodindo foi suficiente para cessar a briga e atrair todas as atenções para sua pessoa, e, com uma expressão irada, ela apontou o cano fumegante na direção dos arruaceiros.

— É melhor os dois continuarem essa briga fora do meu bar. Se quebrarem minha mesa de sinuca, vou jogar os dois na névoa até acharem uma igual lá embaixo!

Os dois homens se encararam como se estivessem avaliando se a ameaça era mesmo concreta. Por fim, o pai de Beca soltou o informante e a dona do bar baixou a arma, satisfeita com a trégua, mas ainda mantinha os olhos atentos nos dois. Se as coisas desandassem, mais tiros viriam.

Assim que se viu livre das mãos enormes que o agarravam, Rato ajeitou a gola da camisa e abotoou o sobretudo desbotado. Com uma piscadela, agradeceu a intervenção providencial de Velma, que respondeu com um suspiro inconformado: às vezes, o informante se metia em confusões que poderiam ser evitadas. Ele mexeu o pescoço para os lados, provocando estalos.

— Lion, eu juro que não faço jogo duplo. Minhas informações são sempre privilegiadas e exclusivas. Garanto que vou ajudar a achar esse ladrão.

O homenzarrão fitou o informante com desconfiança, virou-se para a filha e pediu sua opinião. Beca cruzou os braços, claramente desconfortável.

— E desde quando você ajuda alguém de graça, Rato?

Ele virou o rosto para ela e sorriu maliciosamente, observando-a da cabeça aos pés. Já prevendo o que viria a seguir, a garota revirou os olhos. Aquela cantada estava ficando mais velha do que a própria névoa...

— Pra você eu faço qualquer coisa, *mi amor*.

— Você sabe que ela é *mi hija*, não é? — Lion rosnou. — Se quiser continuar vivo e conseguir um acordo, acho bom ficar longe.

— Esse ladrão sujou meu nome também. Quero um acerto de contas tanto quanto vocês — disse Rato. — Vou usar todos os meus recursos para encontrá-lo. — Ofereceu a mão a Lion para sacramentar o contrato.

HOTEL SOLARIS

Passava de duas da manhã quando Beca foi acordada pelo barulho insistente de seu comunicador. Sem acreditar que alguém pudesse estar a incomodando naquele horário, gemeu e se sentou sobre o colchão. Seu corpo ainda sofria com a tensão dos acontecimentos do dia, e ela precisou de muita força de vontade para atender aquela chamada insistente. Colocou o aparelhinho no ouvido e bufou.

— É melhor que o assunto seja sério — disse, ainda grogue de sono.

— Ah, que voz linda. Só me faz imaginar o que você está vestindo.

A garota revirou os olhos.

— O que quer, Rato? Como conseguiu acesso a esse canal?

Uma leve risada do outro lado da linha a fez se arrepender da pergunta. O informante não era nada modesto e provavelmente falaria por horas sobre sua ilimitada habilidade de hacker.

— Você sabe que eu sou o melhor. Invadir esse sistema fechado que *tu hermano* chama de seguro é brincadeira de criança. Foi só quebrar alguns firewalls e...

— Rato, se você não quer que eu desligue na sua cara, é melhor falar logo por que ligou.

— Que mau humor é esse, *chica*? — Ele ouviu um clique ameaçador e logo retomou o assunto principal. — Tá certo, não desliga! Bom, eu encontrei o ladrão. Foi difícil e tive que invadir diversos servidores fechados, mas você não se importa com isso...

Ao ouvir aquilo, o sono pareceu evaporar dos olhos de Beca. Quase quinze horas se passaram desde seu encontro com o teleportador, talvez ele ainda não tivesse feito a entrega. Se este fosse o caso, precisava encontrá-lo o mais rápido possível.

— Onde ele está?

Ela até conseguia imaginar o sorriso orgulhoso nos lábios de Rato do outro lado da linha.

— Acorde o Lion e o Edu. Eu vou levá-los até o cubo de luz.

Duas horas depois, Beca se escondia entre as vigas de um prédio em construção abandonado no Setor 3, a cerca de quatro quilômetros de distância do bloco Lapa. Ao seu lado, Rato passava as últimas instruções. Segundo ele, dentro de alguns minutos, a troca do cubo aconteceria no heliponto de uma cobertura vizinha. Ali, sob a forte luz dos holofotes acoplados à aeronave desligada, dois homens vestidos com trajes militares cinza e preto, típicos do finado exército da ULAN, já aguardavam pela chegada do entregador. Rato insistiu que, antes de tentarem interceptar a entrega, deveriam esperar o ladrão aparecer e mostrar a carga.

Inconformada por estar seguindo as ordens óbvias do informante, Beca suspirou e passou a analisar os dois estranhos no heliponto. Deu um zoom com suas lentes especiais para observá-los melhor. Um deles era jovem e seguro de si, aparentando no máximo trinta anos. Tinha os cabelos ondulados e a pele marrom e trazia preso no bolso da frente de seu casaco os óculos escuros que a garota conhecia muito bem. Chateada por ver um equipamento igual ao seu nas mãos do inimigo, teve certeza de que não estava diante de amadores. A questão era que aquele cara não parecia um homem do grupo de Ivanov, muito menos alguém que os seus concorrentes mais famosos, os Yeng, contratariam. Poucos usariam roupas do exército. Lembrou-se de que havia uma gangue no Setor 4 autointitulada Soldados do Abismo que recolhera várias relíquias das tropas de defesa da ULAN e gostava de ostentá-las. O outro parecia estar na faixa dos cinquenta anos e segurava uma maleta preta na mão esquerda — provavelmente, o pagamento do ladrão.

— Você realmente não descobriu quem são esses caras? — ela perguntou a Rato desconfiada. Mesmo antes de partir para a cobertura, tinha questionado o informante e recebido respostas vagas.

Rato a observou com o canto dos olhos. Parecia um tanto desconfortável.

— Quantas vezes vou ter que repetir isso, Beca? Eu só encontrei o registro de conversas deles na rede marcando o encontro aqui. Os caras foram cuidadosos demais em esconder sua identidade. Acho que nem o próprio teleportador sabe quem são.

Ela pressentia que Rato escondia alguma coisa, mas, enquanto esperava ele abrir o bico, percebeu uma movimentação anormal no heliponto, e, no instante seguinte, o jovem com o conhecido sorriso cínico apareceu. Assim que o avistou, Beca cerrou os punhos. Desacostumada com o fracasso, ressentia-se do moleque responsável por sua primeira carga perdida.

— Não fique nervosa. — Rato tocou em seu ombro tentando confortá-la, ou talvez apenas querendo pôr as mãos nela. — Vamos agir logo e você vai poder dar o troco.

Na cobertura do prédio, os três homens se cumprimentaram. Em seguida, o clima ameno deu lugar aos negócios. O mais velho tomou a iniciativa e disse algumas palavras, abafadas pelo vento. O jovem teleportador assentiu e retirou um pacote cinza da mochila.

— Espere a carga ser entregue para o homem com a maleta — Rato sussurrou enquanto preparava sua *grappling gun*. — Não queremos que o cubo seja teleportado por aí de novo, não é?

— Eu sei o que devo fazer — a garota respondeu irritada.

Pelo rádio, Beca passou as últimas informações para o irmão. Agora, com todos os preparativos concluídos, só lhe restava esperar pela concretização da troca. Observou com atenção o homem da maleta apanhar o pacote cinza com mãos ávidas. A distância entre os prédios não era tão grande, e, como se encontrava em um andar superior, conseguiria fazer o pulo sem precisar do auxílio de sua arma. Aproximou-se mais da borda da viga e preparou as pernas para o impulso.

— Espere a confirmação.

O alerta de Rato passou despercebido. Beca só tinha olhos para o objeto metálico retirado do embrulho. Quando o homem da maleta acenou com satisfação e deu sua aprovação à mercadoria, ela já estava na metade do salto. Aterrissou com elegância bem no meio do trio de ladrões. Sua vontade inicial era de socar o teleportador por todos os maus bocados que a havia feito passar, mas optou por obedecer ao plano inicial.

Quando o homem da maleta se deu conta do que estava acontecendo, ela já havia investido contra ele. Imobilizou-o com facilidade e tomou o cubo de suas mãos. No entanto, não teve tempo para comemorar: o homem mais jovem puxou sua arma e começou a atirar.

Ao ouvir o perigoso zunido das balas passando próximas ao seu rosto, Beca se jogou para o lado e, naquele instante, Rato resolveu agir. Deslizando por sua corda-gancho, acertou o atirador com um chute no peito, cessando todos os disparos.

— Já estava na hora de aparecer, *cagón*! — ela reclamou, enquanto o observava brigar pela posse da arma.

— Foi você que não esperou pelo meu sinal!

Com sua visão periférica, ela percebeu um movimento e rolou pelo chão antes que o outro camuflado pudesse acertá-la com a maleta. Quando se levantou, porém, estava cara a cara com o teleportador, e dessa vez não teve como desviar: foi atingida por um forte chute na altura do estômago e caiu para trás. O impacto a fez soltar o cubo de luz, que saiu rolando pelo concreto, e todas as atenções se voltaram para o precioso objeto. Por sorte, ele não era tão frágil a ponto de ser danificado com uma simples queda, o verdadeiro risco estava nas habilidades do inimigo: se o teleportador o apanhasse primeiro, tudo terminaria.

Seguindo sua intuição, Beca ignorou o cubo caído e saltou sobre o ladrão, confiando que Rato entenderia seu movimento e se anteciparia aos outros dois homens. Agarrou-se à gola do jovem e, com grande satisfação, acertou-o com um forte soco.

— Você não vai a lugar algum! — Estava disposta a ficar ali, desferindo murros, até que sua raiva passasse, mas um alto grasnar de pássaros a obrigou a parar.

O som ecoou pelos prédios como um verdadeiro mau agouro. As brigas cessaram de imediato e as feições de todos se contraíram, preocupadas. O cubo de luz já não se mostrava tão importante, a prioridade era deixar aquele heliponto com vida.

— Beca, tem uma nuvem imensa de pássaros indo na sua direção — a voz de Edu soava tensa. — Se vocês estão com o cubo, saiam daí agora!

Sem pensar duas vezes, a garota largou o teleportador — que desapareceu no mesmo instante — e fitou Rato. O olhar de urgência que ele lhe devolveu foi o suficiente para que ela apanhasse o cubo do chão e corresse ao seu encontro.

Aos pés dele, o jovem soldado encontrava-se caído com um tiro na perna e o homem da maleta rezava baixinho, aterrorizado de medo. Beca não conseguiu acreditar quando Rato ofereceu ajuda para levantá-los.

— O que está fazendo?

Ele a encarou com um olhar duro, como se aquela pergunta fosse um verdadeiro insulto.

— Ninguém merece morrer nas mãos desses bichos. Nem mesmo esses dois. Se Lion um dia lhe ensinou o que é humanidade, venha aqui e me ajude.

Aquelas palavras tiveram um forte impacto nela. De todas as pessoas, Rato era o menos indicado a lhe dar alguma lição de moral, entretanto, ali estava ele chamando-a de cruel. E o pior de tudo era saber que estava certo. Bufando de raiva e de vergonha, ela voltou sua atenção para o jovem ferido. Devagar, passou as mãos sob seus braços e, junto com Rato, puxou-o para cima. O grito de dor foi quase alto o suficiente para calar os pássaros.

— Vamos, fique firme. — Rato deu alguns tapinhas nas costas do rapaz. Com um aceno de cabeça, assinalou para que Beca o mantivesse de pé. — Vou pegar o seu amigo e daremos o fora daqui.

O informante se agachou ao lado do outro homem e tentou tirá-lo de seu transe de pavor, porém suas palavras não foram o suficiente para chamar a atenção dele. Com o nervosismo e a pressa crescendo a cada instante, desistiu da educação e arrancou a maleta que ele agarrava, jogando-a para longe. Acertou um forte tapa em seu rosto.

— Você quer morrer aqui, *carajo*?

Aquele gesto brusco pareceu despertar o apavorado, que, com os olhos arregalados, olhou para os lados e se deixou levantar. Sem tempo para religar o helicóptero e fugir pelo ar, Rato sinalizou para Beca e retirou a *grappling gun* do cinto, mirando num dos prédios vizinhos. A garota seguiu a deixa e arrastou o ferido até a beirada do heliponto, também atirando sua corda-gancho.

A viagem até o outro lado não foi nada agradável. Assustado, o passageiro se agarrou ao pescoço de Beca de forma a deixá-la quase sem possibilidades de manobrar no ar. O impacto da aterrissagem foi contra uma janela quebrada. Se estivesse sozinha, ela não teria dificuldades em se proteger dos cacos de vidro, mas, como aquele não era o caso, acabou com um corte profundo no braço. Beca ignorou a dor e o sangue que manchava suas roupas, esforçou-se para ficar de pé novamente e puxou o homem pelo casaco, mas ele mal conseguia se mexer. Foi obrigada a usar um pouco mais de força e, sem querer, rasgou um pedaço da gola dele, revelando uma corrente fina com uma pequena placa metálica, no estilo das *dog tags* dos militares da ULAN. Ela começou a considerar mais a possibilidade de o estranho pertencer à gangue Soldados do Abismo, mas, ao olhar melhor para a placa de identificação, reconheceu o símbolo gravado em alto-relevo: era a silhueta da Torre. Não podia acreditar que os homens de Emir estivessem envolvidos naquele jogo duplo.

Apesar de estar com raiva, retirou o cinto da calça e improvisou um torniquete para impedir que o homem se esvaísse em sangue, em seguida, forçou seus membros ao máximo e conseguiu apoiá-lo sobre as costas. O peso extra fez com que precisasse de alguns instantes para se equilibrar, e a dor do corte começava a amortecer seu braço esquerdo.

— Edu, cadê o Rato? — perguntou, enquanto olhava os arredores tentando reconhecer o lugar. Teria que deixar suas perguntas sobre a Torre para depois. Ouviu o barulho insistente de seu irmão digitando em um teclado e depois um suspiro aliviado.

— Dois andares acima de vocês. Estou tentando encontrar a planta do prédio para lhe dar as direções.

De repente, o grasnar dos pássaros alcançou um volume insuportável, tão alto que várias janelas de prédios próximos começaram a estourar. Uma nuvem cinza tomou conta do heliponto, destruindo tudo ao seu redor: os fortes refletores e o helicóptero foram reduzidos a metal retorcido, e a escuridão voltou a reinar. A fraca mancha alaranjada no céu dava indícios de que a luz não tardaria a voltar, e só restava a Beca se proteger até que o nascer do sol espantasse as criaturas sombrias, com seus hábitos quase exclusivamente noturnos.

Ela deu as costas para a janela e, com dificuldade, adentrou o quarto escuro. Em um dos cantos havia uma cama de casal quebrada sem colchão, já toda corroída pelo tempo. O armário também sofria, e o espaço embaixo dele, destinado a um microrrefrigerador, estava repleto de ferrugem e manchado com o gel ressecado que um dia resfriara os alimentos. Um carpete velho que cheirava a cachorro molhado cobria o chão. Ao passar pela porta, torta para fora e com o número 47 de cabeça para baixo, Beca se deparou com um amplo corredor. Relutou um pouco, refletindo sobre que direção deveria seguir.

— Alguma sorte com a planta? — perguntou pelo comunicador. Esperava de verdade que em algum dos raros servidores em funcionamento na Zona da Torre houvesse informações relevantes sobre aquele local.

— *Sí*. Descobri que vocês estão num antigo hotel chamado Solaris. Os caras do Paolo fizeram algumas incursões por aí e me passaram os diagramas.

Seguindo as instruções de seu irmão, Beca seguiu pela esquerda. Passou por diversos quartos, alguns ainda numerados, outros não. Ao virar para a esquerda mais uma vez, encontrou o saguão dos elevadores. Ao lado das duas portas de metal amassado localizava-se a entrada para as escadas de emergência.

Subir aquela escadaria com um homem semiconsciente nas costas não foi nada fácil. Beca fez um grande esforço para vencer o primeiro lance e, já no segundo, sentiu suas pernas tremerem.

De repente, ouviu um forte estrondo vindo dos andares inferiores e congelou.

— Edu, eu acho que tem mais alguém no prédio — disse baixinho, já temendo o que poderia encontrar.

O silêncio nervoso vindo do outro lado da linha não a ajudou a colocar aquela terrível sensação de lado: no fundo, Edu também desconfiava do que a aguardava. Um barulho de passos começou a ecoar na escadaria, e ela soube que devia continuar subindo mesmo que suas pernas não aguentassem. Com um esforço tremendo, venceu os dois andares restantes. Sentia-se fraca quando empurrou a porta de emergência, seu corpo já começava a sofrer com a perda de sangue.

Os passos que a seguiam estavam perigosamente próximos, e, incapaz de resistir à curiosidade, ela esperou para ver a quem pertenciam. Três homens apareceram, subiam os degraus com pressa, fazendo uma música sinistra com suas botas de sola descolada. Na hora em que os avistou, Beca prendeu a respiração. Usavam roupas em frangalhos, rasgadas e cheias de buracos, seus braços nus eram cobertos por veias rugosas como caminhos de um ninho de formiga. Tinham os rostos sem expressão, mas seus olhos emitiam um sinistro brilho azulado e das cabeças desprovidas de cabelos despontavam calombos disformes.

Sem hesitar, Beca jogou o jovem no chão e o ouviu gemer. Não havia tempo para ser cuidadosa, precisava arranjar uma forma de bloquear a porta da escadaria, já que as trancas eletrônicas há muito deixaram de funcionar. Apanhou um longo pedaço de ferro do chão e prontamente o prendeu na maçaneta horizontal de forma a deixá-la emperrada, certificando-se de que os Sombras teriam dificuldades em arrombar a saída. Voltou-se para o ferido e o carregou novamente, surpreendendo-se ao perceber que ele havia recuperado a consciência.

— São eles, não são? — ouviu-o perguntar com um sopro de voz.

— *Sí*. Desculpe-me pelo mau jeito lá atrás, mas precisava travar aquela porta.

Ele deu uma risada que logo virou tosse. Quando se recuperou, voltou a falar:

— Aquilo não vai segurá-los por muito tempo. Não estando tão perto do cubo.

Aquela informação a deixou desconfortável. Já fazia algum tempo que se perguntava por que os Sombras se esforçavam tanto para recuperar o cubo, invadindo o Setor 3 da Zona da Torre sem o menor cuidado. Aquilo não acontecia com frequência. Tudo bem que o cubo era um supercondutor raro, um resquício tecnológico do mundo anterior à névoa que podia fornecer energia limpa por anos, mas de nada serviria para aquelas criaturas. Então, qual seria o interesse delas nessa preciosa tecnologia? E por que queriam justamente aquele em meio a tantos outros perdidos pelas ruínas de Rio-Aires?

— Há algo diferente neste cubo, não é? Algo importante o suficiente para a Torre contratar um ladrão para roubá-lo.

— Uma bandida que ataca na surdina não tem o direito de nos acusar de roubo — retrucou o jovem de maneira irritada. — Ninguém mais deveria saber da existência da mercadoria. Para nós, vocês são os ladrões.

Beca queria demonstrar toda sua indignação com aquela inversão de papéis, mas, antes que pudesse começar a se defender, encontrou seu parceiro de operações. Agachado, Rato conversava em voz baixa com o homem mais velho.

— Você está bem? — perguntou ele quando notou sua presença, observando com aflição o sangue que cobria o braço dela.

Exausta, Beca deitou o jovem no chão e apoiou as mãos nos joelhos.

— Tivemos alguns contratempos — disse, ofegante. — Tem três Sombras na escada de incêndio. Consegui trancar a porta, mas eles não serão retidos por muito tempo.

Ao ouvir a menção aos Sombras, o homem mais velho gemeu baixinho. Pelo jeito, aquela fuga só servira para deixá-lo ainda mais amedrontado. Ele colocou as mãos na cabeça e começou a rezar.

— O nome dele é Paulo. Eu já tentei acalmá-lo, mas o homem parece *una vieja histérica* — disse Rato, visivelmente desconfortável com aquela choradeira. Respirou fundo e encarou Beca com uma expressão tensa. — Ele é um analista da Torre...

A garota cruzou os braços. Rato aparentava estar tão surpreso quanto ela sobre a identidade dos dois, mas ela ainda tinha receio de confiar nele. Afinal, foi ele quem lhe forneceu a localização do cubo, e se a informação veio diretamente de um dos servidores da Torre, então aqueles homens tinham todo o direito de chamá-los de ladrões.

— Ei, não me olhe com essa cara — o informante se defendeu —, eu não fazia ideia de que a Torre estava envolvida. Juro!

O jovem ferido riu alto de maneira debochada.

— Nenhum de vocês têm direito de jurar nada. Não passam de ladrões!

— Salvamos sua vida, *desgraciado* — Rato respondeu, sacando a pistola. — Se ficar falando *mierda*, vou me arrepender rapidinho.

Beca se colocou na frente dele e fez com que baixasse o braço. Não havia carregado aquele homem até ali para Rato terminar o que começara no heliponto. Deixou suas próprias desconfianças de lado e pediu ao informante que mantivesse a calma. Havia coisas mais urgentes a se pensar no momento, e a primeira delas era o motivo de os Sombras quererem aquele cubo. Voltou sua atenção para o nervoso Paulo e começou a questioná-lo, porém ele não parecia muito disposto a cooperar.

— Eu não tenho nada a dizer, *chica*!

Com a paciência que ainda lhe restava, Beca se agachou e o encarou.

— Escute, ainda falta uma hora para o nascer do sol. Até lá, estamos presos com três Sombras em nosso encalço. Se você não me contar o que quero saber, eu não vou pensar duas vezes antes de abandoná-lo aqui com seu amiguinho. E acho que, depois de todos os insultos, Rato não vai fazer questão de salvar *tu fundillo*. Então, a escolha é simples: ou me conta o seu segredo ou vira lanchinho dos monstros.

A pouca coragem que Paulo ainda possuía o deixou assim que ouviu aquela ameaça. Pálido, engoliu em seco. Percebendo o que ele estava prestes a fazer, o outro soldado até tentou impedi-lo, mas seu alerta acabou ignorado.

— Não, Armando! Eu sou só um analista! Quero viver! — Paulo encarou Beca e revelou o que sabia: — Este não é um cubo comum. Foi modificado pelos Sombras, virando uma espécie de computador. Acreditamos que há um extenso banco de dados nele, informações únicas sobre os nossos maiores inimigos.

Surpresa com aquela revelação, Beca levou a mão ao bolso de sua jaqueta e apalpou a superfície metálica do cubo de luz. O dedo cutucou a lateral, onde havia orifícios para a entrada de plugues e cabos. Definitivamente, não esperava que o objeto fosse mais do que a aparência levava a crer. Se os dados contidos ali pudessem revelar um pouco do mistério que era a névoa, seu valor tornava-se inestimável, eles podiam descobrir algo sobre a origem dos Sombras e até qual era o destino das pessoas capturadas. Seu coração bateu mais forte diante de tantas possibilidades, e ela fitou os três homens sem saber o que dizer.

— Nunca soube que os Sombras utilizavam cubos de luz. — Tentou permanecer cética. — Você ouviu isso, Edu? O que acha?

— Ouvi alto e claro — veio a resposta, surpreendentemente, na voz de seu pai. — Se isso for verdade, temos em mãos o maior tesouro da humanidade. Vou confirmar essa história com o Fayad.

— O que você sugere que façamos? Se ficarmos com o cubo, entraremos em conflito direto com a Torre...

— Agora, tudo o que posso querer é que você saia daí com vida. Depois veremos como agir.

Sentindo um incômodo frio no estômago, Beca se despediu de Lion. Agora que tinha as respostas que tanto queria, sentia que sua responsabilidade havia aumentado mais do que poderia aguentar. Se os Sombras fossem mesmo capazes de utilizar a tecnologia humana, muitas concepções mudariam. O que será que eles guardavam naquele banco de dados? Quais segredos tentavam a todo custo esconder? Suspirou, tentando controlar o nervosismo. Foi quando ouviu um forte estrondo metálico: a tranca da escadaria fora destruída.

— *Mierda*! Nós temos que sair daqui — disse.

Rato carregou Armando sobre as costas e gritou para Paulo:

— Levanta esse *culo* covarde do chão!

Em poucos instantes, o grupo corria pelos corredores do velho hotel. Beca sabia, porém, que todos os seus esforços seriam em vão, eles estavam presos naquele andar e não podiam sair do prédio por causa dos pássaros. Era apenas questão de tempo até se depararem com os Sombras.

Nem mesmo Edu conseguiu ajudá-los a escapar. Depois de algumas voltas e becos sem saída, acabaram escondidos em uma suíte depredada. Pela janela, podiam ver os pássaros circundando o prédio, não com o objetivo de entrar, mas para encontrar os humanos e enviar sua localização aos Sombras. O céu já estava bem mais claro, o negrume começava a dar lugar ao laranja. "Falta pouco, só mais alguns instantes e conseguiremos fugir", pensou Beca. Então, a porta se estraçalhou como se fosse alvo de uma explosão e, em meio a estilhaços voando, os homens sombrios não demoraram a aparecer. Lado a lado, pararam em frente ao grupo e os encararam com os olhos brilhantes. Não havia emoção naqueles olhares, somente luz azul. Eram altos e fortes, com pelo menos dois metros de altura.

Beca e os demais sacaram suas armas mesmo sabendo que de nada adiantaria. Começaram a atirar ao mesmo tempo, sem se preocupar com o que acertavam: o mais importante era ganhar tempo, o sol não demoraria a aparecer.

Os Sombras não eram invencíveis, mas com certeza possuíam uma resistência acima de todos os padrões considerados normais. Além de sobreviverem na névoa, podiam resistir a praticamente qualquer ferimento, um tiro no coração era uma picada de mosquito. A única coisa que se mostrava efetiva para eliminá-los era o desmembramento, mas, infelizmente, nem Beca nem Rato estavam com munição explosiva ou armas de grosso calibre.

As balas acertaram os alvos e perfuraram a carne, mas não fizeram os três homens recuarem, pelo contrário, quem acabou se entrincheirando mais no quarto foram Beca e seus companheiros. Encurralados e quase sem munição, a esperança de se salvarem começava a dar lugar ao desespero.

— *Por Dios*! Dê o cubo a eles! Dê o cubo a eles! — Paulo gritava, apavorado.

Então, no momento em que as primeiras pistolas começaram a travar e a morte se tornou tão palpável quanto o suor que cobria seus corpos, Beca ouviu uma voz cheia de estática pelo comunicador.

— *Aqui é Emir. Abaixem-se. Abaixem-se agora!*

Depois daquele alerta, tudo aconteceu de maneira atribulada. Beca e Rato se entreolharam, sentindo a vibração vinda da janela. Prevendo o que iria acontecer, agarraram-se aos soldados e caíram no chão, a janela explodiu numa chuva de vidro, e o som de um helicóptero tomou conta do quarto. Os tiros de metralhadora que vieram a seguir foram como música aos ouvidos da garota, explodindo os corpos dos Sombras em milhares de pedaços.

Quando tudo terminou, o quarto de hotel se assemelhava a uma zona de guerra. Em meio a sangue e paredes esburacadas, Beca se levantou e olhou para trás, onde o sol brilhava forte no horizonte, escondido apenas pela silhueta do enorme helicóptero que acabara de salvar sua vida, muito mais avançado do que aquele que Lion possuía.

A viagem de volta foi rápida para a garota, que, assim que entrou na aeronave, adormeceu com a cabeça caída sobre o ombro de Rato. Ao acordar, não conseguiu aguentar a expressão de triunfo estampada no rosto dele.

— Eu sempre soube que você queria dormir agarrada em mim...

Quando o helicóptero aterrissou no heliponto da Torre, ela avistou seu pai, que só se acalmou ao se certificar de que o ferimento no braço de Beca não era grave.

— Estou bem, *viejo* — ela sorriu de maneira cansada. Um homem tão grande e durão como ele quase nunca se dava ao luxo de mostrar que também tinha coração.

Rato se aproximou dos dois com uma expressão de triunfo. Apesar de ter alguns arranhões pelo corpo, encontrava-se em melhor estado que os demais.

— Eu disse que ia conseguir o cubo — falou, cheio de si. — Promessa cumprida.

Lion não pareceu nada feliz com aquele deboche. Com cara de poucos amigos, deixou sua filha de lado e se aproximou do informante.

— Sua dica quente acabou me causando um grande prejuízo. Eu deveria dar um murro na sua cara, mas estou muito feliz por ver minha Beca de novo. Sinta-se com sorte.

Rato coçou a cabeça de maneira desleixada e deu de ombros.

— Não tem problema, *jefe*. — Virou as costas e entrou no prédio escoltado por Paulo e Armando, ainda teria que dar explicações aos homens da Torre. Beca não sentiu pena dele, sabia que provavelmente escaparia das represálias: sua lábia era boa demais e não havia provas concretas que o incriminassem.

Sua atenção foi logo desviada quando, da mesma porta por onde saiu o Rato, avistou Emir se aproximar. Descendente de libaneses, ele tinha nas feições os traços de seus antepassados. Pele dourada, olhos castanho-claros arredondados, rosto oval magro, cabelos pretos como o carvão e barba bem desenhada. As sobrancelhas eram grossas e expressivas, dando-lhe um ar de introspecção. Usava roupas leves e sem nenhum luxo, mas, mesmo diante de tanta simplicidade, todos notavam sua presença. Com a morte de Faysal, seu pai, ele havia se tornado o homem mais importante da Torre, o cérebro por trás de todos os programas e operações. Beca sentiu o coração acelerar ao vê-lo caminhar em sua direção, e a pressão da mão de Lion em seu ombro indicava que ele também estava nervoso com aquele encontro.

— Lion, Rebeca — Emir os cumprimentou com um leve aceno. O tom de sua voz era frio e distante, mas ainda assim a garota sentiu as pernas fraquejarem. Ele era a única pessoa que a chamava daquela maneira —, devo presumir que conseguiram recuperar o artefato.

Desconfiada, ela fitou seu pai com o canto dos olhos. A hora da verdade havia chegado, e, dependendo do que respondessem, poderiam sair dali como inimigos jurados do homem mais poderoso da Nova Superfície. Muito consciente disso, Lion acabou optando por contar a verdade. Depois de explicar sua versão da história e garantir que não fazia a mínima ideia de que a Torre estivesse envolvida, o homenzarrão pediu a Beca que tirasse o cubo do bolso.

— Nós não queremos confusão, principalmente com vocês, que sempre foram nossos parceiros — ele disse devagar com seu já conhecido tom de negociante. — Mas precisamos de algumas respostas.

O líder cruzou os braços e ergueu uma das sobrancelhas. Não se mostrou irritado com a ousadia de Lion em se negar a entregar o cubo de imediato e cedeu à exigência do outro de forma direta:

— Na última incursão fora da Zona da Torre, nossos mergulhadores encontraram um ninho de Sombras. Havia uma verdadeira coleção de equipamentos raros por lá, e este cubo de luz encontrava-se conectado a uma espécie de rede arcaica de computadores, algo que nunca imaginamos que os Sombras fossem capazes de criar. Meus homens logo entenderam a importância daquela descoberta e, depois de um conflito tenso, roubaram tudo o que conseguiram carregar. Infelizmente, não foram capazes de retornar em segurança, uma matilha os pegou.

Beca ficou surpresa com a generosidade com que ele estava compartilhando aquelas informações. Talvez a estima de Emir por ela e seu pai fosse mais alta do que imaginava.

— Há um mês vínhamos organizando uma operação para pôr as mãos nesse cubo usado pelos Sombras. Para não chamar atenção, decidimos contratar um operador sem ligação com a Torre, mas pelo visto a informação vazou mesmo assim... — Ele franziu a testa, pela primeira vez demonstrando insatisfação com o rumo que a missão havia tomado. — Quero que fique claro que não culpo seu grupo pela intromissão, Lion, mas não posso permitir mais atrasos, é fundamental que estudemos esse cubo de luz. Tantos anos já se passaram e sabemos muito pouco sobre esses monstros que nos fazem tão mal, precisamos aprender mais.

A garota percebeu o ultimato velado de Emir. Se não entregassem o cubo a ele, haveria consequências, estava mais que claro. Apesar de confiar que o precioso objeto deveria ficar nas mãos de pessoas mais preparadas, ela não disse nada. Fitou o pai, esperando por sua resposta. Sabia que, como bom negociante, ele barganharia para não sair no prejuízo.

— Eu agradeço sua honestidade, Emir, e entendo a importância dessa descoberta — começou Lion com cautela, pois pisava em terreno perigoso —, mas também tenho que pensar no meu lado. Nosso cubo antigo não vai durar até o final deste mês, foi por isso que nos arriscamos em primeiro lugar. Se entregarmos o carregamento a vocês, ficaremos sem nada, a perda será insustentável.

Emir apoiou as mãos na cintura e meneou a cabeça, sabendo bem aonde aquela conversa o levaria.

— Você está sugerindo uma troca — disse, sem demonstrar nenhuma emoção. — Acho que posso aceitar isso, afinal, Rebeca salvou Paulo e Armando.

Diante daquele elogio velado, Beca sentiu o rosto corar, esquecendo completamente que foi Rato quem teve a ideia de ajudar os dois homens. Bem, era um pequeno e insignificante detalhe...

Não demorou muito para os termos da troca serem acertados: o cubo especial por outro de potência e duração igual àquele que Lion tinha em seu quartel general. Emir deixou muito claro que as informações sobre os Sombras deveriam ser mantidas em sigilo total, pedido com o qual pai e filha se apressaram em concordar. No final das contas, Beca achou aquele acordo muito vantajoso, e, já voando para casa com sua nova fonte de energia no bolso, comentou com o pai que os dados sobre os Sombras não poderiam estar em melhores mãos, já que a Torre era a única com os recursos necessários para reacender as esperanças da Nova Superfície.

— Sinto que, sem querer, acabei participando de um evento que vai marcar nossas vidas no futuro — comentou, pensativa.

— Talvez você esteja certa, *hija* — Lion passou o braço sobre seus ombros —, mas agora devemos viver o presente. Vamos para casa. Edu vai ficar feliz em saber que não precisaremos trocar nossos computadores por comida...

Já era noite quando Rato conseguiu quebrar a encriptação. No quarto escuro, iluminado só pelas luzes dos monitores, apenas o barulho constante do teclado podia ser ouvido. Desde que chegara ao seu esconderijo, trabalhara sem parar nem para limpar a sujeira das roupas. Às vezes, ficava imaginando a cara de desgosto dos analistas da Torre quando descobrissem que o cubo que receberam não passava de um supercondutor comum sem nenhuma informação dos Sombras. Esperava que eles suspeitassem de algo, mas confiava que sua participação naquele engodo fora muito bem disfarçada graças à operação com Beca e Lion. Perdera algum tempo no interrogatório dos homens de Emir, mas conseguiu convencê-los de que tinha obtido as informações sobre o cubo por outras fontes. Recebeu um aviso para ficar fora dos negócios da Torre e foi liberado para partir. Sabia que não teria a mesma sorte se aquela situação se repetisse, por isso torcia para que seu trabalho fosse recompensado ainda naquela noite.

Ao terminar a última linha de código, limpou o suor do rosto. Várias tabelas começaram a aparecer na tela, mas ele não perdeu tempo tentando ler seu conteúdo, continuou digitando.

— Está tudo aí? — uma voz masculina o fez voltar à realidade. Devagar, virou-se para trás e fitou o jovem que, não fazia muito tempo, havia se teleportado para sua sala.

— Sim, você fez um bom trabalho. — Rato o encarou rapidamente. — Vejo que já apanhou seu pagamento...

Sorridente, o garoto abraçou a maleta que pertencia à Torre, fazendo uma grande cena.

— Quando a poeira baixou, voltei ao heliponto. Essa belezinha estava onde você a tinha jogado. Confesso que no início achei seu plano bem maluco. Usar aquela garota como isca para que eu escapasse de *los perros* achei tranquilo, mas depois, mesmo me pagando para trair a Torre, você insistir para que eu concluísse a troca já achei loucura. Tudo bem que era um cubo diferente, mas qualquer outra pessoa teria me dito para não me encontrar com aqueles caras.

— E no final deu tudo certo, não deu? Você recebeu seu pagamento da Torre e eu ainda lhe dei munição suficiente para um mês — disse Rato, voltando sua atenção para o computador. — Quanto mais rápido você sair de cena, melhor.

— Chamam você de Rato por um bom motivo, nunca vi alguém tão hábil em passar os outros para trás. — O teleportador estava impressionado. Tocou no ombro do informante antes de desaparecer. — Já tenho tudo planejado. Ninguém vai me encontrar. *Adiós.*

Assim que se viu sozinho, Rato soltou um suspiro de alívio. Esperava nunca mais encontrar aquele teleportador, o único que podia revelar sua participação naquela arriscada operação. Um bipe agudo o sobressaltou. Com nervosismo, voltou a fitar o monitor ultrafino e semitransparente, com algumas rachaduras em seu cristal que indicavam os maus bocados sofridos naqueles mais de cinquenta anos desde o véu. Digitou alguns comandos no teclado até que a foto de uma garota apareceu na tela.

Naquele momento, diante do rosto que há muito se tornou apenas uma lembrança, o informante pareceu congelar. Queria memorizar todos os novos detalhes e aqueles que tinha esquecido. Ela estava diferente, mais velha e abatida, mas ainda assim ele se sentia quase eufórico: continuava viva, isso era tudo o que importava. Ele mal conseguia acreditar que, depois de tantas tentativas frustradas, havia encontrado aquele registro. De olhos arregalados, levou as mãos trêmulas até o monitor.

— Irina, eu não me esqueci de você. Aguente só um pouco mais, juro que vou lhe buscar.

TRANSMISSÃO 23.796

Ano 53 depois do véu.
Você ouve agora Emir, direto da Torre.

Este é o noticiário número 17 deste mês. Vamos à situação de cada um dos quatro setores da Zona da Torre. O Setor 1, que abriga o nosso centro de operações, chegou à marca de cinco mil membros na última semana. Após a convocação de mais soldados, mergulhadores e analistas para integrarem a Torre, estamos convictos de que nos fortaleceremos. Os novos recrutas estão chegando com seus familiares para viverem aqui e se dedicarem a proteger a Nova Superfície. Parabéns aos selecionados. É um orgulho ver que a Torre cresce a cada dia. Agora ela não apenas é o maior arranha-céu desta área, mas também abriga a central de comando, a rede de comunicações, a horta, em que alimentos orgânicos são cultivados com muito esforço, e um hangar de veículos. Nasci dentro destas paredes quando Faysal ainda comandava, e sei que, apesar de ser uma região menos populosa em comparação aos demais setores, sua importância para o bem-estar do restante da população é fundamental. Por esse motivo, mantemos um rigoroso processo de seleção: para adentrar no Setor 1, é preciso autorização prévia e motivos bem justificáveis. Aqueles que não fazem parte dos nossos ranques, se forem pegos ultrapassando as fronteiras de maneira furtiva, serão capturados e julgados como criminosos. A pena máxima, dependendo da gravidade do que foi feito na invasão, pode ser o exílio. Lembrem-se disso e obedeçam às nossas regras. Respeitem a Torre acima de tudo.

No Setor 2, o bloco Paso del Molino está ampliando a zona de comércio em seus megaedifícios. Novos andares serão abertos, com vários estabelecimentos que venderão produtos recolhidos dos destroços, além de mais opções de lazer e entretenimento. As pontes me-

tálicas que interligam os dois megaedifícios e quatro arranha-céus do bloco Carrasco também serão reformadas graças à Torre. Meu pai teve essa ideia para aproximar os moradores de cada edifício, já que havendo pontes, não precisaríamos de helicópteros ou contratos com alterados para nos locomovermos entre os prédios. Nada mais justo que a Torre cuide de sua manutenção. É claro que isso só é possível pelo respeito que o bloco Carrasco nos direciona: quando são obedientes, as recompensas sempre vêm em maior quantidade.

A área mais populosa e agitada continua sendo o Setor 3, sem dúvida. Nele, encontramos três grandes blocos e uma população de várias etnias. São os resquícios da megacidade cosmopolita de Rio-Aires, onde imigrantes formavam quase cinquenta por cento da população. O maior bloco, conhecido como Lapa, está dando algum trabalho. Fortes grupos organizados, formados por descendentes de russos, chineses, japoneses, italianos e outros, estão exigindo mais espaço para seus protegidos. Estamos estudando a possibilidade de preparar mais um arranha-céu para moradia. Esperamos que nossos analistas tenham boas notícias em breve, mas é sempre bom ressaltar que o interesse dos grupos não sobressai ao domínio da Torre. Enquanto eles se mostrarem fiéis à nossa causa, continuaremos a apoiá-los e permitiremos que realizem suas atividades com liberdade, no entanto, se um dia se mostrarem perigosos, sofrerão punições severas. A Torre apoia, mas também sabe castigar.

Todos devem saber que a situação no Setor 4 continua problemática. Como foi o último a ser anexado à Zona da Torre, há muitos tumultos e estruturas precárias. É um setor distante, por isso temos pouca influência. Os relatos sobre as gangues que dominam a região são preocupantes, e há uma disputa ferrenha pelo poder dos megaedifícios do bloco Boca e pela venda de drogas. Recomendamos que os moradores dos outros setores fiquem longe desse antro de problemas enquanto não houver ordem. Um dia, exilaremos todos os vân-

dalos que contribuem para a corrupção desta zona e, assim, permitiremos que os verdadeiros moradores do Setor 4 vivam com mais dignidade.

No momento, essas são as notícias mais relevantes da Nova Superfície. Agradeço a atenção de todos e desejo um bom dia.

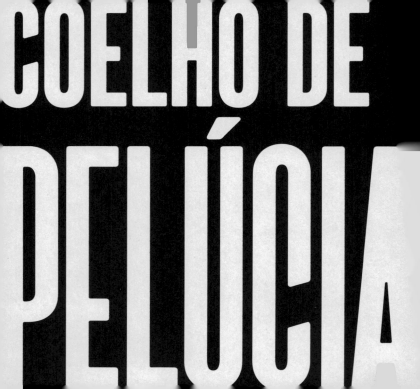

Beca odiava ter o sono interrompido. Ao acordar naquela manhã, notando com irritação o sol forte sobre sua cama, praguejou baixinho. Esfregou os olhos avermelhados e jogou a cabeça para trás, observando o céu azul através da janela. Suspirou ao se levantar. Empurrou a cortina puída que delimitava a área do apartamento que correspondia ao seu quarto e se deparou com o irmão digitando apressadamente no computador.

— *Buenos días, chica hermosa* — Edu falou sem nem se virar para encará-la. Das caixas de som acopladas aos monitores, a voz de Emir, levemente chiada, falava sobre os setores que compunham a Zona da Torre, dando detalhes sobre sua atual situação. Era uma transmissão comum, por isso os irmãos não prestavam tanta atenção. — Desculpe, mas tive que levantar as barreiras protetoras mais cedo.

Ela observou o corpo franzino do jovem de dezoito anos. Eram irmãos, adotados por Lion quase no mesmo período, tinham diferença de idade de apenas dois anos e foram criados sem distinções. No entanto, divergiam em quase tudo: ela gostava de atividades físicas, de estar lá fora sentindo o vento no rosto e com o corpo em movimento. Ele preferia permanecer dentro de casa navegando na rede e compartilhando informações com outros hackers. Às vezes, mergulhava tanto no mundo virtual tentando descobrir mais vestígios da avançada tecnologia perdida por causa do véu que se esquecia de comer e até de trocar de roupa. Costumava dizer que os computadores e equipamentos da Nova Superfície não representavam o mínimo do que a sociedade do passado usava em seu dia a dia. Muita coisa se perdeu com o tempo, e a regressão tecnológica foi inevitável.

Naquela manhã, Edu usava uma camisa limpa de mangas compridas esburacadas na altura dos cotovelos. A pele negra estava iluminada pela luz dos monitores ultrafinos, e, mesmo sem ver seu rosto, Beca imaginava os olhos escuros grudados nas linhas de código que tanto o encantavam.

— Cadê o Lion? — perguntou com uma voz enrouquecida pelo sono.

— Ainda não voltou. Você sabe como as mulheres da Zona Vermelha são persuasivas com ele...

Ela fez questão de deixar claro seu descontentamento dando uma bufada inconformada. "Pelo amor de Deus, quando Lion vai parar com isso?" Parecia que era ele, e não Edu, o adolescente inconsequente que não resistia a um rabo de saia.

— Não se irrite ainda. — Ele girou a cadeira enferrujada e de estofamento furado e a encarou com certo divertimento, ajeitando os óculos de grau com uma das lentes levemente rachada. Os lábios quase não conseguiam conter um sorriso. Adorava provocá-la. — Coma primeiro para depois saber das novidades. Preparei um café da manhã esperto.

O quartel-general da família Lion era amplo para os padrões pós-névoa: uma cobertura que um dia ocupou parte do topo do arranha-céu Miraflores, que também fazia parte do bloco Carrasco, no Setor 2. As paredes eram cinzentas e sem reboco. Um janelão imenso com vidro empoeirado tomava o lado direito. À noite, quando o perigo dos Sombras era maior, uma espécie de porta de aço sanfonada os protegia. Não havia paredes dividindo os cômodos, a privacidade de cada um dos três moradores era guardada por panos velhos. No quarto de Beca, por exemplo, além do colchão encalombado no chão, havia três caixas plásticas. Uma guardava suas poucas roupas e objetos de higiene, como pentes e sachês de sabonete líquido, com a validade perigosamente vencida. Outra separava seus itens pessoais, como um smartwatch rachado que continha uma coleção de músicas bem eclética e

um tablet com a tela preservada que armazenava algumas fotografias de como a humanidade já fora um dia — ela não sabia dizer a quem pertenceram aqueles objetos, mas agora os considerava seus e tinha muito apreço por eles, eram sua única ligação com o mundo que nunca conheceu, uma forma de lembrar que a vida foi melhor um dia. A última caixa era destinada às armas e equipamentos. Havia a *grappiling gun*, sua principal ferramenta de trabalho, uma pistola, máscara de gás, os óculos com lentes especiais e os comunicadores auriculares.

Mercadorias e máquinas ocupavam grande parte do quartel-general. O computador de Edu, que ele costumava chamar carinhosamente de Angélica, tomava uma longa mesa retangular. Era um monstrengo metálico com vários fios e cabos para fora, uma junção de peças, placas e circuitos encontrados pelos quatro cantos da Nova Superfície, muito diferente das máquinas compactas e de design luxuoso que a velha sociedade costumava usar. A energia que alimentava o computador e os demais aparelhos era gerada principalmente pelo cubo de luz adquirido há uma semana. Duas placas solares retráteis ajudavam na manutenção da parte elétrica do apartamento.

Beca desviou o olhar dos monitores e fitou a outra mesa, circular e um tanto torta, na qual a família fazia suas refeições. Percebeu com infelicidade que o "café esperto" preparado pelo irmão não passava de um prato de plástico amassado com a mesma ração cinzenta de sempre e um copo de água um tanto amarelada. A cisterna que recolhia a água da chuva deveria estar suja outra vez.

Após anos vivendo sob a ameaça do véu, conseguir comida virou um verdadeiro martírio. Se não fosse por aquela ração, desenvolvida e distribuída pela Torre, os moradores da Nova Superfície já teriam morrido de fome. Beca não sabia muito bem quais ingredientes compunham o alimento, mas boatos afirmavam que a base de tudo era um musgo que se proliferava facilmente na umidade, cultivado em um laboratório do arranha-céu. Às vezes, Beca desconfiava que até sola de sapato velho era triturada ali — pelo menos o gosto a fazia crer que sim.

— Cara, eu odeio essa gororoba — reclamou ao levar uma colher à boca. Sentiu o estômago embrulhar, mas engoliu a ração com esforço. Sabia que o enjoo era efeito da grande quantidade do destilado que ingeriu no bar Fênix durante a noite passada. — Nós bem que podíamos encomendar algumas plantas da horta da Torre.

Edu não precisou responder, ela sabia que era um desejo tolo. Os produtos da horta eram muito caros, precisariam fazer diversas entregas para pagar por uma simples sacola de verduras. Infelizmente, mal saíram do vermelho graças ao recém-adquirido cubo. Novas dívidas estavam fora de cogitação no momento.

Enquanto mastigava, ela se aproximou da mesa de trabalho do irmão. No monitor central havia a lista de possíveis trabalhos do dia, pedidos que chegavam pela rede e podiam ou não ser aceitos.

— Qual é a má notícia, Edu? — Seus olhos passearam pelos chamados. — Você não me acordaria de ressaca se o trabalho não fosse complicado.

O garoto coçou o cabelo crespo e forçou um sorriso. Em seguida, apontou para o último tópico na tabela. Ao ler o nome do remetente, Beca soltou um palavrão.

— Vamos fazer um trabalho para eles?! — Largou o prato de comida na mesa, exasperada.

— Lion confirmou que os Falcões têm nossa prioridade.

— *No jodas*! — Ela moveu os braços em desacordo. — O que está passando na cabeça *del viejo* para aceitar o pedido de um grupo contrário à Torre?

— Eu tentei descobrir, mas ele gritou tanto comigo que estou surdo até agora. Não tem jeito, Beca, você vai fazer umas comprinhas pros Falcões.

Por ter acesso a tecnologia e recursos mais desenvolvidos, a Torre controlava os outros grupos da Nova Superfície, ditava as regras, que deveriam ser seguidas de maneira estrita. Ninguém em sã consciência comprava uma briga com eles, no entanto, sempre existiam malucos no mundo, e os Falcões estavam entre eles. Beca não sabia ao certo como a inimizade começara, mas, em algum momento, os homens daquele bando que residia no Setor 3 desistiram de seguir as orientações de Faysal, passaram a agir sem pedir permissão e sofreram fortes represálias. Depois de um confronto violento, foram banidos da Zona da Torre e se viram obrigados a viver em edifícios mais distantes, baixos e próximos do véu, lugares chamados de Periferia da Névoa. Eles sofriam bastante para arranjar recursos e para se proteger dos Sombras. Circulavam relatos de que, no mês anterior, cerca de dez homens do Falcão foram mortos por um ataque de pássaros enquanto procuravam suprimentos.

Lion já havia atendido alguns pedidos deles antes, pois nutria uma amizade de longa data — e que o exílio não conseguira enfraquecer — com Ernesto Falcão, o atual líder do bando. Entretanto, depois do caso do cubo de luz, Beca não esperava que o pai fosse andar em terreno instável tão cedo. Aquela decisão a surpreendeu e irritou.

— Quais são os itens que eles querem? — perguntou, sabendo que não havia como mudar a decisão do pai naquele momento. "Talvez por isso ele tenha se escondido na Zona Vermelha", pensou, insatisfeita.

Edu digitou um comando no teclado e a tela do monitor mudou, abrindo o pedido dos Falcões. Beca leu a lista com rapidez. Alguns itens eram comuns, como pacotes de ração e munição, contudo, outros se mostraram bem inusitados.

— Por que eles querem um bicho de pelúcia?

— Não sei, Beca, mas esse nem de longe é o mais difícil de se conseguir. Veja o último item.

Ela seguiu a dica do irmão e assoviou, impressionada. Os Falcões pediam uma grande quantidade de remédios, alguns tão raros que só poderiam ser encontrados na Torre. Nem mesmo o mercado paralelo do Setor 4 possuía determinados antivirais que preveniam a gripe encarnada, um mal que maltratou o velho mundo trinta anos antes do registro do véu. Não era uma doença comum na atualidade, mas casos espaçados de fato aconteciam e quase sempre terminavam em morte. Se havia alguém do bando exilado com aquele mal, estaria condenado, a tarefa era praticamente impossível. Emir e seus seguidores não cederiam uma mercadoria tão importante para seus inimigos nem que a névoa desaparecesse!

— Como eles esperam que a gente consiga essa quantidade de remédios? Quem está doente? Todo o bando?

— Lion falou que vai tratar disso com a Torre, tentar barganhar alguns, e que é para você focar nos outros pedidos da lista, por enquanto — Edu explicou, mas também parecia inseguro com o plano. — Separe logo o seu equipamento, eu já tracei um itinerário. Acho melhor começarmos logo.

Com a testa franzida, Beca anuiu. Havia alguma coisa que Lion não estava contando, ela podia sentir. O risco de irritar a

Torre era alto demais e, além disso, os Falcões não tinham condições de bancar um pedido difícil como aquele.

— Qual será nosso pagamento? Ele chegou a mencionar isso na última ligação?

— Nada! Disse que está fazendo isso para ajudar um amigo e que o pagamento é assunto dele e de mais ninguém.

Beca sentiu um arrepio e fitou o cubo de luz em pleno funcionamento. Da última vez que o pai a envolveu em uma operação com tantas pontas soltas, ela quase foi desmembrada pelos cães dos Sombras. Nem queria imaginar os problemas que aquela nova missão guardava.

— Vou me trocar — falou sem muito entusiasmo, caminhando em direção ao seu pequeno espaço pessoal.

— Beca, ainda tem ração aqui. Você não vai terminar? — Edu levantou o prato, mostrando uma boa quantidade do grude.

— Perdi a fome — ela respondeu, sumindo atrás da cortina.

O gancho da *grappling gun* se prendeu com perfeição na base da janela. Em meio ao silêncio do abandono, o ruído do cabo sendo tracionado era como unhas arranhando um quadro negro. As botas de Beca escorregaram um pouco no chão torto da sala. Segundo o briefing de Edu, aquele lugar era um famoso hospital antes da névoa, mas agora não passava de um prédio gigantesco com metade da estrutura inclinada. A única coisa que o impedia de desabar era o enorme paredão ao seu lado, sua torre gêmea.

"Por que a ala infantil não fica no outro prédio?" Ela suspirou e, devagar, começou a deslizar até a porta da sala. Graças a sua agilidade como saltadora, era a pessoa mais indicada para caminhar por aquele piso instável. No entanto, a ideia de que toneladas de ferro e concreto podiam cair sobre sua cabeça a qualquer momento não a tranquilizava nem um pouco.

A ala infantil daquele antigo hospital perdera a magia da infância fazia muitos anos. Escura e suja, possuía macas retorcidas no chão com uma grossa camada de ferrugem cobrindo as pernas, manchas mofadas nas paredes e lixo hospitalar por todos os cantos. Tecidos molhados eram como um tapete para os passos incertos de Beca, as gotas das infiltrações, um som longínquo e nem um pouco reconfortador. O ar cheirava a doença, apesar de nenhum enfermo passar por ali há cinco décadas. As lentes dos óculos da garota adquiriram a cor esverdeada da visão noturna e ela avançou pelos claustrofóbicos corredores.

— Beca, em algum lugar por aí deve ter uma brinquedoteca. É nossa chance de achar um bicho de pelúcia qualquer.

— Edu, essa nem deveria ser a prioridade aqui. Não sei por que estamos fazendo isso.

Ela já havia encontrado alguns remédios básicos que serviriam ao pedido do Falcão. O que mais queria era dar o fora daquele lugar instável, mas seu irmão insistiu para que procurassem logo o tal brinquedo contido na lista. Ela pretendia continuar a reclamar daquela decisão descabida, mas acabou avistando uma porta colorida e se calou: chegou à sala que procurava. Entrou devagar, sentindo seu peito se comprimir de angústia. Ali dentro, as cores que um dia foram vibrantes encontravam-se maculadas pelos anos, os buracos de tinta descascada pareciam feridas que cobriam a pele. Pedaços de brinquedos e roupas se espalhavam pelo chão como um quebra-cabeça de desgraças desmontado, uma espécie de estante partida em duas partes espalhava resquícios de infância para todos os lados. Ver-se naquele lugar acabado provou como o tempo em que vivia era implacável com os sonhos, destruindo-os um a um para que o instinto de sobrevivência fosse o único combustível a mover as pessoas.

Em meio a tantas ilusões quebradas, a garota avistou um coelho com a orelha rasgada. A espuma havia se tornado preta, mas, apesar dos vários rasgos, as patas e os olhos continuavam no lugar — não encontraria algo em melhor estado. Tê-lo nas mãos aumentou seu desconforto. Fechou os olhos e lembrou-se da voz da mãe em sua mente instigando-a a correr mais depressa, a fugir dos monstros que destroçaram seu pai biológico. Se não fosse pelo duto de ventilação no qual se enfiou para escapar dos Sombras, ela seguiria o mesmo destino.

As lágrimas do passado voltaram ao rosto do presente ao reviver a perda de seus entes mais queridos. Beca ficou presa no buraco apertado por dois dias, ouvindo gritos do ataque sombrio ecoarem pelos corredores do prédio decrépito onde morava. Já se sentia fraca e zonza quando passos se aproximaram de seu esconderijo. Botas pretas pararam bem em frente à grade empoeirada e ela engoliu em seco, imaginando que os monstros a tinham encontrado. Chorava tanto quando as mãos fortes a agarraram que demorou a perceber que se tratava de um homem: Lion, seu salvador. Sentia-se muito grata por ele tê-la adotado depois daquele encontro, por tê-la ensinado a voltar a viver e a lidar com suas habilidades especiais, só que a ferida aberta pela perda dos pais biológicos sempre sangraria.

Seus dedos apertaram o coelho velho com mais força. Depois que os pais morreram, também possuíra um companheiro daqueles, seu único amigo nos momentos de solidão.

— Beca, você ainda está aí? Encontrou algo? — a voz de Edu a fez despertar.

Seu irmão adotivo sofreu na infância tanto quanto ela, talvez até mais. Naqueles tempos, não havia crianças que desconhecessem o medo e a perda de alguém amado, infância era algo que deixara de existir. Escolas, creches, tudo era supérfluo diante da realidade dura, sobreviver era a única coisa que importava, o único ensinamento que recebiam. Nos Setores 3 e 4, os grupos e gangues se aproveitavam dos órfãos para arranjar integrantes leais. Comida, um teto e armas bastavam para que as crianças se tornassem minissoldados dispostos a tudo por seus novos protetores.

— Desculpe, fiquei fora do ar por alguns instantes — ela tentou disfarçar a voz embargada. Guardou o coelho no bolso lateral da mochila e deixou a brinquedoteca que não tinha mais razão de existir. — Estou com o brinquedo. Podemos partir para o próximo item.

— A munição e as rações já foram providenciadas. Encontro você na Torre?

— *No*, venha me buscar com o helicóptero. — A resposta causou surpresa no irmão, já que normalmente ela adorava saltar por entre os prédios. Resolveu arranjar uma desculpa: — Ainda estou com um pouco de dor de cabeça.

Na verdade, a dor que sentia era mais profunda, e ela só podia torcer para que a Torre descobrisse os segredos daquele cubo de luz especial e que aquilo desse uma direção para vencer a maldita névoa. Já não suportava mais ver crianças com o olhar de adultos desenganados.

Durante a viagem até o heliponto da Torre, ela ficou pensando nas possibilidades de acabar com o véu. Será que já havia alguma pista? Uma semana se passara desde que entregara o cubo a Emir. Se perguntasse a ele, receberia alguma resposta? Pensar que os Sombras ficavam cada vez mais espertos a deixava receosa. E se as táticas deles mudassem? E se eles resolvessem atacar a humanidade com armas e de maneira organizada? Temia que o futuro fosse mais nebuloso do que o triste presente.

Pela janela, ela viu o arranha-céu se aproximar. Era uma bela construção quadrangular que afinava até chegar a uma longa antena no topo. O prédio mais alto da Zona da Torre, que um dia pertencera a uma famosa rede de telecomunicações. Quase não havia janelas em suas laterais, mas os vinte canhões sônicos se destacavam nos andares mais elevados, instalados ali para garantir a segurança dos homens mais importantes da Nova Superfície. O heliponto ficava na junção do último andar com a base da antena, um bloco de concreto de formato arredondado que deformava um pouco o aspecto retilíneo da Torre. Emir já se encontrava ali, acompanhado de um homem e uma mulher. O sobretudo que chegava à altura dos joelhos movia-se de maneira frenética com o vento criado pelas hélices, e ele ergueu uma das mãos para proteger os belos olhos castanhos.

— Não vá derramar baba pelo chão, Beca! — brincou Edu, notando que a irmã não tirava os olhos dele.

— Cale a boca! — Ela se empertigou e tentou disfarçar o rubor nas bochechas. Toda vez que chegava perto de Emir se sentia daquela forma.

O irmão pousou com segurança e desligou o motor do helicóptero. Beca não esperou a ventania cessar para descer e caminhou apressada até o líder, cumprimentando-o com um aceno.

— Rebeca — falou ele com sua característica entonação neutra.

— *Hola*, Emir — ela lutou para manter a voz segura. — Acho que já sabe por que vim.

Ele anuiu em consentimento.

— Falei com Lion mais cedo. Estou ciente.

— E então, teremos o antiviral?

As sobrancelhas grossas se uniram, mostrando insatisfação com a forma direta com que Beca o questionava. Os companheiros ao lado dele também ficaram irritados, mas a garota não ligou. Apesar de ter uma queda pelo líder da Torre, sabia bem tratar de negócios, e especialmente naquele caso estava com pressa.

— Não podemos desperdiçar nosso estoque com aqueles que não estão do nosso lado, sinto muito — deu a resposta que os irmãos tanto temiam.

Beca respirou fundo, buscando argumentos para uma barganha.

— Escuta, Emir, eu sei que os Falcões não são seus aliados, mas eles precisam desses remédios. Vocês vão deixar que morram por lá?

— Todos sofrem neste mundo, por que deveríamos ajudar aqueles que nos causaram tantos problemas no passado?

A pergunta de Emir era bem lógica, e a garota teve dificuldade para encontrar uma resposta. Já havia percebido que tentar explorar a solidariedade dele seria tarefa árdua, tentou vários argumentos, mas o líder se mostrou irredutível. Por fim, ele perdeu a paciência e a expulsou do heliponto.

— Tudo bem, desisto — ela falou com amargura. — Desculpe por abusar do seu tempo tão precioso.

Virou-se sem se despedir, já conversando com seu irmão pelo comunicador. Será que os Falcões aceitariam a carga incompleta? Propôs ligar para Lion e ver o que o pai ausente sugeriria, contudo, interrompendo sua caminhada até o helicóptero, sentiu um puxão na mochila. Surpreendeu-se ao notar o olhar fixo de Emir no coelho de pelúcia preso no bolso lateral.

— Isto faz parte da carga pedida por eles?

Espantada com a pergunta tão direta e inusitada, ela se limitou a assentir. A expressão fria de Emir se desfez por um breve momento e ele foi cochichar com os dois companheiros. Sem entender o que se passava ali, Beca os observou conversando em voz baixa e prendeu a respiração ao receber um olhar decidido do líder.

— Podemos ceder metade do que estão pedindo — ele declarou, sem dar margens para argumentação. — Nada além disso.

A garota estendeu a mão para fechar o negócio sem hesitar. Sentiu um leve calor no rosto quando roçou os dedos nos dele, mas disfarçou bem. Ele pediu que aguardasse um momento, mandando seus companheiros em busca da mercadoria. Quando ficaram sozinhos, ela aproveitou a oportunidade para satisfazer sua curiosidade:

— Vocês já descobriram alguma coisa sobre os Sombras? Quer dizer, havia mesmo alguma informação importante naquele cubo?

Emir, que antes observava a paisagem com um ar pensativo, fitou-a intensamente, e Beca considerou que ele estava ponderando suas questões, tentando descobrir se havia algo além de curiosidade por trás delas, o que a deixou alerta. A desconfiança dele podia significar que as novidades não eram nada boas.

— Aconteceu alguma coisa? — Ela sabia que estava sendo curiosa demais, mas teve que perguntar.

O rosto de Emir se enrugou de maneira pouco usual, a testa formou vincos retos e os olhos se estreitaram. O descontrole durou um breve momento, mas sua decepção ficou bastante clara.

— Ainda estamos averiguando — respondeu de maneira pouco amigável, demonstrando que não tinha qualquer intenção de tratar daquele assunto com ela. — Vou verificar por que os outros estão demorando tanto. Peço que espere aqui.

Ao vê-lo deixar o heliponto, a garota mordeu o lábio inferior, temendo ter feito uma grande bobagem. Pelo comunicador, escutou a voz distorcida do irmão:

— Alguém está de mau humor hoje, não? — Ele fazia piada, mas seu tom era bem preocupado. — Nunca vi o Emir desse jeito, parece que as coisas com o cubo não andam muito bem.

Ela levou uma unha até os dentes, um hábito que mantinha desde a infância sofrida e do qual nunca conseguira se livrar por completo. Aguardou roendo pedaços das unhas para amenizar seu nervosismo, esperando que seu erro ao pressionar Emir sobre o cubo de luz não lhe custasse os antivirais de que os Falcões tanto precisavam.

Os soldados finalmente trouxeram a mercadoria prometida, porém, para desapontamento de Beca, o líder não retornou com eles. Sua ausência só confirmou que ele se irritou com as perguntas, deixando a garota temerosa quanto ao futuro das descobertas sobre os Sombras. Houve uma breve troca de palavras, principalmente agradecimentos por parte dos filhos de Lion, e, após uma despedida um tanto fria — o casal da Torre não parecia muito feliz —, Beca voltou ao helicóptero e pediu para o irmão dar o fora dali antes que alguém mudasse de ideia.

Já no ar, com a certeza de que tinham feito o melhor possível, os dois irmãos conseguiram relaxar um pouco.

— Vamos torcer para que os Falcões aceitem só metade dos remédios solicitados — Edu comentou, as mãos firmes no manche da aeronave.

— Metade é melhor que nada — ela deu de ombros, observando as três ampolas contendo um líquido amarelado que trazia nas mãos —, eles vão ter que se conformar.

O prédio que abrigava os Falcões não possuía nem metade da grandeza da Torre. Bem mais baixo do que a maioria dos arranha-céus e megaedifícios da zona central, contava com apenas dez andares livres da névoa, não era à toa que os casos de doenças se multiplicavam por ali. Talvez por isso precisassem com urgência de tantos remédios.

Edu desceu do helicóptero com cuidado, pouco à vontade com a proximidade do véu. Já entardecia quando foram recebidos por Ernesto Falcão, um homem de meia-idade com o rosto coberto por rugas de preocupação. A barba espessa deixava o queixo pontudo ainda mais proeminente, seu corpo era forte e de pele marrom, numa tonalidade um pouco mais clara do que a de Beca, e os braços musculosos e o peito estufado mostravam que o preparo físico dos dias como mergulhador ainda não havia se extinguido. De forma prática, não perdeu tempo com cumprimentos desnecessários e quis logo saber da mercadoria, afinal, a noite não demoraria a chegar.

Solícito, Edu foi ajudar no desembarque de munição e ração, deixando Beca sozinha para a difícil conversa sobre os remédios. Ela deu a notícia com cautela, sem saber qual seria a reação do líder dos Falcões. O homem ficou visivelmente perturbado, chegando a empalidecer.

— *Por Dios*! Pensei que vocês teriam mais chances de trazer tudo o que pedimos — falou com um sopro de voz. — Ouvi comentários de que sua relação com a Torre está em alta.

— Não somos favoritos de ninguém. — Beca tratou de tirar aquela ideia absurda da cabeça dele. Não era nada bom para os negócios serem vistos como queridinhos da Torre, a inveja de concorrentes poderia ser tão prejudicial quanto a névoa. — Desculpe, mas metade do antiviral foi tudo que consegui barganhar, e com muito esforço.

Ernesto abriu a boca para dizer algo, mas sua voz foi calada por um grasnar muito conhecido: uma revoada de pássaros se aproximava com velocidade. A expressão triste sumiu do rosto do homem ao vestir a máscara da liderança e gritar para que seus companheiros fechassem o hangar onde estavam. Tudo aconteceu de maneira bem sincronizada. As portas de ferro foram trancadas, guardando o helicóptero de Lion e os demais da curiosidade dos batedores sombrios.

— Pelo jeito vocês terão que passar mais tempo aqui — Ernesto falou, só depois de verificar que a situação estava controlada —, *lo siento*, nossa proximidade com o véu faz com que esses ataques sejam comuns, ainda mais neste horário.

Sem muita escolha, Beca pediu para Edu contatar Lion e informá-lo sobre aquele contratempo.

— Preciso que venha comigo, Beca — pediu o Falcão, segurando-a com delicadeza pelo braço. — Os remédios são urgentes...

A garota concordou e o seguiu pelo labirinto que ele chamava de lar. Muitas paredes quebradas foram tapadas com chapas finas de metal, e a luz fraca provinha de poucas lâmpadas e lanternas improvisadas. Subiram uma escadaria rachada ouvindo gritos do andar de cima. Intrigada, Beca ponderou se eram da pessoa que iria receber as ampolas.

— Entre e veja por si mesma. — Ele abriu a porta para uma sala que exalava cheiro ferroso de sangue.

Por alguns segundos, Beca não soube o que dizer. A sala era bem mais clara do que as outras, e no centro havia uma mulher em trabalho de parto assistida por duas parteiras muito suadas com feições cansadas.

— Ernesto, que os Sombras o carreguem! Por que demorou tanto? — questionou uma delas. — Está quase na hora!

Ele fitou Beca com uma expressão de desalento e ela entendeu na hora o dilema que enfrentava. A mãe tinha algumas manchas avermelhadas na pele, prova de que contraíra a gripe encarnada, e a criança que vinha ao mundo provavelmente também sofria da doença. Só que havia remédio suficiente apenas para uma delas, doses diárias durante três dias até que os efeitos nocivos regredissem. Ela mordeu o lábio diante da dificuldade da situação. Se estivesse no lugar de Ernesto, não sabia o que faria.

— O remédio salvará *el bebé*, mas não *mi esposa* — ele comunicou a decisão com a voz carregada de pesar.

— Eu não fazia ideia do que estava em jogo... — Beca se sentiu na obrigação de explicar, mas suas palavras soaram vazias e acabaram sendo interrompidas pelo choro do recém-nascido.

Quando o líder correu em direção ao bebê e segurou a mão da mulher amada, Beca não aguentou: deixou os remédios com uma das parteiras e correu para fora da sala como se fugisse de um Sombra. Na escadaria, largou o corpo no chão e lutou para controlar as lágrimas. Cada nascimento era um verdadeiro milagre, as taxas de natalidade não eram altas mesmo com o acesso quase nulo a contraceptivos. A maioria das gestações era marcada por complicações e interrupções repentinas. Além disso, as crianças que conseguiam chegar ao mundo tinham uma nova e dura batalha para sobreviver naquele ambiente tão hostil.

Beca nem soube por quanto tempo ficou ali lamentando a injustiça daquele mundo alquebrado, só despertou do seu transe quando sentiu a mão de Edu em seu ombro. Pelas feições no rosto dele, a triste sina de Ernesto já era conhecida.

— Não podíamos fazer nada, a decisão era da Torre — as palavras dele não amenizaram sua tristeza.

— Mas, se soubessem o que estava em jogo, talvez mudassem de ideia. — Beca baixou os olhos e avistou o coelho pendurado na mochila. Ao se lembrar do olhar de Emir para o brinquedo, deu-se conta de que as ampolas que recebera eram um presente para a criança que acabara de nascer, o máximo de solidariedade que a Torre se permitia demonstrar. Enraivecida, ela segurou a pelúcia contra o peito, fazendo com que parte da espuma suja saísse pelos rasgos.

O barulho da porta se abrindo chamou a atenção dos irmãos. Um Ernesto com olhos vermelhos os encarou, parecia esgotado.

— Quanto ao pagamento, fale para Lion que ele pode vir cobrar o favor a qualquer momento. A mercadoria veio incompleta, mas reconheço o esforço que fez por mim. É um bom amigo.

Beca engoliu em seco, envergonhada por ter se irritado com a escolha do pai de ajudar um renegado. Agora entendia muito bem os motivos dele. Ao seu lado, Edu mostrava-se igualmente abalado.

— Não se preocupe com o pagamento agora, Ernesto — falou, entregando o coelho de pelúcia ao novo pai. — É menino ou menina?

— *Niña* — respondeu ele com um sorriso triste. — Ganhará o nome de *su madre*.

VIGIA
E QUEDA

Os gritos de animação tomavam conta do bar Fênix. Homens e mulheres se amontoavam ao redor da mesa de sinuca torcendo para Beca acertar sua próxima tacada. Com um sorriso confiante, ela fez sua jogada com perfeição, encaçapando a última bola e vencendo a partida. Os aplausos aumentaram sua satisfação. Levantou o braço, comemorando a vitória e provocando o jogador perdedor.

— Você me deve uma semana de bebida — disse, dirigindo-se ao balcão.

Enquanto buscava seu prêmio daquele dia, os outros jogadores arrumaram a mesa para uma nova partida, entretanto, sua vontade de humilhar mais alguém naquela noite já havia passado.

— Esse sorrisinho não duraria muito tempo se fosse eu o seu adversário — a conhecida voz masculina a fez largar o copo no balcão. Fitou Rato com olhos incrédulos: desde a missão do cubo de luz, não via o informante.

Depois de se recuperar do susto inicial, Beca adotou uma expressão desinteressada.

— Nem nos seus sonhos, Rato. — Voltou a bebericar o uísque velho. — Sou a melhor jogadora da Nova Superfície.

— Isso porque nunca aceitou um desafio meu — ele provocou, apoiando o corpo no balcão e aproximando o rosto do dela. Pelo jeito, o tempo sumido não havia diminuído aquele jeito abusado. — O que foi, tem medo do que eu vou pedir como prêmio?

Beca massageou o topo do nariz com os dedos tentando controlar sua irritação. Como aquele homem a tirava do sério! Não entendia o porquê de ele aborrecê-la tanto. Havia outras mulheres na Nova Superfície, que os Sombras o carregassem!

— Vai sonhando, Rato... Afinal, por onde você andou esse tempo todo?

— Sentiu minha falta, *cariño*? Se soubesse, teria ligado.

Ela cerrou os punhos imaginando como seria bom quebrar o nariz daquele debochado, mas a súbita chegada de Lion e Edu, suas expressões sérias e tensas, deu fim à conversa. Observou os dois se aproximarem. Seu pai lançou um olhar carrancudo para Rato. O informante entendeu o recado e levantou as duas mãos em sinal de paz.

— Estou indo, estou indo. Calma, sogrão.

Do jeito que Lion parecia irritado, Beca achou incrível o safado do Rato escapar de levar um safanão depois da ousadia de chamá-lo de "sogrão". O assunto que o levara até ali deveria ser bem sério.

— O que aconteceu, *viejo*? — perguntou ela, temerosa.

Antes de contar as novidades, Lion pediu uma bebida a Velma. Tomou o forte trago em um único gole, sacudindo a cabeça para desanuviar os pensamentos. Edu se sentou em um banco ao lado da irmã, observando-a saborear as unhas roídas.

— Temos uma nova missão, *hija*. Urgente, vinda direto da Torre.

Um turbilhão de pensamentos tomou a mente de Beca. Primeiro, pensou na possibilidade de Emir ter descoberto algum dos segredos dos Sombras. Depois, cogitou que, pela expressão desgostosa do pai, o pedido da Torre deveria ser uma espécie de punição pelo envolvimento recente com os Falcões três dias antes. Mas não teve tempo de externar sua confusão, Lion esclareceu a situação.

— Houve um problema com o cubo de luz que entregamos a eles. — Encarou-a com um olhar duro, como se a culpasse por todas as repercussões que aquela missão ainda trazia. — Ao que parece, o teleportador ladrãozinho enganou todo mundo e ficou com as informações dos Sombras, o cubo que recuperamos não passava de uma distração.

Beca quase não acreditou no que acabara de ouvir.

— E eles acham que a gente tem algo a ver com isso? — Ela finalmente compreendeu o comportamento incomum de Emir no último encontro. Sentiu um frio na barriga ao se lembrar de seu olhar quando perguntou sobre as descobertas. Estremeceu ao imaginar possíveis retaliações.

— Emir não disse isso, mas estamos envolvidos até o pescoço nessa história — Edu se meteu na conversa ao perceber que a irmã havia feito a ligação com a conversa trocada no heliponto da Torre. — Eles estão atrás do teleportador, claro, mas, enquanto não o pegarem, nosso filme não poderia estar mais queimado.

— *Puta madre*! — Beca praguejou. — E essa missão que eles ofereceram? É uma forma de nos punir?

Lion e Edu se entreolharam, temerosos, e o pai finalmente coçou a barba espessa e tocou no ombro da filha.

— Você sabe que o Emir é calculista, ele nunca nos puniria abertamente sem ter provas, mas digamos que deixou bem claro que desconfia de nós. Para tirar essa má impressão, quer que monitoremos as atividades dos Sombras em uma determinada área.

— Monitorar as atividades dos Sombras? — perguntou ela incrédula, nunca tinha ouvido falar de alguém fora do grupo dos mergulhadores fazendo aquilo. — Quer dizer, vigiá-los de longe?

— *No, hija* — Lion jogou a juba para trás —, quero dizer espioná-los, descobrir o que estão tramando. Isso significa chegar bem perto, talvez até demais. Mas é melhor discutirmos isso em casa. Venha, temos muito o que conversar.

Um suor frio brotou das mãos da garota, que mordiscou as unhas um pouco mais pensando nos incontáveis perigos daquele plano maluco. Calada, seguiu o pai e o irmão para fora do bar. Precisava encontrar uma forma de cancelar aquele trabalho: talvez uma boa conversa com Emir o convencesse de que não tinham culpa na história do cubo de luz. Estava tão nervosa que não percebeu o olhar atento que Rato lançava de maneira disfarçada para os três. A expressão no rosto do informante era neutra, mas seus olhos lampejavam de maneira diferente.

— Eu ainda não acredito que vamos mesmo fazer isso. — De cabeça para baixo, com uma corda de escalada amarrada à cintura, Beca instalava a última câmera nos arredores do prédio que investigariam naquela noite.

Após ligar o equipamento, afastou os cabelos do rosto e girou o corpo, voltando à posição normal. Com a força dos braços, içou-se de volta à cobertura do prédio. Através do comunicador sem fio, escutava o discurso de Lion sobre como não tinham outra opção senão seguir as instruções da Torre.

— Se desafiarmos Emir agora, isso só vai nos deixar mais quebrados.

— Nem eles querem se envolver em algo tão perigoso, *viejo*, sabem que isso vai dar errado! — Desatrelou os cabos que a sustentavam e os devolveu à mochila. — Pelo menos podíamos contratar mais dois saltadores para me ajudar. Um teleportador ou um corredor seriam ótimos também.

— Não temos como pagar, Beca. Essa vai ser uma missão em família.

Irritada, ela se aproximou do parapeito da cobertura e desprendeu a *grappling gun* da calça. Saltou no vazio, dando algumas piruetas no ar antes de atirar o gancho em direção ao arranha-céu mais próximo, e usou os pés para amortecer o impacto contra a parede, evitando os vidros das janelas. Olhou para baixo e fitou a névoa.

— Com todo o respeito, *viejo*, o Edu não é agente de campo e nós nem sabemos direito o que vamos encontrar — falou, enquanto escalava o concreto rachado usando o cabo da corda-gancho como segurança caso caísse. — Isso é uma loucura!

— Eu sou capaz! — Edu protestou com indignação. — Não fale por mim, Beca, quero fazer isso.

Ela suspirou inconformada. As mãos chegaram à beirada da cobertura e a levantaram sem muito esforço. Isso era o que fazia de melhor. Edu, porém, não aguentaria nem uma corrida de mais de dez minutos. A quem tentava enganar?

— Nós já discutimos isso, Beca. *Tu hermano* é um ótimo atirador e vai dar conta do recado. Se algo der errado, eu estarei na vigilância e irei buscá-los. Pare de reclamar!

Ela teve vontade de mandar o pai para o quinto dos infernos, mas engoliu os xingamentos. Sabia que Lion lidava com uma crise grave e tentava resolver as coisas da melhor maneira, no entanto, nenhum encorajamento da parte dele diminuiria o mal-estar em relação àquela missão. Não chegava a ser tão arriscada quanto um mergulho no véu, mas se mostrava igualmente perturbadora: eles iam verificar uma região desconhecida na Periferia da Névoa, local onde um grupo de mergulhadores desaparecera há três dias. Emir não informara o que seus homens faziam naquele lugar distante da Zona da Torre, mas Beca desconfiava que estavam em busca de aparelhos que viessem suprir a perda inestimável do cubo. Algo estranho havia acontecido com o grupo antes que descesse para o véu, algo que fez o líder desconsiderar mandar outros subordinados para uma observação. A garota tinha certeza de que ele os chamara porque não queria arriscar perder mais gente sua, ou seja, mesmo que ninguém dissesse aquilo abertamente, a convocação era uma punição, sim.

— O sinal da terceira câmera está com interferência, verifique para mim — Lion mudou de assunto. — Depois disso retorne, ainda temos que repassar o plano uma última vez.

— Tudo bem, *viejo*. — Ela se virou na direção da câmera com defeito e se pôs a correr. Saltou um vão de mais de quatro metros como se não fosse nada.

À noite, a Nova Superfície era só escuridão e medo. As estrelas brilhavam como milhares de olhos que espionavam o avanço de Beca e Edu. Sentados de frente para um rasgo que ocupava quase três andares na parede do arranha-céu, eles sacudiam as pernas no ar enquanto realizavam uma última verificação das armas.

Usando óculos especiais, ambos conseguiam enxergar muito bem no escuro. As pistolas foram carregadas e guardadas no coldre embaixo do braço e os dois rifles de longo alcance, presos nas costas. Ao fazer mira com sua arma, as mãos de Edu não paravam de tremer, então Beca o segurou pelo braço e forçou um sorriso. Mesmo que não concordasse com a presença dele ali, de nada adiantava deixá-lo mais inseguro.

— Vai ficar tudo bem, *hermano*. — Acariciou seus cabelos e se levantou, puxando-o consigo. — Vamos caçar Sombras.

Seguindo a orientação de Lion, os irmãos tomaram rumos diferentes no interior do prédio. Beca andava pelos corredores com passos silenciosos e precisos, procurando por sinais dos Sombras ou do grupo de mergulhadores desaparecidos. A cada andar que descia, encontrava-se com Edu na escada de emergência e dava-lhe um reconfortante tapinha nas costas — ele tentava disfarçar o nervosismo, mas era um péssimo mentiroso.

As horas passavam devagar, sem sinal de atividade atípica. As câmeras instaladas nos arredores não revelavam nada, e o máximo que Lion podia fazer para ajudar era dar direções e dados sobre a planta do lugar, no passado, um famoso shopping center. Beca não entendia muito bem o que as pessoas costumavam fazer ali, mas, segundo a explicação de seu pai, tudo o que alguém precisasse para sobreviver poderia ser encontrado nesse tipo de lugar. Uma praticidade difícil de imaginar naqueles novos tempos.

De repente, um barulho alto vindo dos pisos inferiores, mais próximos do véu, chamou sua atenção: o som, grave e gutural, como se tivesse saído de diversas entranhas, causou um arrepio em Beca. Ela se agachou e quis logo saber onde Edu se encontrava.

— Estou no piso abaixo do seu, e, Beca, você precisa ver o que está acontecendo aqui — havia um tremor na voz dele.

Sem perder tempo, a garota correu para a escada e desceu os degraus com longos saltos. Não teve dificuldade em chegar até o irmão, cujas vestes levavam um localizador que piscava no visor dos óculos dela.

Agachado próximo a um grande buraco onde o piso cedera, Edu sinalizou para que ela se aproximasse em silêncio, e Beca logo viu o que o deixara tão agitado: encontraram os mergulhadores perdidos da Torre.

No andar abaixo deles, o grupo era puxado e maltratado por criaturas diferentes dos Sombras. Magros e de aspecto raquítico, os estranhos seres tinham cabelos ralos e a pele acinzentada coberta por trapos. Andavam curvos e trêmulos, mas, apesar do aspecto fragilizado, seguravam porretes que não se acanhavam em usar nos prisioneiros.

— *Mierda*! O que são essas coisas? — Beca sussurrou, impressionada. Nunca vira criaturas como aquelas antes. Um pouco afastado dos seres estranhos e dos mergulhadores havia um único Sombra que parecia vigiar o comportamento deles. — Lion, você está vendo?

— Não faço ideia do que sejam — falou o pai de maneira tensa, enxergando o que os filhos presenciavam graças às microcâmeras instaladas nos óculos de cada um. — Vai ver era isso que a Torre queria tanto descobrir. Tenham cuidado!

Os humanos capturados eram guiados para baixo, em direção à névoa. De dois em dois, atrelados por amarras, desciam por uma escadaria larga e sumiam, escoltados por aquelas assustadoras criaturas. De repente, um homem tentou resistir, gritando e se debatendo contra os cabos que o prendiam ao outro companheiro, já resignado. Um dos seres esqueléticos deu um gemido baixo, manquejou até o agitador e, sem hesitar, levantou o seu pedaço de ferro e atingiu o mergulhador na cabeça. O impacto foi forte o suficiente para levar o homem ao chão, desacordado ou mesmo morto — não dava para determinar de onde os irmãos observavam. Então, o outro prisioneiro foi obrigado a arrastar seu companheiro inconsciente para dentro da escuridão.

Beca sentiu a movimentação de Edu. Ao se virar, viu que ele puxara o rifle e o apontava para a cabeça de uma das criaturas cinzas.

— O que pensa que está fazendo? — Ela o impediu de atirar. — *Estás loco*?

— Temos que fazer alguma coisa, Beca — o murmúrio saiu aflito —, não podemos ficar parados vendo essas pessoas serem levadas!

Beca não respondeu, tentava entender a cena. Será que Emir tinha alguma ideia de que seus homens ainda viviam? Se ela os salvasse, talvez conseguisse ganhar pontos com o líder da Torre para compensar a perda do cubo de luz. Pensando nisso, seus olhos varreram o piso inferior analisando as possibilidades de ataque. Só havia um Sombra, e as outras criaturas não pareciam tão fortes. A chance de conseguirem salvar aqueles mergulhadores não era tão remota. No fundo, ela sabia que o irmão tinha razão, se estivesse no lugar daqueles homens, desejaria que alguém aparecesse para tirá-la das garras sombrias.

Como se lesse seus pensamentos, Lion se manifestou:

— Não me importo que eles sejam membros da Torre, nosso trabalho é só observar, estão ouvindo? — quase berrava no comunicador, causando pontadas no ouvido da garota. — Fiquem quietinhos e não façam besteira!

As palavras do pai pareciam sensatas, mas não conseguiram diminuir o incômodo de Beca. Ela trocou a frequência de seu comunicador e de Edu, isolando-os de Lion. O irmão a observava com olhos arregalados.

— Certo, Edu, eu vou distrair o Sombra grandão. Você prepara a pontaria e derruba aqueles esquisitões enquanto estivermos longe.

Surpreso, Edu engoliu em seco antes de anuir.

— Não fique com medo, você tem uma ótima mira — ela tentou confortá-lo. — Se algo der errado, fuja sem pensar duas vezes, não se preocupe e não me espere. Sei me virar sozinha, tá bom?

— Ok, Beca. Não vou *joder* com a gente, juro.

Despediram-se com um abraço apertado. Com o coração aos pulos, Beca deixou Edu sozinho e foi procurar outro ponto em que o piso tivesse cedido. Depois de passar por vitrines quebradas, escombros e restos de roupas espalhados pelo chão, encontrou uma cratera de mais ou menos quatro metros de diâmetro. O concreto se inclinava como uma rampa para o andar de baixo, e foi por ali que ela escorregou. Esgueirou-se pela escuridão com o maior cuidado para não provocar ruídos e refez o caminho até os reféns, só que desta vez muito mais próxima do que acharia seguro.

Agachou-se assim que ouviu os primeiros gemidos dos prisioneiros restantes. Eles agiam de maneira estranha, totalmente subjugados à vontade dos monstros cinzas. Aparentavam estar drogados, pois não agiam como se tivessem passado pelo árduo treinamento da Torre. Cautelosa, a garota puxou o rifle das costas e se ajoelhou, colando o olho na mira. Escolheu seu alvo, o Sombra que se encontrava mais afastado, engatilhou a arma e mirou a cabeça. O estampido tomou conta do saguão como um trovão.

Beca antecipou a cena: a bala se alojando no crânio do Sombra, piscando por três vezes e explodindo o corpo entroncado. A realidade, porém, foi bem diferente. Como se pressentisse o perigo que se aproximava em alta velocidade, o Sombra se agachou com reflexos sobre-humanos, os olhos brilhantes imediatamente focaram o local onde a garota se escondia e ela sentiu como se fosse perfurada. Uma onda de pânico tomou seu corpo antes que o instinto a fizesse correr em disparada.

Ela fugiu certa de que o terrível monstro vinha em seu encalço com sede de sangue. Tomou o percurso mais complicado possível, confiando que suas habilidades lhe dariam alguma vantagem, deu saltos por sobre estantes que bloqueavam o caminho, desviou de cacos de vidro pontudos que se precipitavam das vitrines, derrubou mercadorias e cadeiras atrás de si. No entanto, o Sombra a perseguia com ímpeto assassino, vencendo os obstáculos com uma facilidade que fazia Beca parecer uma saltadora aprendiz.

A distância entre eles foi diminuindo, até que a garota sentiu uma mão pesada segurá-la pelo ombro e a puxar com toda força. Caiu de costas no chão, expelindo o ar numa tosse seca, e no mesmo instante tentou sacar a pistola presa no coldre, mas o Sombra percebeu o movimento e torceu seu braço, causando um estalo doloroso. Os gritos da garota ecoaram junto com os tiros que seu irmão começava a desferir nas criaturas cinzentas a metros dali.

Bufando, o Sombra aplicou dois socos que impediram qualquer tentativa de resistência. Tonta, Beca sentiu as mãos grossas com veias saltadas apertarem seu pescoço e impedirem a passagem do ar. Esticou os braços e arranhou a cara disforme de seu oponente, mas nem mesmo os rasgos que deixou nas bochechas dele o fizeram diminuir a pressão.

Quando a visão começou a borrar através das lentes rachadas de seus óculos, ela soube que a luta havia terminado: os pulmões queimavam, implorando por ar, a morte era mais palpável do que as mãos que a sufocavam. O destino de Beca parecia selado, mas um tiro certeiro tratou de dar um outro rumo àquela história. A bala cravou no crânio do Sombra com precisão cirúrgica, chegando a despontar de seu olho esquerdo. Uma luz vermelha, que representava a contagem antes da detonação, brilhou. A pressão no pescoço da garota afrouxou e ela conseguiu se afastar antes que a cabeça do Sombra explodisse.

Tossindo e tentando respirar ao mesmo tempo, Beca se levantou e procurou por Edu, entretanto, não avistou o irmão. Seus olhos doloridos captaram apenas o movimento de um vulto que corria para longe com bastante rapidez. Ela franziu o cenho, intrigada, mas a voz rouca de seu pai, que havia encontrado a nova frequência que ela utilizava, acabou trazendo-a de volta para problemas mais sérios.

— Beca, responda! Como você está? Quem atirou?

— Estou bem, *viejo* — ela teve que se esforçar bastante para dizer aquelas poucas palavras. Pigarreou algumas vezes, tentando encontrar a voz perdida. — Não sei quem me salvou, mas desapareceu. Vou ajudar o Edu.

Seguindo o barulho dos tiros, Beca não demorou para retornar ao local onde os prisioneiros eram mantidos. Encontrou o irmão em apuros, abatendo os seres raquíticos que deixaram os humanos cativos de lado para cercar o garoto. Sem perder tempo, ela se ajoelhou e deu seis tiros certeiros com a pistola. Felizmente, aquelas criaturas não partilhavam da resistência dos Sombras, balas simples na cabeça garantiram que nunca mais se levantassem.

— *Carajo*! Você chegou na hora certa, Beca! — Edu desabou no chão, sem fôlego.

— Eu falei pra você ficar lá em cima, o que está fazendo aqui? — Ela se agachou, procurando ferimentos no irmão.

— Caí. — Ele afastou as mãos zelosas que apalpavam seu rosto ralado e tornou a levantar. Parecia envergonhado. — Escorreguei.

Os olhos rapidamente procuraram os reféns dos Sombras, que não paravam de tremer. De maneira cautelosa, Edu se aproximou deles falando que tudo ficaria bem, garantindo que estavam a salvo.

— Não acredito que vocês conseguiram — Lion falou pelos comunicadores. O tom aliviado fez Beca sorrir. Depois daquela aventura, só queria dormir por uma semana.

— Calma, nós só queremos ajudar — o grito de Edu a lembrou de que nem todos os problemas estavam resolvidos. — Ei, por favor, não façam isso!

Os quatro reféns que sobraram estavam com os pés na beirada do precipício que os levaria direto para o véu. A fenda na parede era larga o suficiente para que se jogassem todos de uma vez, e, ao observar seus olhares perdidos e sem foco, Beca teve a terrível sensação de que era aquilo que eles fariam. Pareciam não ter percebido que estavam a salvo, olhavam para Edu como se ele também fosse um Sombra, erguendo os braços para que se mantivesse afastado.

A primeira dupla de prisioneiros se atirou para a morte sem qualquer aviso ou explicação, amedrontados demais com a proximidade de Edu. Em uma atitude arriscada e inconsequente, o jovem correu na direção dos últimos mergulhadores vivos, um casal, e segurou o homem pelo braço. Gritava, tentando pôr um pouco de bom senso naquelas mentes alquebradas, mas eles também não queriam ouvir, uivavam como animais feridos e acuados.

A mulher acorrentada torceu a boca de maneira estranha, ouvindo-se um estalo e bipes eletrônicos, e, instantes depois, uma pequena explosão aconteceu, surpreendendo os dois irmãos. A cabeça da mergulhadora se desfez, espalhando uma chuva de sangue sobre o companheiro e sobre Edu. O corpo decapitado pesou, inclinando-se perigosamente para a névoa. Beca gritou para que o irmão se afastasse daqueles malucos, mas tudo ocorreu rápido demais. Desesperado com a perda, o homem com o qual Edu digladiava o agarrou pela cintura, arrastando-o para a queda.

Ao ver seu irmão ser puxado para a morte certa, todos os reflexos de Beca pareceram travar por alguns instantes, um mero piscar de olhos, mas que se mostrou crucial para selar o destino de Edu. Ao olhar para baixo pela abertura que rasgava a parede, ela avistou somente névoa. Um lamento dolorido deixou seus lábios ao mesmo tempo que a força das pernas desaparecia.

Olhou para os lados, desnorteada. Pelos comunicadores, Lion também gritava, perguntava sobre a câmera sem sinal de Edu com um tom alquebrado, resistindo a constatar o óbvio. Um calor insuportável tomou o peito de Beca: era como se sua garganta estivesse em carne viva. Desesperada, ela fitou o véu com uma vontade suicida e, sem pensar, preparou o corpo para saltar atrás do irmão. Teria feito aquela grande besteira se não fosse pelo puxão forte que quase deslocou seu outro braço. Alguém a arrastou para longe do abismo, após atingir sua cabeça com algo pesado o suficiente para desacordá-la. Somente seus óculos seguiram para o mundo submerso, perdendo-se nas brumas cinzentas e cegando a visão de Lion.

Os braços de Rato trouxeram o corpo desmaiado de Beca para perto. Pela segunda vez naquela noite, ele a salvou da morte certa, porém sua expressão não demonstrava nada além de pesar.

— Cheguei tarde demais — lamentou com os olhos fixos na abertura da parede. Através do comunicador na orelha da garota, ele podia escutar o pranto desconsolado de Lion.

TRANSMISSÃO 23.803

Ano 53 depois do véu.
Você ouve agora Emir, direto da Torre.

Temos uma triste notícia para dar ao povo da Nova Superfície. Hoje, às três horas e cinquenta e cinco minutos da madrugada, o rapaz conhecido como Eduardo Gonçalves caiu na névoa. Ele realizava um serviço para a Torre juntamente com seu pai, John Fuller, mais conhecido como Lion, e sua irmã Rebeca Lópes. Sentimos muito pela perda de alguém tão importante para esses parceiros que há tanto tempo nos auxiliam. Pedimos que toda a Zona da Torre, não importa a crença, ore pela alma desse corajoso jovem. Que ele encontre paz.

LUTO

O silêncio no bar era desconfortável. Todos sabiam o que acontecera duas noites antes e temiam falar com a garota que afogava suas tristezas em uma mesa isolada. O rosto ainda apresentava as marcas da briga com o Sombra, manchas roxas na bochecha e lábio superior levemente inchado. O braço direito encontrava-se imobilizado, mas o esquerdo trabalhava sem parar levando o trago amargo até a boca. A vermelhidão tomava o branco dos olhos e causava uma ardência que se esgueirava pelas vias nervosas até o topo da cabeça, onde um galo proeminente ainda incomodava. Beca não sabia quem a havia nocauteado e impedido de seguir Edu, talvez algum morador da Periferia da Névoa que preferiu se manter oculto. Depois de ser atingida na cabeça, só se lembrava de acordar num prédio bem distante do shopping ao som do motor do helicóptero de seu pai se aproximando. Os dois, porém, nem tentaram descobrir a identidade do misterioso salvador, a perda de Edu e os ferimentos que maltratavam a garota fizeram com que todas as outras questões fossem deixadas de lado. Até a presença das criaturas esqueléticas foi esquecida, sendo lembrada apenas quando Emir entrou em contato exigindo as imagens que as câmeras haviam registrado.

    A dor que a assolava só não era pior do que a culpa. Em meio aos goles do forte destilado, ela repassava a cena que culminou na queda de seu irmão, e cada vez que revia seus erros, o grito preso na garganta lutava para se libertar. Como se previssem que ela iria desmoronar a qualquer momento, os poucos jogadores de sinuca deixaram seus tacos de lado e passaram a observá-la com olhos atentos. Podia ouvir alguns comentários sussurrados, mas não dava atenção a eles: tudo o que queria era se embriagar para esquecer.

Por duas vezes, Velma se aproximou aconselhando-a a parar. Contudo, Beca respondeu com palavras duras que, enquanto tivesse com o que pagar, queria que a bebida continuasse vindo para sua mesa. Nem seu pai tinha o direito de dar palpites sobre sua vida, muito menos aquelas pessoas desconhecidas. Pensar em Lion só contribuía para aumentar sua agitação. Trocaram palavras ofensivas quando chegaram em casa, acusações pesadas foram bradadas dos dois lados, a raiva tomando conta do luto que compartilhavam. Desde aquela briga, ela não o vira mais, tinha quase certeza de que ele fora buscar consolo nos prostíbulos da Zona Vermelha. Aquilo só aumentava seu ressentimento: "Se ele não tivesse aceitado esse trabalho da Torre, Edu ainda estaria aqui".

A Torre também tinha uma grande parcela de culpa, e Beca remoía o rancor a cada gole que descia queimando a garganta. Imaginava que agora os desgraçados estavam satisfeitos, conseguiram a punição pela perda do cubo de luz e ainda receberam o vídeo de todos os acontecimentos daquela noite. As estranhas criaturas seriam analisadas e eles nem pensariam mais na perda de Edu. Por várias vezes ela sentiu vontade de ir ao Setor 1 gritar toda sua frustração na porta de Emir, exigindo que ele respondesse pela morte que ajudara a causar.

Fechou os olhos por alguns segundos, tentando controlar as lágrimas que ameaçavam cair. Ao abri-los outra vez, deparou-se com a figura esguia de Rato sentada na cadeira à sua frente.

— Saia daqui — praticamente rosnou por entre os dentes. Lançou um olhar assassino que faria tremer as pernas dos presentes no bar; todos, com exceção do homem a quem o olhar se destinava.

O bar inteiro parou de respirar esperando pela resposta de Rato.

— Eu sinto muito pelo que aconteceu, Beca, mas já chega, você bebeu demais. Vá pra casa.

Quem aquele desgraçado pensava que era para lhe dizer o que fazer? A raiva borbulhava no estômago, acelerando sua respiração. Só para provocar, ela levou a garrafa aos lábios e tomou um grande gole.

— *Vete al carajo*, Rato.

— *Chica*, você fica bem desbocada quando bebe. Onde está Lion para cuidar dessa boca suja? — Um sorriso debochado se abriu nos lábios dele, mas não chegou aos olhos. Sua preocupação era evidente, mesmo que ele tentasse escondê-la sob a máscara do descaso.

— Não é da sua conta. Volte para o esgoto de onde saiu e me deixe em paz.

Rato apoiou os dois braços na mesa e inclinou o corpo para a frente, tentando falar num volume que somente ela pudesse ouvir. Apenas naquele instante, permitiu que sua verdadeira preocupação ficasse exposta. A compaixão que Beca viu no rosto dele a deixou transtornada.

— Para com isso, Beca. O Edu não ia gostar de te ver assim.

A menção àquele nome a fez perder o controle. Em um salto, derrubou a cadeira na qual sentava e puxou a pistola, apontando-a diretamente para o peito do outro.

— Você não tem o direito de falar nada sobre ele — bradou. — Saia agora se tem algum amor por essa sua vida miserável.

Desta vez, a ameaça não foi ignorada e o informante recuou com os dois braços levantados. Somente quando ele chegou ao balcão do bar a garota voltou a se sentar e retornou à atividade com a garrafa.

— Você é bem *loco*, Rato. Podia ter levado um tiro no meio da cara — Velma comentou, sem tirar os olhos de Beca.

O informante deu de ombros.

— Ela não deve passar por isso sozinha — falou, como se soubesse muito bem o que ela passava.

Finalmente deixada na solidão que tanto desejava, Beca tratou de afogar seus sentimentos no álcool. Depois de um tempo, as pessoas no bar não passavam de borrões sem forma, os sons, mesmo que raros, possuíam uma frequência diferente, como se estivessem mais lentos. Em meio àquela confusão de sentidos, ela sentiu que sua resolução fraquejava, que nem toda a bebida da Nova Superfície apagaria seu sofrimento. Tentou ficar de pé e sair dali, não queria que a vissem desabar, mas suas pernas tinham vontade própria e não se moviam direito. Tropeçou, derrubando vidro para todos os lados. Colocou a mão sobre o rosto, sentindo uma onda de náusea levar embora os últimos resquícios de seu equilíbrio. Achou que seguiria o caminho dos copos e garrafas ao chão, mas foi segurada por Rato.

De maneira nada usual, ele a abraçou, gritando para os outros clientes tratarem de cuidar das próprias vidas e agindo como um perfeito guarda-costas. Caminharam devagar até a saída do bar. Beca não entendia por que o informante se mostrava tão atencioso, mas também não encontrava forças para perguntar. Deixou-se guiar para fora do Fênix como uma criança perdida que esquecera o caminho de casa.

Ela não soube ao certo quando as lágrimas começaram a cair, se foi enquanto cruzavam uma das pontes cobertas que interligavam todo o bloco Carrasco ou se já na subida da escadaria rumo ao seu apartamento, quando enterrou o rosto no peito de Rato e desabafou a culpa e o pesar. Bem no fundo, sentia-se envergonhada por quebrar justamente na frente daquele homem, mas o calor vindo do corpo dele e as palavras suaves que sussurrou em seu ouvido eram estranhamente reconfortantes.

Percebendo que ela não tinha mais condições de caminhar, ele a pegou nos braços. Não teve dificuldades para destrancar a porta do apartamento, como o bom hacker que era, descobrira aquela senha em um de seus passatempos noturnos. Só que nunca havia entrado, e não pôde deixar de se impressionar: comparado ao seu muquifo, aquele lugar era um verdadeiro palácio. Os olhos treinados de informante logo catalogaram os equipamentos, principalmente o poderoso e caótico computador de Edu. Sentiu-se um tanto culpado por aquela avaliação involuntária, e tratou de deixar Beca em um dos colchões cercados por cortinas.

Com o olhar tristonho, acariciou os cabelos dela. Da escadaria até ali, o cansaço finalmente a venceu e ela dormia o sono dos bêbados.

— Vai ficar tudo bem, Rebeca — falou, num tom de voz que nunca lhe permitiria ouvir acordada. Aquelas palavras revelavam os verdadeiros sentimentos que o moviam. — Não chore, estou aqui. Sempre estarei aqui por você.

Rato velou o sono da garota até os primeiros raios de sol despontarem no céu. Espreguiçando-se, deixou o colchão duro e foi buscar o casaco pendurado na cadeira giratória em frente ao computador, alisando a camisa de mangas compridas antes de vestir a outra peça. Sentia-se tão amassado quanto suas roupas. Refletia se deveria se despedir quando a porta eletrônica se abriu com um estalo e revelou a figura carrancuda de Lion.

Os olhos do homenzarrão se arregalaram ao ver o informante em sua casa. Em instantes, a surpresa deu lugar à raiva, fazendo-o avançar sobre o outro como um dos cães sombrios enfurecidos.

— O que está fazendo aqui? Como conseguiu entrar? — Agarrou-o pelo colarinho, chegando a levantá-lo do chão.

— Calma, Lion, trouxe Beca para casa. Ela estava bêbada demais para voltar sozinha.

— Se você fez algo com ela, eu te mato!

O aperto no pescoço ficou mais forte, mas Rato não tentou se libertar. Encarou Lion com um olhar repleto de censura.

— Ela precisava de você ontem. As prostitutas da Zona Vermelha são mais importantes que *tu hija*?

O soco que atingiu seu nariz não chegou a quebrá-lo, mas causou um sangramento intenso. Sentindo o gosto ferroso na boca, o informante sorriu com desdém.

— Agora se sente ofendido?

— Você não sabe nada sobre minha vida! Não me julgue!

Aquilo foi suficiente para Rato também perder a paciência.

— Eu julgo, sim! Julgo quando deixa *tu hija* sozinha, sofrendo por algo que não é culpa dela! Muito menos sua, Lion!

Agitado, o homenzarrão afrouxou seu golpe sufocante e se afastou, andando de um lado para o outro.

— Eu falei para eles não tentarem salvar aquela gente. Avisei que era perigoso, que devíamos só olhar! *Mierda*!

Rato observou o homem com um misto de pena e indignação. Não tinha o direito de repreender o luto dos outros, mas as desculpas de Lion lhe pareceram um tanto patéticas.

— Fale com Beca, ela precisa de você mais do que nunca. Precisa de *su padre*, não de um chefe aborrecido que busca justificativa pela perda de um funcionário.

As palavras machucaram. Lion arrumou os cabelos volumosos, recuperou a compostura e encarou o outro. Os olhos se estreitaram com ressentimento. A mão instintivamente buscou a perna inválida.

— Você se acha digno de me dar conselhos, Rato? — perguntou com ironia. Toda a frustração que sentia agora se dirigia para a figura que o antagonizava. — Eu sei muito bem que tipo de homem você é.

Ele deu alguns passos à frente, chegando a encostar o nariz pontudo no rosto do informante.

— Desde a primeira vez que o vi, soube que era falso. Essa máscara de deboche e pouco caso que insiste em usar nunca me enganou. Sei que é perigoso, que esconde algo obscuro dentro de si. — O dedo nodoso cutucou o peito dele num claro gesto de provocação. — Vou lhe dar um alerta. Não tente me enganar se mostrando preocupado com Beca, trate de ficar longe dela se não quer me ver fuçando o seu passado. Estamos combinados?

Foi difícil para Rato esconder a surpresa com o discurso inflamado do ex-mergulhador. Suas suposições acertaram perto demais do alvo. Tentando demonstrar uma tranquilidade que não possuía, o informante se desvencilhou do cerco e caminhou para a saída. Entretanto, antes que sumisse pela porta, ouviu outro aviso do pai desconfiado:

— Não ouse pisar outra vez na minha casa sem ser convidado.

Assim que se viu sozinho, Lion socou a parede mais próxima. Se ao menos ainda tivesse a perna boa, poderia ter descido no lugar de Edu e aquela perda nunca teria acontecido. Maldita invalidez! Era duro admitir que boa parte do que o desgraçado do Rato falara fazia sentido. A culpa por abandonar Beca bateu forte e ele caminhou com passos receosos até a cama da garota, encontrando-a ainda adormecida apesar de todos os gritos bradados. Devia ter exagerado mesmo na bebida para estar tão acabada. Com cuidado, pousou a mãozona na cabeça dela, deslizando os dedos pelos cabelos castanhos ondulados. Lágrimas vieram marejar seus olhos apesar do esforço em contê-las.

— Eu sinto muito, *mi amor*. Sinto mesmo. — Passou os braços ao redor do corpo dela, sentindo seu perfume misturado ao odor rançoso do álcool. Nesse momento, sentiu um toque no ombro e percebeu que ela havia despertado.

Pai e filha se encararam por longos minutos, valendo-se do silêncio para dizer tudo o que as palavras não podiam explicar. Abraçaram-se com mais intensidade, compartilhando o luto e a vontade de que as coisas tivessem acontecido de maneira diferente.

— Isso é loucura, Rato. *Por Dios*! Você sabe o que pode acontecer se entrar na névoa outra vez em tão pouco tempo.

A voz no comunicador o alertava pela milésima vez naquela tarde, mas ele fazia questão de ignorar seus apelos. Depois que deixou o apartamento de Beca, sentiu-se dominado pela vontade de agir. Não haveria melhor momento, precisava pôr seu plano em prática antes que todos os dados recolhidos no cubo perdessem seu valor. O suor frio escorria pelas roupas, deixando um rastro de tremores. Com a respiração ofegante que embaçava as lentes da máscara de gás, o informante perseverou em seu caminho descendo rumo ao véu que tanto o debilitava.

Os pés escorregavam no limo úmido enquanto as mãos buscavam pontos salientes nos quais pudessem se segurar. O avanço pelo interior do prédio em frangalhos ficava mais difícil a cada andar percorrido. A destruição também aumentava. Se no topo havia apenas móveis e vidros quebrados, além de muita sujeira, ali, no limiar com a cortina cinza que derrubou a humanidade, quase não havia mais chão onde pisar. Em determinado momento, ele se pegou escalando uma estante repleta de teias de aranha onde as carcaças de alguns livros ainda jaziam esquecidas. Das prateleiras, saltou para uma cama inclinada, que servia como rampa para o andar inferior.

Pela aparência do lugar, havia muito tempo que ninguém passava por ali. Uma camada grossa de poeira cobria armários quebrados, cadeiras de cabeça para baixo e até fios elétricos desencapados. Ao olhar para baixo, viu que o quarto onde se encontrava praticamente fundia-se às ruínas de uma cozinha executiva onde a névoa dava aos armários embolorados um tom descolorido. O cheiro de decomposição chegava a sufocar, mesmo através da máscara, e ele precisou de alguns instantes para responder aos chamados insistentes de Velma no comunicador.

— Tenho que fazer isso. Pode ser minha última chance. Pedi para que me observasse desta vez justamente para impedir que algo saia do controle. — Todos os seus instintos de sobrevivência urgiam para que ele saísse dali o mais rápido possível, no entanto, não se permitiria ser vencido pelos próprios medos. Havia muito mais em jogo além da sua saúde já debilitada. — Daqui para a frente, o sinal vai ficar mais fraco, posso sumir por algum tempo. Não se assuste.

— Tome cuidado. Estarei aqui se precisar de mim.

— *Gracias*, Velma. Você é uma boa amiga.

— Sou sua única amiga, Rato. Você deveria se lembrar disso mais vezes.

O informante sorriu diante da reclamação. Lembrar que não estava completamente sozinho naquele mundo até que era uma sensação reconfortante. Contudo, ela não durou muito tempo: conforme a névoa densa encobria seu corpo, causando pontadas nos músculos enrijecidos, os bons sentimentos o abandonavam, dando lugar a lembranças de uma época de escravidão e abuso.

O megaedifício Del Valle fazia parte do grande bloco Boca, do Setor 4. Em seus cem andares acima da névoa, o domínio das gangues chegava a ser maior que a influência externa da Torre. Era por ali que Beca caminhava naquela tarde particularmente nublada: dava passos seguros pelos corredores largos, ignorando os olhares condenadores. Mesmo com todo o antagonismo dos moradores, um dia pertencera àquele lugar, conhecido pela alta concentração de pessoas que sofreram mutações devido à névoa. Antes de ser adotada por Lion, viveu durante seis anos em meio às paredes tomadas por pichações, aos cantos latinos que vazavam pelas janelas e às corridas super-rápidas das crianças velocistas. Estava em casa.

Dois homens armados com submetralhadoras a receberam quando passou pela ponte, vinda do ME Magallanes. Eles já a esperavam, e sem disposição para perder tempo com conversas. Ela os cumprimentou com cordialidade e mostrou o pacote lacrado, dentro dele estava o item que fora contratada para entregar.

— Richie está esperando. Um dos nossos vai mostrar o caminho.

Mesmo sem um guia ela saberia como chegar ao centro de operações do Sindicato, nome da principal gangue daquele bloco. Lembrava-se muito bem que, aos doze anos, fora convocada até lá e recebera o convite para entrar no grupo, que ainda lutava para ganhar seu espaço. Eles costumavam aliciar jovens alterados com promessas tentadoras, buscando soldados poderosos e fáceis de lidar. Aquilo ocorreu um pouco antes da morte de seus pais, e, se não fosse por influência deles, Beca talvez tivesse aceitado a proposta da gangue. A dispensa deixou Richie furioso, feriu seu orgulho e obrigou a família da garota a fugir do bloco Boca, fato que acabou se mostrando um triste plano do destino: se tivesse entrado para a gangue, talvez seus pais ainda vivessem.

Durante um tempo, ela culpou o chefe do Sindicato, mas já não sentia mais rancor, sabia que, de uma forma ou de outra, seu futuro acabaria levando-a até Lion e depois Edu.

Pensar no irmão, mesmo passadas duas semanas, ainda doía demais. Fechou os olhos e se esforçou para recuperar o controle.

— Fique de olho aonde vão levar você, não confio em gente do Sindicato — ouviu a voz de Lion nos fones de ouvido. Mesmo tendo se abraçado e compartilhado o luto, ainda havia uma frieza estranha entre os dois. Beca temia que a perda de Edu tivesse azedado para sempre aquela relação.

Subiu dois lances de escadas com o guia, passaram por jovens com olhos envelhecidos que engoliam a fumaça tóxica da *marihu,* droga sintética que era febre em todo o Setor 4, por homens que apostavam jogando dados improvisados e por pinturas pró-Torre devidamente deturpadas com desenhos obscenos, e chegaram ao pavimento do líder Richie. Ali não havia moradores, somente membros da gangue. Alguns disputavam lutas, usando sua agilidade aumentada em golpes violentos demais para um simples treino. Outros limpavam armas e conversavam animados na língua oficial da ULAN, uma mistura de espanhol com português. Em todos os blocos esse era o principal idioma falado, outros dialetos só eram usados em grupos fechados e etnias que respeitavam suas origens. Uma garota que parecia drogada equilibrava-se com um só pé no parapeito do hall, olhando para o vão em formato quadrilátero que cortava toda a construção. Ela tinha o cabelo raspado num lado da cabeça e no outro mantinha-os lisos tingidos de vermelho, o rosto era branco e redondo, com lábios finos e olhos grandes. Parecia ter no máximo dezesseis anos, e o S tatuado no ombro provava que era membro do Sindicato, o que surpreendeu Beca.

De maneira inesperada, a jovem se jogou do parapeito sem hesitar. Instintivamente, Beca disparou para a murada e viu a menina cair por quarenta andares, até quase encostar o nariz no véu, então ela desapareceu e se materializou no ponto de onde havia pulado, gargalhando de maneira histérica. Repetiu a brincadeira insana várias e várias vezes.

— Essa é Bug, nossa teleportadora — o guia explicou com naturalidade, parecia acostumado com aquele tipo de situação. — Não ligue pra ela, gosta de fazer isso quando está entediada.

Beca deixou a teleportadora e seu passatempo para trás com grande perturbação. Nunca tinha visto alguém se teleportar por tamanha distância antes. Ela era muito talentosa. E provavelmente insana. Pensando melhor, todos os garotos de Richie pareciam mais ousados do que na época em que morou ali. Percebeu também, pelas inúmeras pichações nas paredes, que a hostilidade contra a Torre estava bem mais intensa, os soldados nem pisavam nos andares dominados pelas gangues para evitar confrontos desnecessários. Chegou à frente da porta do líder com aqueles pensamentos martelando em sua cabeça: será que se tornaria alguém como Bug se tivesse ficado ali com o Sindicato?

A tranca se abriu com um estalo, revelando um quarto de paredes coloridas por vários desenhos grafitados. Uma bandeira verde com um losango amarelo e um círculo azul pendia no fundo do recinto. Beca sabia que pertencia ao maior país que compunha a ULAN, o Brasil. Muito antes da névoa, as nações haviam perdido espaço para o bloco gigante, mas a identidade e a cultura de cada povo anexado não puderam ser apagadas por completo. Essa característica se manteve no pós-névoa: era visível a divisão regionalista em alguns setores, principalmente no terceiro, onde os descendentes de imigrantes que vieram de blocos fora da ULAN montaram seus pequenos guetos, relacionando-se primordialmente com gente que partilhava os seus costumes. É claro que existiam pessoas que não se importavam muito com a preservação da história, Beca estava entre elas. No fundo, achava difícil dizer que pertencia a algum lugar. Não conseguia se identificar com o passado, mas também não gostava nem um pouco da realidade presente. Na maioria das vezes, sentia-se perdida, como se o mundo ao seu redor fosse apenas um reflexo deturpado de algo já perdido.

Sentado em uma espécie de pufe, havia um homem que aparentava ter pouco mais de trinta anos, de pele marrom e intensos olhos pretos. Tinha o cabelo liso preso num coque no topo da cabeça, e a barba bem delineada se amontoava com mais intensidade na ponta do queixo. Sorriu ao avistar Beca, exibindo os dentes esverdeados pelo fumo compulsivo de *marihu*.

— *Hola,* Beca! Você cresceu — falou de maneira debochada, quase imitando os trejeitos odiosos de Rato. — Ouvi dizer que agora é uma grande saltadora, fico ainda mais triste por ter sido dispensado...

— Não se entristeça, Richie — ela respondeu com segurança —, continuo desprezando os assuntos que você trata por aqui.

Ele meneou a cabeça, achando graça daquela resposta. Em seguida, levantou-se num movimento fluido, como um felino se espreguiçando. Seus quase dois metros de altura impressionavam, e Beca, com um e setenta, sentiu-se um tanto intimidada. Retirou a mochila das costas.

— Tenho uma mercadoria para você, Richie. Vinda diretamente da periferia.

Ela apanhou uma caixa de plástico amassada. Entregou-a ao líder sem mais comentários. Não fazia ideia do que havia naquele pacote que apanhara de um sujeito muito mal-encarado, e nem pretendia descobrir, queria distância dos segredos do Sindicato e seus comparsas.

Richie abriu a tampa como uma criança com pressa em descobrir qual era seu presente de aniversário. Um sorriso genuíno brotou de seus lábios, as mãos amassaram o plástico frágil tamanha a emoção que o dominava.

Estranhando aquele comportamento, a garota achou melhor encerrar a reunião o quanto antes:

— Tudo certo, Richie? Podemos tratar do pagamento?

Ele, porém, demorou a despertar do transe. Piscou algumas vezes e voltou a usar a expressão mal-intencionada de sempre.

— Claro! O pagamento. Como pude esquecer. — Estalou os dedos e um dos seus capangas se aproximou com uma sacola escura. Dentro dela, armas de grosso calibre e muita munição. — Diga a Lion que estou muito satisfeito com os serviços dele, podemos fazer mais negócios em breve.

"Espero sinceramente que não", pensou ela enquanto sorria como uma boa profissional. Estava pronta para dar o fora dali, mas Richie ainda queria conversar.

— Sabe, Beca, você faz ideia do que trouxe até minhas mãos?

— O sigilo dos nossos clientes é primordial — ela respondeu de maneira mecânica. — Vocês pediram uma entrega às escuras e foi isso que fizemos, não nos interessa o conteúdo dessa caixa, contanto que estejam satisfeitos.

Richie meneou a cabeça como um professor que ouviu a resposta certa do aluno. No entanto, o risinho no canto da boca indicava que não estava completamente satisfeito.

— Mas, contratos e trabalhos de lado, você não tem curiosidade de saber?

A garota piscou algumas vezes, ponderando sobre o que dizer. Pelo comunicador, Lion a alertou para prosseguir com cautela. Os dois já sabiam como aquele homem era instável, uma mera brincadeira poderia se transformar em guerra se a resposta de Beca fosse diferente da que ele queria ouvir.

— Se isso custar a minha vida, não. Não quero saber o que tem nessa caixa.

Pela reação de Richie, ela acertou no tom das palavras. Ele gargalhou alto, dando palmadas amigáveis no ombro dela.

— Gosto da sua sinceridade, *chica* — o riso não chegava aos olhos calculistas —, por isso, vou mostrar a você o meu segredinho.

Não deu tempo de ela protestar, ele abriu a caixa outra vez e revelou seu misterioso conteúdo. Beca não sabia muito bem o que esperar, mas ficou decepcionada quando viu um livro grosso muito velho nas mãos do chefe do Sindicato. Não devia ser maior do que uma mão aberta, a capa de couro desfazia-se em escamas ressequidas e as pontas das folhas amareladas se dobravam em diversas direções.

— Surpresa? — ele perguntou, levantando uma sobrancelha.
— Deve estar se perguntando por que se meteu na Periferia da Névoa para resgatar um livro velho, não? Sabe ler, *chica*?

— É claro que sei! — ela respondeu mal-humorada.

— Então, leia e note que este não é um livro qualquer.

Richie abriu a capa com cuidado, deixando o título da folha de rosto à mostra. Conforme Beca registrava as palavras escritas, várias rugas se formavam em sua testa.

— A Bíblia? — perguntou incrédula.

— *No, chica* — ele retrucou, mais uma vez assumindo uma postura de educador. Sorriu como se tivesse grande vantagem sobre os outros. — *La palabra de Dios*.

Beca não era religiosa. Viver em um mundo decrépito e sem esperanças tratou de enterrar qualquer crença em um poder maior que ela pudesse ter herdado dos pais biológicos, porém, sabia que várias pessoas ainda mantinham a chama da fé acesa, havia até alguns malucos que adoravam a névoa. Para uma parcela desses crentes, o monte de papel nas mãos de Richie era um verdadeiro tesouro. Ela começava a entender seu interesse por aquele item tão inusitado.

— Está arrependido dos seus pecados? — Não resistiu à tentação de provocá-lo. Lion quase gritou para que ela parasse de brincar com fogo. Richie achou a piada divertida.

— Talvez eu esteja querendo justificar os meus pecados. — Ele sorriu com malícia, depois assumiu um tom sério: — No meu jeito de pensar, Beca, este mundo está cheio de ovelhas esperando pelo pastor certo. Qual é a melhor forma de guiá-las senão usando os dizeres tão bonitos que existem aqui? — Apontou para a folha amassada.

Aquele plano não impressionou a garota. Outros já haviam tentado criar seitas religiosas para derrubar o domínio da Torre, governada por uma família que não fazia nenhuma questão de pregar crenças. Todas as vezes, foram esmagados pelo poder dos comandados de Faysal e Emir. Em sua opinião, não seria o Sindicato que mudaria aquele cenário, mas ficou admirada com os sonhos grandiosos que Richie nutria e passou a temê-lo um pouco mais.

— Se um dia precisar me confessar, já sei aonde devo ir. — Manteve as feições neutras, mesmo querendo sorrir. — *Adiós*, Richie.

Foi escoltada de volta à saída de Del Valle por dois guardas em vez de um, talvez quisessem se certificar de que ela realmente iria embora. Ao pisar no ME Magallanes, sentiu-se aliviada. Pelos comunicadores, Lion também soltou um suspiro.

— *Viejo*, suas missões estão cada vez mais bizarras.

— Não reclame, Beca, foi um serviço limpo que não prejudicou a Torre nem a nossa segurança. O que importa é que agora temos as armas que os caras do Ivanov tanto querem e munição para nos abastecer por alguns meses.

— Depois de toda essa ladainha religiosa preciso de um trago. — Ela ajeitou a sacola com as armas sobre o ombro e caminhou em direção ao heliponto do megaedifício.

— Não temos mais nada por hoje. Deixe nosso pagamento em casa e vá beber alguma coisa no Fênix, você mereceu.

Ao chegar no bar, ela largou o corpo no balcão e Velma veio saudá-la com um copo cheio na mão. Beca tomou tudo num único gole e pediu a segunda dose. A tranquilidade imperava naquele fim de tarde, apenas três rapazes bebiam em uma mesa próxima e a sinuca ganhava um merecido descanso depois de tantos campeonatos seguidos. Diante da calmaria, Velma se deu ao luxo de bater papo com a clientela.

— Dia difícil? — perguntou, parecendo receosa de a garota ter outro ataque em seu bar.

— Está tudo bem, Velma, não vou ameaçar ninguém por enquanto. Só estou cansada, tive uma missão no Setor 4.

— Ah, aquele pardieiro anda uma loucura ultimamente — respondeu quase automaticamente, o olhar voltado para uma portinha ao lado da estante de garrafas.

Beca percebeu sua preocupação:

— Algo errado?

Velma forçou um sorriso.

— Não é nada. Estou só preocupada com o sumiço de um amigo.

Beca a encarou com curiosidade, mas Velma tratou de mudar de assunto, voltando a focar a situação do Setor 4.

— Conte o que viu lá pelo bloco Boca, *chica*.

Conversaram sobre a situação da área tão problemática. Como ficava distante da Torre, os Sombras preferiam agir por lá. O número de sequestros era o mais alto da zona segura, e o clima de incerteza fazia as pessoas agirem de forma desesperada: "Cada um por si" deveria ser o lema daquela região, já que ninguém estava disposto a arriscar sua vida para salvar o próximo. Os soldados de Emir até faziam incursões preventivas tentando diminuir o caos instaurado, mas eram constantemente rechaçados pelas gangues. O Setor 4 já havia sido marcado como representante do pior lado da humanidade pós-véu.

Beca também comentou sobre o crescente antagonismo das gangues à Torre, fazendo com que os demais moradores do bloco Boca se sentissem mais protegidos ao lado de homens como Richie do que pelos representantes do longínquo Setor 1. A conversa foi atraindo os ouvidos curiosos dos rapazes sentados ali perto e logo se transformou em uma grande discussão. O mais jovem deles afirmou que o povo do Setor 4 não fazia ideia de quanto os homens de Faysal tinham feito pela humanidade, pintando-os como verdadeiros salvadores. Velma e Beca se entreolharam, o rapaz repetia de maneira inconsciente a propaganda transmitida todos os dias pelo rádio. Não que a garota não admirasse vários dos esforços da Torre, afinal, ela conseguiu manter uma sociedade organizada durante anos. Não eram apenas sua proteção e os equipamentos que recolhiam do submundo que faziam a diferença, ela também preservou parte importante do conhecimento do passado. Se não fosse pela Torre, dificilmente ainda existiriam médicos ou químicos na Nova Superfície, por exemplo. Não havia compartilhamento desses saberes de maneira institucionalizada, mas de tempos em tempos a Torre permitia que esses profissionais tão necessários treinassem leigos de fora do Setor 1. Era tudo muito informal, mas fundamental para que a vida fora do véu continuasse se sustentando. Só que, mesmo com tantas ações positivas, Beca tinha consciência de que nem todos os objetivos da Torre eram altruístas e honrados como suas transmissões insistiam em fazer parecer.

O assunto ainda iria longe, mas foi encerrado de forma abrupta pela chegada de Rato, que empurrou a porta do bar quase caindo no chão. Uma camada de poeira cobria os cabelos pretos e o sobretudo esburacado, a palidez em seu rosto era assustadora, como se seu sangue tivesse sido drenado. Cambaleando, aproximou-se do balcão e fitou Velma. Trocaram uma mensagem silenciosa que alarmou a dona do estabelecimento, e com a expressão tensa ela se virou para os clientes:

— Vamos fechar mais cedo. Caiam fora!

Os rapazes reclamaram que tinham o direito de ficar o tempo que bem entendessem, mas Velma pegou sua escopeta debaixo do balcão e tratou de calá-los. Correram para a porta com o rabo entre as pernas. Entretanto, Beca ignorou as ameaças de Velma e não saiu, voltando sua total atenção para Rato, que ofegava bastante e lutava contra tremores que travavam seus músculos. Mais magro do que o normal, suas bochechas afundadas davam-lhe um aspecto doentio. Pensando um pouco no assunto, ela não se lembrava de tê-lo visto naqueles últimos tempos, desde a confusão no bar por causa da morte de Edu, para ser mais exata.

Ficou tão impressionada que precisou levar um cutucão de Velma para voltar a si. Encarou-a sem esconder a confusão.

— O que está acontecendo com ele?

— Vá embora, Beca — as mãos da mulher mostraram o cano da arma —, você não tem nada a ver com isso.

Entendendo a advertência, a garota se empertigou. O que maltratava Rato não era apenas um mal-estar repentino, disso tinha certeza.

— Se eu ficar você vai atirar em mim? É isso? — desafiou.

O olhar angustiado de Velma se moveu da garota para o informante, incerta sobre o que fazer. Antes que ela falasse algo, porém, Rato segurou seu braço.

— *No*. Ela fica. — A rouquidão de sua voz indicava o quanto falar era doloroso. — Eu preciso dela aqui.

Velma o encarou como se tivesse ouvido um grande absurdo.

— É perigoso! Você sabe!

— Não me importo. — Rato forçou um sorriso antes de cair sobre o balcão, completamente exausto.

Diante da fraqueza do outro, a dona do bar não perdeu mais tempo. Passou os braços pela cintura dele e o arrastou para trás do balcão.

— Já que você vai ficar, então trate de ajudar.

A ordem de Velma fez Beca dar um salto. Seguindo suas instruções, abriu a pequena porta localizada ao lado de uma estante com garrafas. Do outro lado, encontrou um depósito com algumas caixas de mantimentos, uma geringonça na qual a dona do bar preparava um destilado venenoso e, mais ao fundo, um colchão, um transmissor de rádio e alguns itens pessoais. Era ali que ela descansava depois das longas horas de trabalho.

Rato foi jogado sobre a cama, seu rosto parecia queimar tamanho o calor que emanava de sua pele. Havia piorado, falando palavras desconexas e revirando os olhos. Velma precisou acertá-lo com alguns tapas para que recuperasse um pouco da razão.

— Fique conosco, não se deixe vencer — foram suas palavras de incentivo antes de se levantar e correr até uma das caixas. Enquanto apanhava alguns itens, voltou sua atenção para a figura desnorteada de Beca. — Tire o casaco e a camisa dele.

A garota se ajoelhou sobre o informante, ajudou-o a se sentar e, com cuidado, puxou as roupas que cheiravam a suor. Só depois de atirá-las para o outro extremo do quarto reparou no corpo desnudo à sua frente. Rato possuía praticamente todo o tórax e braços cobertos por tatuagens; havia caveiras, aranhas, cruzes e olhos em tinta preta nos mais diversos tamanhos e estilos. No entanto, o que mais chamava a atenção eram as marcas azuladas localizadas na altura das costelas e sobre o esterno: elas brilhavam na penumbra do quarto, mostrando que não pertenciam à mesma categoria das outras. Beca engoliu em seco, sabia o que significavam, já tinha visto aquele tipo de sinal formado por veias inchadas e endurecidas.

— Ele está infectado — sua constatação saiu num sopro estrangulado. As mãos trêmulas se afastaram, como se temessem uma contaminação. As batidas do coração ribombavam em seus ouvidos, ela nunca tinha visto alguém sobreviver a um grau tão alto de exposição à névoa. As marcas no peito dele já não eram um mero sinal de morte, pareciam-se demais com as estampadas no corpo dos Sombras.

Velma voltou bem a tempo de impedir um surto de pavor da garota. Seu braço pesado desceu sobre o ombro dela, confortador. Na mão livre, trazia uma toalha molhada com uma substância de odor forte, talvez álcool canforado. Sem dar mais explicações, colocou-a sobre uma das marcas brilhantes no peito de Rato.

— Essas marcas são muito diferentes das infecções comuns. O que ele tem? — A mente da garota funcionava a mil diante da peculiar situação, formulando milhares de perguntas.

— Fique calma — Velma a interrompeu —, não temos tempo a perder com conversa. Ele não pode se transformar!

"Transformar?" A palavra causou um arrepio na espinha de Beca, que fitou o rosto fantasmagórico do informante e percebeu lá no fundo dos seus olhos entreabertos o lampejo azulado que tanto aprendera a temer. Então a verdade se fez clara como a lua que iluminava o céu naquela noite: Rato estava virando um Sombra!

— Seja forte. — Velma afastou os cabelos suados para longe do rosto dele, observando-o com o olhar angustiado de uma mãe que cuida do filho doente.

— O que está acontecendo? — Beca perguntou, sentindo uma incômoda falta de ar. Ao notar que a companheira não tinha intenção de esclarecer a situação, elevou a voz e sacou a arma. — Velma, eu preciso saber!

A mulher a encarou com uma expressão angustiada. Conversar era o que menos queria naquele momento.

— Você até pode atirar em mim, mas eu vou cuidar dele.

O estado de Rato piorou e, com os olhos marejados de dor, ele começou a gritar e se contorcer, quase numa reação epilética. O ímpeto de ameaçar a dona do bar foi diminuindo diante do sofrimento do informante, e Beca baixou a arma sem saber o que pensar sobre aquela situação.

— *Dios mío*. O que significa tudo isso? Ele caiu no véu?

— Não foi exposição à névoa — Velma falou de maneira entrecortada, jogando-se sobre o corpo descontrolado pelos espasmos, tentando impedir um estrago maior. — Ele já tinha essa condição quando o conheci...

A afirmação fez Beca arregalar os olhos, mas não conseguiu descobrir mais nada. O ataque que Rato sofria piorou e seus movimentos a obrigaram a deixar o assombro de lado para auxiliar Velma.

— Vamos, Nikolai, você é mais forte que isso — ouviu a dona do bar falar repetidamente.

Apesar da intensidade da dor, aos poucos Rato começou a vencer o surto que o maltratava. Os olhos escuros não deixaram a figura da garota um único instante, como se procurassem nela uma âncora que o impediria de se perder naquele mar desconhecido. Com esforço, ele ergueu uma das mãos na direção dela, um pedido de ajuda. Enquanto entrelaçava os dedos nos do informante, Beca não conseguia parar de se perguntar o que fazia ali. Aquele homem iria se transformar em um Sombra, *mierda*! Ela devia lhe dar um tiro na testa, não segurar sua mão como uma enfermeira boazinha.

Depois do que pareceram horas, o ataque finalmente cessou e Rato continuava humano. Sentindo-se moída, Beca acompanhou Velma até o balcão. A bebida passou quente por seus lábios e trouxe um pequeno alívio, relaxando a tensão acumulada.

— *Gracias a Dios*, o perigo já passou. Ele vai dormir por um bom tempo agora — a mulher falou de maneira natural, como se tivesse acabado de tratar uma gripe e não de um homem que quase virou um monstro.

De olhos fixos na bebida, Beca anuiu sem muita vontade. Precisava de respostas.

— O que aconteceu naquele quarto?

A dona do bar sentiu o temor em suas palavras, mas não se mostrou muito propensa a falar.

— Você vai ter que perguntar isso ao Rato.

— Rato ou Nikolai?

Velma a encarou com um olhar angustiado. Em uma última tentativa de evitar aquela conversa, tentou apelar para o sentimentalismo.

— Fale com ele, Beca, não posso quebrar a confiança de um amigo.

Inconformada, a garota atirou o copo na parede, estraçalhando vidro e espalhando destilado para todo lado. Sua mão buscou a pistola, já que não conseguia mais olhar para Velma sem pensar que ela mancomunava com os inimigos da Nova Superfície.

— Seu amigo quase virou um Sombra, *carajo*! — Fez mira, ignorando o olhar ressentido que a outra lhe lançava. — Me dê um bom motivo para não chamar a patrulha da Torre agora mesmo e a delatar como traidora.

A mulher mordiscou o lábio com nervosismo, sabia que dessa vez podia levar um tiro a qualquer momento.

— Calma, Beca! Por favor! — Ergueu as mãos para que ela não pensasse que pretendia reagir às ameaças. — Rato não é o vilão nessa história, posso garantir que não estou ajudando um Sombra.

Beca sentiu seu dedo pesando, ansiando por apertar o gatilho. Resistiu àquela vontade principalmente por suas lembranças sobre Velma. A dona do bar sempre se mostrou boa gente, honesta e sensata como poucos, era difícil aceitar que tivesse alguma relação sinistra com os Sombras. Contudo, depois de descobertas como o uso do cubo de luz por parte dos inimigos, a garota já não sabia em que acreditar. Todas as suas concepções sobre o mundo pareciam ter perdido o sentido.

— Então, explique o que houve — ordenou. — Como ele pode ter aquelas marcas se não foi exposto à névoa?

Velma suspirou e fitou o chão, como se refletisse se deveria falar mais. Por fim, a arma engatilhada acabou se mostrando um incentivo forte demais e a obrigou a revelar alguns segredos muito bem guardados durante os últimos anos.

— Nikolai é uma vítima, Beca, alguém que sofreu muito nas mãos dos Sombras — falou com seriedade. — Eu entendo o seu nervosismo com o que viu, eu mesma não acreditei na verdade quando a conheci.

— E que verdade é essa? — ela interrompeu, impaciente com os rodeios.

— Há fatos sobre os Sombras que a Torre não revela para as pessoas. Há segredos que prefere manter escondidos, já que a realidade faria muita gente perder a esperança de dias melhores — seu tom fúnebre fez a garota se arrepiar. Beca lembrou-se do cubo de luz que os seres sombrios controlavam e se deu conta de que os dados contidos naquele aparelho eram apenas o começo do mistério. — Nossos inimigos são muito mais inteligentes do que Emir quer que acreditemos. Eles têm uma agenda, os sequestros que tanto nos amedrontam seguem um propósito bem claro.

A força daquelas palavras fez Beca baixar a arma. Sentindo um suor frio escorrer pelas costas, ela deu um passo à frente, chegando mais perto de Velma, como se a proximidade pudesse fazê-la se apressar em revelar mais. Havia uma infinidade de teorias e lendas sobre o verdadeiro propósito das abduções, e, depois de ver as marcas no corpo de Rato, ela começava a pensar em todas as histórias que ouviu antes de dormir, contos que visavam assustar, mas que poderiam conter um pouco de verdade.

— O que eles querem? O que fazem com as pessoas sequestradas?

— Eles tentam transformá-las sem a intervenção da névoa, querem criar outros Sombras, mais fortes e resistentes.

Beca precisou apoiar as mãos nos joelhos, sentindo-se tonta. Recuperou o fôlego e encarou a dona do bar com um olhar raivoso.

— Isso não faz sentido algum, Velma! Para cada dez pessoas que morrem no véu, uma sofre mutações, foi isso que vimos durante todos esses anos! Então, explique como os Sombras podem criar outros monstros sem depender da névoa?

— Eles são criaturas inteligentes, Beca. Controlam a tecnologia até melhor do que nós.

— Como você pode saber disso? — ela explodiu. Havia exigido a verdade, mas não estava preparada para ela. — Foi o Rato que contou? Você acreditou naquele mentiroso?

Pela primeira vez, Velma se mostrou irritada. Tomou a iniciativa e segurou a garota pelos ombros, sacudindo-a para que recuperasse o controle.

— Você pediu por isso, não venha agora com negações. Viu muito bem o que Nikolai traz no corpo, não há mentira alguma! — elevou a voz. — Mas, se ainda duvida, espere ele acordar e faça suas perguntas a quem viveu na pele os testes dos Sombras.

Velma a largou, indo para trás do balcão. Sua expressão tensa e as olheiras no rosto mostravam o tamanho da exaustão. A mão foi em direção ao local onde Beca sabia que ela guardava a escopeta, o recado foi dado com uma troca de olhares.

— Vá para casa e pense no que eu lhe disse. Só peço que não procure a Torre ainda, não sem antes ouvir o que Rato tem a dizer.

Beca nem teve forças para argumentar, no fundo precisava daquele tempo para assimilar. Havia tanta coisa para refletir que chegava a ficar zonza. Antes de passar pela porta, porém, deixou um aviso bem claro:

— Eu vou voltar. Avise ao Rato que estou cansada de mentiras. Quero a verdade, ou a Torre saberá do que aconteceu aqui.

Rato acordou com a terrível sensação de que seus membros foram arrancados e recolocados em posições contrárias. Todas as juntas doíam com o mínimo movimento, um amargor tomava a boca ressecada e sangue seco manchava as orelhas e o nariz. O ato de se sentar sobre o colchão foi lento e penoso, deixando-o ofegante. Retirou as toalhas úmidas do corpo e tossiu algumas vezes para limpar a garganta, escarrando um catarro amarelado no chão.

O barulho trouxe Velma de volta ao quarto com um copo de água na mão. Entregou o líquido ao informante, que bebeu tudo com sofreguidão.

— Como está?

— Como se tivesse bebido todo o seu estoque de destilado de uma vez. — Ele forçou um sorriso, mas não conseguiu amainar a dureza da proprietária do bar.

— Nikolai, eu falei que era arriscado entrar na névoa outra vez. Você quase perdeu o controle, foi por muito pouco!

Aquela bronca já era esperada, mas Rato ouviu tudo com muita atenção. Havia forçado seus limites, mas foi por uma causa maior.

— Eu faria tudo de novo, Vê. Sem o menor arrependimento.

A mulher cruzou os braços sobre o peito, mas seu olhar brilhava com curiosidade.

— E então, descobriu alguma coisa?

Ele anuiu de maneira ansiosa, as mãos tremeram, mas agora nada tinha a ver com as marcas da névoa em seu corpo.

— *Sí*, mas o tempo é curto. Preciso agir logo.

— Você terá que lidar com a Beca antes disso — avisou ela, a expressão se fechando numa carranca preocupada —, ela fez muita pressão para saber a verdade. Acabei falando mais do que deveria.

Apoiando-se na parede, o informante conseguiu se pôr de pé. As pernas mal se aguentavam, por isso só deu alguns passos antes que a amiga viesse auxiliá-lo.

— Não se preocupe. A curiosidade dela vai servir bem aos meus planos.

PASSADO REVELADO

Os dias se passaram sem que Rato ou Velma dessem alguma explicação a Beca, e, durante aquele tempo, ela remoeu os acontecimentos do bar tentando encontrar respostas para o que havia presenciado. Não parava de pensar na fala de Velma sugerindo que o conhecimento dos Sombras era muito maior do que Emir revelava. Imaginar que a Torre poderia saber de fatos tão assustadores e manter segredo abalou sua confiança no grupo, por isso, mesmo temendo que um novo perigo se formasse na escuridão do velho mundo, segurou seu ímpeto de contar sobre o estado ameaçador do informante. Não era uma dedo-duro e preferia primeiro questionar o principal envolvido; além disso, a ideia de prejudicar alguém como Velma não a agradava.

Visitou o Fênix todas as noites, mas só ouviu desculpas furadas vindas da proprietária, e, aparentemente, o informante havia sumido do mapa para se recuperar e nem ela sabia informar seu paradeiro. Aquilo cheirava a mentira, mas Beca decidiu esperar, o momento das ameaças ainda não havia chegado. Continuou cuidando da própria vida: entregava mercadorias, fazias trocas arriscadas e se apoiava naquela rotina para deixar o tempo passar, mas pequenas mudanças em seu comportamento alarmaram Lion. Os gritos de Rato e as marcas em seu corpo a acompanhavam aonde quer que fosse, prejudicando sua atenção no trabalho, e naquele ramo qualquer distração, por menor que fosse, poderia ser fatal. Acabou cometendo alguns erros tolos que a colocaram em risco, o mais grave deles foi trocar uma encomenda que quase causou um confronto armado entre duas facções do Setor 3.

Lion percebeu que a filha precisava de uma pausa e decidiu deixá-la de fora do último trabalho daquela semana. Era algo bem simples, o transporte de uma família até o bloco Glória, no

Setor 3, tudo bem tranquilo, ele fez questão de garantir, mandando-a para casa mais cedo. Como ainda não sabia a maneira certa de proceder diante da revelação de que Rato era um "quase Sombra", ela preferiu deixar o pai pensar que a perda de Edu era o único fator explicando seu comportamento tão fora do comum. Chegou à cobertura do arranha-céu Miraflores, que abrigava seu quartel-general, guardou a *grappling gun* na mochila e enxugou o suor do rosto. O exercício de voltar para casa saltando lhe fez bem, desanuviando um pouco a mente preocupada. Decidiu que, depois de se lavar, iria até o bar Fênix e não aceitaria mais nenhuma desculpa de Velma: ela contaria a verdade ou teria uma conversa bem interessante com Emir.

Estava tão distraída pensando no ultimato que quase tropeçou em alguém que parecia dormir bem em frente à sua porta. O xingamento morreu em seus lábios quando notou que se tratava do homem que dominava seus pensamentos nos últimos dias. O rato finalmente havia deixado sua toca.

— Ouvi dizer que estava procurando por mim. — Ele deu o já conhecido sorriso malicioso antes de se levantar para encará-la. — *Cariño*, é só me ligar quando sentir saudade...

Beca teve vontade de esmurrar aquela cara cínica, mas se limitou a passar na frente dele e digitar o código para destravar a tranca, e, assim que a porta abriu, acenou para que ele passasse. Era melhor que aquela conversa ocorresse em um lugar reservado, não queria vizinhos curiosos descobrindo que havia um infectado entre eles.

— *Tu padre* disse que me mataria se eu pisasse aqui sem a permissão dele... — O tom do informante era leve, como se contasse uma boa piada. — Acho melhor você avisar que tem visita.

— Esta casa também é minha e trago para dentro quem eu quiser — ela respondeu com impaciência. — Agora pare de brincar e desembuche de uma vez: o que aconteceu naquela noite? Quem é você de verdade?

Como para aumentar o suspense, Rato caminhou em completo silêncio até a cadeira giratória de Edu e se sentou. Suspirou em busca de coragem.

— Acho melhor você se sentar também, a história é um pouco longa.

E então, pela primeira vez depois que conheceu Velma, ele relatou os terríveis momentos de seu passado.

Eu deveria ter uns dezoito anos. Morava no Setor 4, com mi padre e mi hermana. Não vivíamos num ME, e sim num arranha-céu caindo aos pedaços. O lugar parecia que ia desabar a qualquer momento, mas pelo menos nos mantinha longe das brigas de gangues e de toda la mierda que acontecia no bloco Boca. Minha família tinha um pequeno negócio de inteligência, procurávamos por informações importantes e as vendíamos por um preço justo. Não muito diferente do que faço hoje em dia.

Mi padre era um cara muito esperto, sabia lidar com máquinas como ninguém. Foi ele que me ensinou como hackear e também a montar um computador de ponta com as peças mais improváveis e desgastadas. Ele era um informante cem vezes melhor do que eu. Se bem que, naquela época, possuíamos uma vantagem enorme: mi hermana.

Irina. Ela possuía habilidades especiais como você, Beca. Conseguia saber de coisas que ainda não tinham acontecido, era uma oráculo, se quiser o nome floreado que os caras da Torre gostam de usar. Bem, o fato é que nossa carta na manga nos rendeu muitos ne-

gócios lucrativos e, por causa dela, começamos a melhorar de vida. Chegamos até a pensar em mudar de setor, mas mi padre disse que ainda precisávamos pagar muitos favores à Torre para sair daquele buraco.

Apesar das dificuldades, tínhamos placas solares que nos davam energia e acesso à rede, a comida era a ração nojenta de sempre, mas enchia a barriga. Posso dizer que foi uma época feliz da minha vida. Pena que não durou muito.

Irina acabou adoecendo, uma febre alta que não a deixava em paz, e mi padre teve que aceitar um negócio arriscado com uma das piores gangues da Nova Superfície para arranjar remédios. Você já deve ter ouvido falar deles, los putos, chamados Carniceiros do Setor 4, que dominam o arranha-céu Palermo, fora do bloco Boca, e são os únicos com cojones para resistir ao Richie e seus capangas. Na verdade, eles fazem o Sindicato parecer um bando de chicos mimados que querem chamar a atenção.

Naquela época, eram ainda piores do que hoje. Eu não pude ajudar mi padre no trabalho porque tive que ficar em casa cuidando de Irina. Ficamos sozinhos enquanto el viejo foi se arriscar nas mãos daqueles locos. Ele deveria voltar em poucas horas, mas não deu notícias, e, para piorar, mi hermana começou a falar sobre homens que nos vigiavam. Tomei aqueles avisos como delírios e cometi um grande erro.

Uma hora depois, eles explodiram nossa porta, entrando como se fossem donos do lugar. Mal tive tempo de me levantar e levei um soco na cara. Trouxeram a cabeça de mi padre como um aviso para não reagirmos, ou apenas para nos ver sofrer. Não quero falar do que aconteceu depois, não vale a pena, e quando já estávamos feridos e humilhados, los hijos de puta nos largaram para morrer.

Tenho certeza de que não duraríamos até o nascer do sol se os Sombras não tivessem aparecido. Hoje, penso que a morte seria um *destino muito melhor, mas aqueles monstros nos encontraram e decidiram que tínhamos alguma utilidade para seus planos.* Un perro *que estava com eles veio até nós farejando, e, assim que percebeu que vivíamos, começou a rosnar. Lembro-me de ver quatro homens de braços grossos e olhos brilhantes me cercarem. Dois deles caminharam até Irina, e cheguei a pensar que nos dariam de comida para* el perro, *mas, em vez disso, eles nos levaram embora.*

A descida para dentro do véu foi como um pesadelo. Eu estava acordado, mas não lembro direito como cheguei lá embaixo; uma das poucas coisas de que recordo foi que os Sombras colocaram máscaras membranosas em nossos rostos e aquilo impediu que respirássemos o ar venenoso.

Devo ter desmaiado algumas vezes. Acordei numa espécie de laboratório, deitado numa cama com meus ferimentos cobertos. Irina estava ao meu lado na mesma situação. Ali dentro o ar era limpo e já não usávamos a membrana no rosto para filtrar nossa respiração. Não sei dizer ao certo quanto tempo ficamos naquele quarto, os Sombras vinham nos examinar várias vezes, trazendo rações e medicamentos. Eu não queria que eles tocassem em mim, muito menos em Irina, mas estávamos presos à cama e não podíamos fazer nada.

Por fim, quando já não precisávamos mais de tratamento, eles nos separaram. Tentei resistir, lutar contra los desgraciados, *mas foi tudo inútil: pegaram Irina e a levaram embora. Ela não disse nada, provavelmente já tinha visto seu destino.*

Depois disso, fui arrastado para um nível inferior e acabei numa espécie de prisão suja. Encontrei outros homens na mesma situação que me receberam em silêncio, conheciam bem o futuro terrível que me esperava.

Daquele momento em diante, os testes começaram. Todos os dias — contávamos a passagem de tempo com riscos na parede —, os Sombras nos levavam para uma sala repleta de macas com tubos e agulhas onde aplicavam uma substância azulada em nossas veias e nos obrigavam a inalar a névoa. Acho que você pode adivinhar o objetivo deles. Aos poucos, éramos transformados em monstros.

Sofri aquela tortura por quase três anos, as marcas azuis que você viu em meu peito surgiram disso. Vi companheiros de cela morrerem com o veneno dos Sombras, afetados pelos efeitos colaterais daqueles testes. Eu não tive a mesma sorte. Com o tempo, percebi que era o favorito deles, os Sombras passaram a focar suas expectativas em mim. Eu tentava resistir aos impulsos que me dominavam, mas a cada sessão me sentia mais monstro e menos homem.

As tatuagens serviram como uma forma de me lembrar quem eu era, cada desenho tem um significado, uma mensagem que me ajudou a permanecer são naquele inferno. Eu sabia que precisava fugir dali e encontrar Irina antes que fosse tarde demais. Tracei um plano desesperado e o coloquei em prática quando fui levado para mais um teste.

Você precisa entender que, mesmo contra a minha vontade, a essência dos Sombras me modificou. Meu corpo não é mais o mesmo. Eu tento me manter no controle o tempo todo, mas com o mínimo descuido já sinto os efeitos da transformação. Meus reflexos se tornam melhores do que os seus, saltadora, minha força é capaz de destruir paredes de concreto, consigo ser uma ameaça até mesmo para aqueles monstros que me criaram. Quando tentei fugir, já sabia do meu potencial, e, mesmo com medo de me perder para sempre, baixei minha guarda e deixei o lado animal tomar conta.

Eu destrocei os dois Sombras que me testavam, a raiva que sentia era tão grande que perdi o controle. Tudo que aconteceu depois é nebuloso. Sei que libertei meus companheiros e, juntos, chegamos ao piso principal do laboratório. Eu errei ao acreditar que Irina estaria presa lá. Tentei conseguir alguma informação dos Sombras, *mas foi inútil, até hoje não faço ideia de como los desgraciados se comunicam.*

Tive que fugir sem mi hermana, sem saber se ainda vivia. Essa incerteza me dói até hoje. Vários dos prisioneiros que escaparam comigo morreram ou cederam aos efeitos da névoa, transformando-se em Sombras. Ao deixar o laboratório, descobrimos que o véu piorava nossas marcas sombrias, era quase impossível resistir. Eu e mais três companheiros decidimos retornar à Nova Superfície. A subida foi difícil, os Sombras fizeram de tudo para nos pegar, só eu sobrevivi. Nunca me senti tão feliz ao ver o sol, parecia um sonho.

Vaguei por prédios abandonados, comi insetos e ratos. Velma me encontrou com um desses animais na boca, três anos atrás. Minha primeira ação foi atacá-la; por sorte, ela conseguiu escapar e me acalmar. Ela me ajudou a recuperar a sanidade, aprendi a ser gente outra vez, voltei a trabalhar como informante. Mas não era mais Nikolai, aquele menino morreu no véu, por isso decidi assumir a identidade de Rato. Achei que fazia sentido, já que vivi como um durante tanto tempo...

Sou grato a Velma por tudo o que ela fez por mim, se não fosse por sua amizade, não sei onde estaria hoje. Ela é minha melhor amiga e a única que sabe a verdade. Bem, a única além de você.

Beca ouviu aquele relato em silêncio. Muitas vezes, chegou a duvidar das palavras de Rato, a história era bizarra e assustadora demais, contudo, vira as marcas no corpo dele e o sofrimento que elas o fizeram passar. Mesmo temendo as implicações da verdade, não podia mais fechar os olhos para o fato de que aconteciam coisas sob a névoa que a Torre não revelava. O informante não construíra uma reputação baseada em honestidade, mas desta vez seu rosto não escondia nada: os testes, a perda de sua humanidade, a separação da mulher chamada Irina... Ao final, ela engoliu em seco, sentindo-se bastante desconfortável. Entendia, em partes, a dificuldade pela qual ele passava, o medo de se transformar em uma das criaturas sombrias deveria ser enorme. Admirou a força dele, sua resistência, algo que nunca imaginou poder sentir. Ele lhe pareceu mais Nikolai que Rato, alguém que a incomodava e fascinava ao mesmo tempo.

— *Tu hermana*, Irina, nunca mais soube dela? — sentiu uma forte necessidade de perguntar. Fazia pouco tempo que perdera Edu, sabia o quanto aquela dor machucava.

Encostado na mesa dos computadores, o informante suspirou com tristeza.

— Eu nunca a esqueci, nunca deixei de procurar por ela, mas seu rastro se apagou, ficamos separados por muito tempo. — Ele a encarou com um olhar intenso, como se estivesse esperando todo aquele tempo para dizer suas próximas palavras. — Mas com *tu hermano* é diferente.

Aquele comentário a atingiu como um tapa. Enrijeceu na cadeira, os ombros eretos e os punhos cerrados.

— O que quer dizer? — a voz tremeu contra a sua vontade. O coração pulava descontrolado.

Rato chegou mais perto, ajoelhando-se na frente dela e segurando suas mãos como um homem prestes a fazer um pedido à mulher que ama. De fato, suas palavras fizeram a garota ter o impulso de abraçá-lo, porém movida por um tipo diferente de sentimento.

— Eu desci até a névoa, pois sabia que ainda podia descobrir algo. Foi por isso que vim aqui hoje, Beca. Edu sobreviveu à queda e foi levado a um dos laboratórios. Ainda podemos resgatá-lo, mas precisamos agir já, antes que o rastro dele se perca como aconteceu com Irina.

Ela ficou estática tentando absorver aquelas palavras. O que responder? Como reagir? Uma parte de si queria gritar, atirar-se na névoa atrás do irmão sem ao menos pensar nos perigos, entretanto, seu lado sensato tentava racionalizar a revelação de Rato, encontrar explicações que corroborassem o testemunho do informante. Perscrutou os olhos dele em busca de algum sinal de mentira, mas só encontrou a resolução forte de quem não tinha nada a esconder. Ou ele era um excelente ator ou estava falando a verdade. O coração despedaçado de quem perdeu alguém que ama preferiu acreditar no último fator: Edu estava vivo! Edu, seu irmãozinho, poderia ser resgatado. No mesmo instante, a garota se levantou e correu até o comunicador. Com a voz trêmula e o rosto molhado por lágrimas, implorou ao pai para que voltasse para casa o quanto antes, havia algo muito importante que precisava lhe contar.

— Seu grande mentiroso! — gritou Lion enfurecido depois de ouvir a história de Rato. O punho largo acertou em cheio o rosto do informante, fazendo-o cambalear para trás.

Ofegando, o homenzarrão preparava-se para avançar novamente sobre o outro quando Beca se colocou em seu caminho e impediu o espancamento. Conter a fúria do pai não foi tarefa fácil, mas ela resistiu bravamente, sem medo de cara feia e xingamentos.

— Saia da minha frente, *hija*! Vou matar *ese canalla* que fica remoendo nossas dores!

Em meio aos gritos, Rato se recuperou e limpou o sangue que escorria do canto dos lábios.

— O que foi, Lion? Não quer resgatar seu caçula? A vida dele é tão insignificante assim?

Até Beca se irritou com aquela provocação. Lion urrou furioso e empurrou a filha para o lado como se ela fosse um inseto que voava em frente ao rosto. Demolidor, puxou a faca de caça do cinto e agarrou Rato pelas vestes. Por um instante, a garota pensou que o veria rasgar a barriga do outro e gritou, tentando impedir que sua única chance de salvar Edu fosse assassinada bem à sua frente.

A lâmina afiada cortou, da gola até a barra, a malha da camisa de mangas compridas que Rato usava, abrindo-a em duas partes. O golpe revelou seu peito tatuado e esclareceu a verdade aos olhos do agressor. Lion observou descrente as veias azuladas, tão características dos Sombras, formarem montes sobre o esterno e próximas às costelas, e sua faca estremeceu viajando perigosamente rumo ao pescoço do informante.

— Seu monstro... — o sussurro veio de maneira inconsciente. — Eu sempre soube que você escondia algo muito podre.

— *Viejo*, largue-o! — Beca pareceu despertar do choque e correu para deter o braço do pai.

No meio daquele impasse, um sorriso amargo brotou nos lábios de Rato.

— Eu posso ser um monstro, mas é graças a mim que vocês têm uma chance de salvar Edu — acusou com raiva. — Se quer me matar, faça de uma vez e destrua todas as chances de rever *tu hijo*!

A cólera de Lion foi aplacada com aquelas palavras. Bufando, ele se afastou e começou a andar de um lado para o outro, como um leão enjaulado: a urgência da situação começava a angustiá-

-lo. Enquanto ele soltava palavrões ao vento, Beca ajudou Rato a se recompor.

— Agora vamos agir como pessoas civilizadas — ela elevou a voz, chamando a atenção do pai —, temos um plano importante para traçar.

A conversa foi tensa, mas pelo menos não houve mais contato físico. Rato deixou bem claro que sabia a localização do laboratório para onde os Sombras haviam levado Edu, só que, para chegar lá, precisariam de equipamentos para protegê-los da névoa e também dos Sombras. Equipamentos que só os mergulhadores da Torre possuíam.

— Como acha que posso pedir isso, *cagón*? — Lion explodiu. — "Olha, Emir, estou pensando em dar uma passeada na névoa, você poderia me emprestar os itens desta lista?"

— Você tem uma relação mais amistosa com ele do que eu — o informante se defendeu.

— Emir não vai cair nesse papo, vai querer saber exatamente o que pretendemos fazer lá embaixo.

Rato cruzou os braços e franziu a testa, mostrando-se irritado com o comportamento do outro.

— Você vai contar a verdade, pelo menos a parte que importa: Edu está vivo e essa será uma missão de resgate.

— Eles vão querer saber como descobrimos que Edu sobreviveu e a sua localização — Beca atalhou. Emir não se envolveria em algo tão arriscado sem conhecer os detalhes —, vão querer toda a verdade.

— Deixe isso comigo — Rato falou com segurança. — Eu sei bem como enganar aqueles caras.

Beca perdeu a fala por alguns instantes, não imaginava que o informante estivesse disposto a se arriscar tanto. Se Emir descobrisse a mentira, nunca perdoaria alguém que traiu a confiança da Torre para se beneficiar. Lion destacou justamente esse fato.

— Se seu blefe falhar, Rato, eles podem capturá-lo e impedir a nossa viagem. Perderíamos nossa chance de salvar o Edu sem nem ao menos tentar.

— Garanto que a nossa missão se realizará. — A confiança de Rato chegava a assustar. Com certeza, ele tinha uma carta na manga que não pretendia revelar aos dois companheiros. — O interesse da Torre nos segredos dos Sombras é muito maior do que vocês pensam. Mesmo que minha condição seja descoberta, vão querer investigar o laboratório, saber mais.

Continuaram falando de maneira acalorada. Rato queria um grupo enxuto para descer ao véu, defendia que apenas ele e Beca seriam suficientes. Lion foi completamente contrário à ideia: como antigo mergulhador, conhecia perigos que encontrariam lá embaixo e não estava disposto a permitir que sua filha se arriscasse mais que o necessário, ainda mais com alguém em quem ele não confiava nem um pouco. A seu ver, um clássico grupo de dez mergulhadores era o ideal para o sucesso daquela missão.

A garota não se incomodava em descer sozinha com o informante, mas confiava muito na experiência do pai, um grupo maior sem dúvidas proporcionaria mais segurança. Em um primeiro momento, preferiu que os dois homens discutissem suas ideias e se limitou a observá-los. Preocupava-se mais com a inevitável conversa que teriam com Emir, suas esperanças dependiam da aprovação daquela missão pela Torre. Imaginou qual seria a reação dele ao descobrir que a verdade sobre os Sombras já não era um segredo restrito; por um lado, queria confrontá-lo, exigindo saber por que havia guardado esse importante fato para si. O conhecimento do que os inimigos faziam aos seus sequestrados com certeza mudaria a forma como a população da Nova

Superfície via o véu, entendia que a revelação causaria caos, pânico até, mas ainda assim via como a melhor saída. O respeito às pessoas que viviam sob a proteção da Torre deveria ser essencial, mas pelo jeito fora deixado de lado por interesses obscuros que a garota não conseguia compreender. Nunca considerou Emir e seus comandados santos altruístas, mas esperava muito mais deles, e, na verdade, depois dos últimos dias, a visão benevolente que nutria pela Torre havia sofrido um abalo tão forte que até desafiaria sua autoridade para apoiar um informante notoriamente mentiroso. Em outra situação, não se importaria muito com o destino de Rato, mas naquele momento ele se transformara no homem mais importante da sua vida: ela defenderia sua integridade nem que para isso tivesse que desafiar a vontade dos homens mais poderosos da Nova Superfície.

Enquanto refletia sobre as dificuldades que a aguardavam, deixou os olhos vagarem pelas tatuagens que cobriam o corpo daquele a quem ainda precisava se acostumar a chamar de Nikolai. Agora que sabia a história delas, seu olhar passeou com curiosidade pelos desenhos em tinta preta. Os olhos na altura dos ombros seriam os de sua irmã? Algumas palavras no alfabeto cirílico formavam uma frase um pouco abaixo do umbigo, o que diziam? Havia caveiras com olhos brilhantes bem próximas das marcas reais dos testes, talvez representando os Sombras ou os amigos que pereceram naqueles experimentos. A história contada na pele a deixava fascinada, as imagens eram como um código que, se decifrado, a ajudaria a descobrir quem era de fato o homem que se escondia atrás da fachada de boçalidade de Rato. Sentia-se muito mais atraída por aquele mistério do que pelas cantadas furadas. Estava tão concentrada em suas ponderações que não percebeu que a conversa dos dois homens havia chegado a um ponto sem solução e agora o silêncio reinava. Ao ouvir um pigarro, levantou o rosto e se deparou com o olhar malicioso de Rato. "Ah, não..."

— *Cariño*, não me encare desse jeito na frente de *tu padre*, isso é apenas em nossos momentos a sós.

E, como num passe de mágica, o homem debochado e cheio de si que ela tanto odiava voltou, fazendo-a revirar os olhos com desgosto. Perdeu todo o interesse nas tatuagens e cruzou os braços, observando-o fechar o casaco para cobrir a camisa rasgada.

— Não me provoque, Rato — Lion intimidou —, já disse para ficar longe dela.

— Eu não preciso de suas ameaças para me proteger, *viejo*, sei muito bem lidar com este *imbécil* — Beca falou, irritada. Estava cheia daqueles homens agindo como se soubessem o que era melhor para ela. — Cansei dessa conversa que não nos leva a lugar algum. Eu vou comandar a missão, portanto escolho quem vamos levar. Além de mim e do Rato, quero mais duas pessoas, será o suficiente.

Surpresos com a súbita mudança de atitude, ambos a encararam sem reação. Ela gostou de vê-los daquele jeito, como garotinhos que tinham levado uma bronca, e continuou antes que pudessem contestar:

— Um grupo de quatro pessoas é o ideal. — Encarou o pai, que já se remexia incomodado. — Sei que gostaria de descer com pelo menos dez homens, *viejo*, mas um batalhão só atrairia atenção indesejada. O que precisamos é de velocidade e sutileza.

Apesar de insatisfeito, Lion ponderou o argumento de Beca. Enquanto isso, Rato não escondia um sorriso, achando muito engraçado o homenzarrão levando um sermão da própria filha. É claro que, ao ver aquela expressão no rosto do informante, a garota não deixou barato.

— E você, Rato, trate de tirar esse sorrisinho da boca — ralhou. — Sua única participação nessa jornada será apontar o caminho para Edu, de resto, fique calado e não me atrapalhe.

O informante soltou um assovio impressionado, levantando os dois braços em sinal de rendição.

— Se você falou, não vou discordar. — Piscou, aproveitando a deixa para caminhar até a porta. — Já que sabe de tanta coisa, confio que vocês possam preparar tudo sozinhos. Mas não demorem muito, precisamos marcar uma reunião com a Torre o quanto antes.

Pai e filha trocaram olhares receosos ao ficarem sozinhos. Havia desconfiança, pois as propostas de Rato eram sempre dúbias. Beca tinha uma visão diferente do informante, afinal, presenciara seu sofrimento em primeira mão, mas compreendia a apreensão de Lion em se atirar naquela missão quase suicida. No fim das contas, a esperança de rever Edu acabou falando mais alto do que qualquer divergência: o homenzarrão se sentou em frente ao computador e enviou uma mensagem secreta para a Torre, pedindo um encontro para as próximas vinte e quatro horas. Com uma coisa todos concordavam: não havia tempo a perder.

REUNIÃO
NA TORRE

Foram raras as vezes que Beca teve permissão para entrar na Torre, e em todas as suas incursões não viu mais que alguns corredores pouco iluminados e uma sala de reuniões. Apesar de o interior da construção ser um pouco melhor do que aqueles comumente vistos na Nova Superfície, as paredes eram descascadas, não havia como se livrar dos ratos, e móveis em bom estado eram tão raros quanto comida. A curiosidade a fazia imaginar o restante do arranha-céu, principalmente os aposentos de Emir. Gostaria de saber como ele vivia quando não comandava aquele importante grupo: será que tirava alguns momentos para relaxar? Será que tinha alguém especial?

Naquela tarde ventosa, porém, todos os pensamentos supérfluos que tanto a atiçavam sumiram: caminhando junto com Lion, Rato e dois soldados, ela só pensava no quão importante seria o sucesso daquela conversa. Sentia um nervosismo diferente, um frio na barriga que podia ser confundido com enjoo. Desta vez, o encontro com Emir aconteceria em um local diferente. Ignoraram a surrada sala de reuniões onde ele recebia suas visitas de negócios e se embrenharam por regiões desconhecidas. Desceram por um elevador que soltava estalos suspeitos quando passava pelos andares. O funcionamento de uma máquina como aquela já era motivo de espanto, somente a Torre para possuir tantos cubos de luz que lhe permitiam gastar energia com luxos desse tipo. A garota chegou a ouvir algumas histórias que justificavam o uso do equipamento devido à doença de Faysal, falecido há pouco mais de três anos. Diziam que o velho líder não tinha mais forças para subir escadas, então seu filho Emir se engajara em reparar um dos elevadores para que o pai sempre estivesse presente nas reuniões do grupo. Ela considerava aquele esforço admirável, mas ainda achava que a preciosa energia não deveria ser desperdiçada daquela forma, havia incontáveis famílias em quase todos os setores que precisavam de um cubo.

A porta dupla se abriu e revelou uma ampla sala com um número absurdo de computadores em funcionamento, era ali que a rede da Torre funcionava. Rato soltou uma exclamação, impressionado com a quantidade de equipamentos em bom estado. Ali, podiam testemunhar um pouco da verdadeira tecnologia perdida no passado: as máquinas possuíam design luxuoso e maleável, telas ultrafinas sensíveis ao toque que dispensavam qualquer teclado. Várias pessoas mantinham os olhos fixos nos monitores ou nas projeções em realidade aumentada, ignorando a passagem dos rostos desconhecidos. Beca logo imaginou a reação de Edu se visitasse aquele lugar. Do jeito que era empolgado, ele perguntaria sobre a qualidade e origem das peças e provavelmente imploraria para desmontar aqueles aparelhos, ansioso para conhecer o seu interior. Pensar daquela forma a deixava triste, a saudade que sentia do irmão só fazia crescer com o passar do tempo, mas agora pelo menos tinha esperança de pôr um fim àquela dor.

Do outro lado da sala, havia uma entrada protegida por uma mulher armada. Ela cumprimentou seus colegas e, em seguida, passou um cartão na fechadura digital, que se abriu com um clique abafado.

— Entrem, Emir os espera.

Prendendo a respiração, a garota deu passos incertos para o aposento desconhecido. Deparou-se com um quarto pequeno desprovido de janelas, um tapete com estampas quadriculadas em vermelho e preto cobria o chão repleto de almofadas. Havia uma projeção na parede oposta, vinda de uma caixinha branca colocada no chão, que exibia várias imagens com informações em tempo real sobre o que acontecia na Torre. Uma pequena mesa de centro com um bule fumegante separava Emir dos outros. Ele se servia de uma xícara de chá quando pediu para que seus visitantes se sentassem. Usava camisa branca de mangas compridas, calça cáqui surrada nos joelhos e um cachecol quadriculado que rodeava o pescoço fino. Ao vê-lo, Beca soltou um suspiro impressionado.

— Você falou que o caso era urgente e secreto — ele disse no seu característico tom monótono encarando Lion. Tomou um gole do chá, descansou a xícara na mesa e, com duas palmas seguras, desligou a projeção. — Achei melhor conversamos em um local mais privado.

O pai de Beca anuiu. Apertava os dedos nodosos em um gesto inconsciente de nervosismo. É claro que aquele comportamento não passou despercebido aos olhos atentos de Emir.

— Sou todo ouvidos — falou.

O momento era tenso, as palavras deveriam ser escolhidas com cuidado, e, tendo consciência disso, Lion não se apressou em narrar sua história. De maneira pausada, falou sobre a perda do filho, já conhecida por todos ali, até chegar à delicada descoberta de um laboratório mantido pelos Sombras. A verdade, então, ganhou uma cara diferente, sem qualquer menção ao passado obscuro do informante. Nela, Rato fora contratado pela desesperada família para reativar o rastreador que Edu levava nas roupas no fatídico dia de sua queda, e, com habilidade inigualável, passara as últimas duas semanas tentando captar algum sinal. Há três dias, quando Lion e Beca não tinham mais esperanças, ele aparecera com notícias bombásticas: havia encontrado o garoto com vida e podia dar a localização exata de seu paradeiro dentro do véu.

Antes que o líder da Torre pudesse se manifestar dizendo que a possibilidade de Edu estar vivo era inexistente, o informante chamou a atenção para si. Explicou com a segurança de um ótimo ator como trabalhara de maneira incansável para achar o garoto. Depois de ter certeza de que o sinal realmente pertencia a ele, usou sua influência no mercado paralelo para sair da Zona da Torre e verificar as coordenadas que o computador apontava. Decidiu primeiro investigar por conta própria para não trazer falsas esperanças a Lion e sua filha — naquele momento, lançou um olhar significativo para Beca, como se estivesse completamente apaixonado. A garota ficou abismada com aquela atuação, se não tivessem repassado a conversa horas antes, teria acreditado no amor que ele parecia nutrir em segredo.

— Eu desci até o véu — ele falou orgulhoso, como se fosse um grande feito e não a mais absurda loucura. — Fiquei apenas algumas horas lá embaixo, pois arranjei um equipamento de mergulho bem sucateado, mas minha breve viagem provou que eu estava certo. Vi com meus próprios olhos o garoto ser levado, junto com outros sequestrados, para uma construção diferente de tudo o que conheço, uma espécie de pirâmide de metal retorcido, talvez com uns dez metros de altura.

Emir inclinou o corpo para a frente e levou uma das mãos ao queixo, o olhar emanava interesse como se tivesse acabado de ouvir notícias sobre um grande tesouro escondido.

— E o que você acha que é essa pirâmide?

— Eu pensei que você pudesse nos dizer — Rato respondeu de pronto. Mesmo que tivesse acertado com Beca e Lion que seria mais sensato não acusar a Torre de ocultar informações, ele não resistiu à provocação. — Viemos pedir seu auxílio, pois entendemos que nos metemos em algo grande demais, precisamos de vocês para resgatar o Edu.

Um silêncio incômodo tomou o quarto. Beca observava Emir com aflição: será que ele havia caído na lábia de Rato? A história até que era sólida, mesclando fatos verdadeiros com mentiras pontuais, e a fala do informante havia sido mais convincente do que o esperado. Ainda assim, a garota achava que Emir era esperto demais para se deixar levar. Remexeu-se nas almofadas, atraindo a atenção do líder.

— Você acredita que Eduardo vive, Rebeca?

Ela se surpreendeu com aquela pergunta. Esperava que Emir questionasse a veracidade dos fatos narrados por seu pai e Rato, ou que exigisse mais detalhes. Nunca imaginou que se interessasse pelos sentimentos que ela nutria.

— *Sí* — respondeu convicta. — Eu acredito que ele está vivo e que podemos salvá-lo, mas para isso precisamos muito da sua ajuda, Emir.

O rosto inexpressivo não dava pistas sobre o que se passava na mente dele. Cruzou o olhar com o de Rato, encarando-o com intensidade. Os dois pareceram travar uma silenciosa batalha de vontades, um tentando desvendar o pensamento do outro. Por fim, o líder da Torre meneou a cabeça e se virou na direção de Lion:

— A Torre pode auxiliá-los nessa missão, oferecendo os equipamentos e itens de que precisam, mas há uma condição. A investigação de uma construção dos Sombras traria informações importantíssimas para a sobrevivência da humanidade, por isso quero alguém da Torre com vocês nessa missão, um especialista que poderá estudar os Sombras de perto, desvendar essa alegada pirâmide e auxiliar no resgate de Eduardo. — Ele observou as expressões dos visitantes. Todos se mostravam receosos em acolher um desconhecido. — Só assim vou concordar em ajudá-los. Se não aceitarem, podem ir embora e procurar outra forma de sobreviver dentro do véu.

O ultimato foi bem claro, fazendo com que eles não tivessem escolha além de aceitar a interferência da Torre. Lion selou o acordo passando a lista do que precisariam na missão além dos planos de partida, para o mais breve possível. Despediram-se de Emir com a promessa de se reencontrarem em no máximo dois dias já com tudo pronto para a descida. Antes de saírem, porém, o líder da Torre pediu para Rato ficar um pouco mais. O informante ignorou o olhar preocupado de seus companheiros e afirmou que podiam ir na frente. A última coisa que Beca viu antes da porta se fechar foi os dois homens se encarando, dispostos a recomeçar um duelo de mentes. Não pôde deixar de se perguntar quem sairia vencedor.

— Você acha que ele desconfiou de algo? — sussurrou para o pai quando ficaram sozinhos no heliponto.

— O Rato sabe se virar, não vamos pensar nisso agora. — Lion queria acalmá-la, mas sua expressão de preocupação não ajudava em nada. — Ainda temos que recrutar dois membros para essa missão.

Beca anuiu, deixando de lado suas aflições. Realmente esperava que Rato fosse capaz de escapar da pressão de Emir. Em seguida, começou a repassar com o pai possíveis nomes que aceitariam participar da perigosa missão, sabia que convencê-los não seria tarefa fácil.

— Eu conheço esse tipo de olhar, Emir — o informante falou assim que ficaram sozinhos. — Não vai funcionar comigo.

O líder da Torre deu um sorriso forçado ao notar que suas tentativas de intimidação haviam fracassado.

— Você é um homem corajoso, mas também muito tolo por desafiar o poder da Torre. Pelo visto, não considerou nosso último aviso quando esteve aqui. — Coçou a barba com descaso, não estava surpreso. — Eu poderia prendê-lo e forçá-lo a me contar o que sabe. Ninguém resiste por muito tempo, não importa o quão forte seja.

Rato não estava nada feliz com as constantes ameaças.

— Mas você não vai fazer isso porque já sabe a verdade, não é? As construções dos Sombras, a tecnologia que eles usam, sua inteligência acima da média e o que eles fazem aos sequestrados... Tudo isso é de conhecimento da Torre há muito tempo.

Emir não tentou negar, e suas suspeitas de que o informante forçara aquela conversa privada se confirmaram. Durante a reunião, foi impossível não notar o olhar de Rato no seu, uma provocação clara de quem sabia mais do que revelava. Era duro admitir, mas ele se mostrava um adversário mais capaz do que previra.

— Como obteve essas informações? — perguntou num tom cortante.

Foi a vez de Rato forçar o sorriso.

— Sua rede não é tão segura quanto parece. — Deu uma piscadela debochada. — Seu banco de dados tem informações que deixariam muitos de cabelo em pé.

Esforçando-se para manter a frieza, o líder apanhou a xícara da mesinha e tomou um gole do líquido, que já esfriara.

— Temos informações, mas não suficientes. — Ele parecia incomodado por admitir que a Torre não sabia de tudo. — Não gosto de você, informante. Sua agenda nessa empreitada é nebulosa, não acredito que esteja mesmo interessado em ajudar o irmão de Rebeca. Na verdade, duvido muito de que saiba onde ele está.

— Se tem tantas ressalvas, por que não disse isso aos outros? Poderia negar ajuda e tudo estaria resolvido.

— Capturar um espécime vivo, de preferência durante o estágio de transformação, seria de uma valia enorme — Emir explicou. — Poderíamos descobrir como a contaminação pela névoa funciona e até mesmo procurar desenvolver antídotos.

— Então, você quer que eu ajude seu companheiro a capturar um infectado. — O desgosto em sua voz era real, ele não desejava uma vida de novos testes a alguém que já sofrera tanto nas mãos dos Sombras.

— Diga o seu preço, informante. Traga um exemplar vivo e seja recompensado com o que mais desejar.

Rato se inclinou para a frente como se fosse partilhar um segredo. A proposta de Emir era tentadora demais.

— Há algo que quero mais que tudo — disse, ciente de que estava prestes a fazer a maior barganha de sua vida.

OS DOIS ÚLTIMOS MEMBROS

O retorno de Beca ao Setor 4 causou surpresa. Ela não quis gastar saliva com os paus-mandados de Richie e explicou logo que pretendia fazer uma proposta ao líder do Sindicato. Foi escoltada até o quartinho sujo, onde encontrou cinco marmanjos de olhos grudados em um filme pornô de péssimo gosto. Revirou os olhos. Encontrar *microcards* de filmes que funcionassem era quase um milagre; ficava inconformada que tamanha preciosidade estivesse nas mãos de tipos como Richie, sendo utilizados para armazenar filmes como aquele.

Ao perceber a presença da garota, ele pausou o filme, para a insatisfação de seus companheiros. A cena travada na tela era um close bem constrangedor, e Beca desconfiava que havia sido proposital, mas não se deixou abalar: vivera rodeada de homens estúpidos durante toda sua juventude, aquelas táticas bobas para desestabilizá-la não poderiam ser mais inúteis.

— Beca! Que surpresa! — Richie se levantou do pufe malcheiroso e abriu um sorriso debochado. — Se soubéssemos que você viria nos visitar, teríamos esperado para começar a ver o filme.

Os outros rapazes gargalharam. Beca ficou grata por ter insistido para que Lion ficasse no helicóptero; se ele estivesse ali, já teria criado confusão com aquele bando. Com seu melhor sorriso, ela ignorou as piadas. Colocou as mãos na cintura e fitou o cristal retangular, rachado e semitransparente que projetava as imagens.

— Eu adoraria assistir com vocês, *chicos*, mas estou com um pouco de pressa. Negócios antes do prazer, concordam?

O chefe da gangue não ficou muito satisfeito com a postura da garota e mandou seus capangas saírem. Ao se verem sozinhos, ele voltou a sentar no pufe e a encarou com uma expressão desconfiada.

— O que quer? Que negócios urgentes são esses?

Ela foi direto ao assunto, sabia que assim o impressionaria ainda mais.

— Vou descer ao véu para resgatar *mi hermano*. Preciso de um teleportador *muy loco* para fazer parte do meu grupo.

Foi até divertido ver o queixo de Richie cair e seus olhos esbugalharem, incrédulos. Ele ficou algum tempo sem saber o que dizer, observando Beca como se achasse que ela estava fazendo graça com a sua cara.

— Isso é sério?

— Seríssimo — ela respondeu com segurança, como quando fechava os negócios de entrega no lugar do pai. No entanto, não estava tão confiante, já havia recebido cinco recusas. Os melhores teleportadores freelancers não queriam saber de se arriscar numa missão suicida. A ida até o Setor 4 era sua última e desesperada cartada. — A Torre vai ceder equipamentos, estou recrutando os últimos dois membros. Quero a sua teleportadora, a Bug.

— Você não se cansa de me surpreender, Beca. — Ele assoviou, impressionado. Já havia se recuperado do choque inicial e agora a fitava como se fosse alguém vinda de outro mundo. — Descer até o véu! *Carajo*! Só a Bug mesmo para topar um trampo insano desses!

Pegou o rádio que trazia preso ao cinto e pediu que a jovem fosse trazida com urgência até ali. Antes que ela chegasse, tratou de esclarecer o que ganharia caso permitisse que sua subordinada entrasse na névoa.

— Vamos pagar bem — Beca assegurou —, já disse que a Torre nos apoia. Além disso, você pode receber alguns tesouros do velho mundo. Já imaginou uma cruz de ouro para fazer par com aquela sua bíblia velha?

O sorriso ganancioso de Richie deixou claro que a garota havia acertado na estratégia para convencê-lo. Decidiu empolgá-lo um pouco mais.

— O seu culto ficaria muito mais poderoso com algumas relíquias da Igreja, não acha?

Ele estremeceu de satisfação, meneando a cabeça. Beca não precisou falar mais nada para selar aquele acordo.

— Você disse que precisava de mais dois homens. — Levantou-se para abrir a porta para Bug. — Quem mais tem em mente?

— Quero alguém que saiba lidar com as adversidades, com os ataques dos Sombras. — Ela sorriu, sabendo que o surpreenderia mais uma vez. — Não há ninguém melhor nisso do que um Falcão.

— *No jodas, chica*! Esse seu grupo vai ser o mais bizarro que a Nova Superfície já viu!

"Só espero que funcione!", ela pensou. Definitivamente, aquela não seria a formação ideal, mas, quando a falta de opções chegou ao limite, viu-se obrigada a improvisar.

Bug, a teleportadora, entrou na sala confiante. Usava um moletom cinza desbotado com um capuz que cobria seus cabelos vermelhos, a calça tinha rasgos na altura dos joelhos e os tênis esporte estavam com a sola solta. Enquanto caminhava em direção a Richie, seus olhos atentos analisaram Beca com curiosidade. Diferente do comportamento bizarro da primeira vez que a saltadora a vira, agora a garota parecia bem mais centrada.

— Chamou, Richie? — Ela tinha uma voz bem fina, indicando que não deveria passar dos dezesseis anos. Mesmo assim, não parecia intimidada na presença do chefe da gangue: encarava-o nos olhos mantendo uma postura confiante.

O líder do Sindicato sorriu e pousou a mão no ombro dela.

— *Chica*, nós temos um trampo maneiro pra você. — Apontou para a saltadora e fez a apresentação: — Esta aqui é Beca, trabalha na Lion Entregas e mora lá no luxuoso Setor 2.

É claro que o Setor 2 não era nada luxuoso, mas parecia ser quando comparado ao Setor 4, e Beca achou melhor não se manifestar. Bug a observou mais atentamente; pelo jeito de olhar, parecia conhecer o empreendimento de Lion.

— *Su hermano* é um caído, não? — perguntou, coçando o queixo e fitando Richie, para obter confirmação. — Ouvi uma galera falando a respeito. Morte feia, mas pelo menos conseguiu ver o que tem lá embaixo.

Imaginar que as pessoas falavam sobre o que aconteceu com Edu deixou Beca bastante irritada: não queria que ele virasse assunto de fofoca, muito menos que gente que não fazia ideia dos fatos verdadeiros o julgassem. Comprimiu os lábios com raiva, era difícil esconder os sentimentos diante da jovem que falava de maneira insensível sobre sua perda, ainda tão recente.

— Edu não morreu — falou com dureza, e recebeu um olhar incrédulo em retorno. Gostou de tirar a outra da zona de conforto, e prosseguiu: — Ele está vivo, dentro do véu, e eu vou resgatá-lo. Se quer conhecer o que há lá embaixo, agora é a hora, vou precisar de um teleportador.

Os olhos castanhos de Bug cresceram, confusos. Calada, ela voltou a procurar o líder esperando que ele esclarecesse a situação.

— É isso mesmo, Bug, você não está chapada! — Ainda com a mão pousada no ombro dela, Richie gargalhou. — Sempre quis ver o que tem sob o véu, não é? Pois então, é a sua chance!

Beca imaginou dois cenários para a resposta da teleportadora. No primeiro, considerando a garota louca que se jogava da sacada do prédio por tédio, presumiu que ela ia fazer pouco caso e aceitar na hora. Já no segundo, previu que ainda havia bom senso nela e que recusaria, explicando que sua atitude desvairada não passava de ações impensadas resultantes do excesso de *marihu*. O que obteve, porém, foi um terceiro cenário. Bem inusitado, por sinal: Bug começou a chorar, realmente emocionada. Em seguida, encarou Richie como uma garotinha que precisa da permissão do pai para sair com as amigas.

— E eu vou poder ir? — perguntou com a voz trêmula, mal podia conter a excitação.

— É claro, *niña*! — Richie puxou o capuz que cobria o rosto dela e acariciou seus cabelos. — Você irá ajudar a amiga Beca e recolherá importantes itens para mim.

Vendo-o tão caloroso e compreensivo, Beca sentiu um arrepio muito semelhante àquele que tomou seu corpo quando, ainda criança, ouviu a proposta dele convidando-a para entrar no Sindicato. Sem dúvida, era um safado ardiloso. Sentiu pena da garota que o observava com tanto respeito. Será que agiria da mesma forma se estivesse no lugar dela?

Acertaram os últimos detalhes, marcando o encontro para o dia seguinte na Torre. Bug se mostrou ainda mais empolgada: entraria no domínio dos Sombras e também no dos homens que seu grupo a ensinara a odiar. Prometeu a Richie que cuspiria na cara de Emir se tivesse a oportunidade. Beca previu que teria bastante trabalho para controlar aquela menina, mas selou o acordo com um aperto de mão decidido. Precisaria se aproveitar do entusiasmo da teleportadora, pois era a única disposta a aceitar aquele trabalho.

Ao deixar o ME controlado pelo Sindicato, deu um suspiro cansado. Seu pai a observou com o canto dos olhos e perguntou se tudo havia dado certo. Ela assentiu, mas não parecia muito entusiasmada. Seus planos de montar aquele time tomaram um rumo inesperado que a deixava bastante apreensiva: ela só podia torcer para que aquele improviso, com pessoas tão contrastantes, funcionasse de maneira adequada. Mesmo com tantos receios, decidiu pensar no que poderia dar errado depois, ainda tinha mais um membro para recrutar. Pediu para seu velho seguir em frente, pois o caminho até a Periferia da Névoa era longo.

No quartel-general de Falcão, Lion ficou encarregado de conversar com Ernesto e cobrar o pagamento pela missão dos antivirais. Beca o acompanhava apenas como apoio moral: devido à longa amizade, seu pai era a pessoa mais indicada a fazer aquele tipo de pedido. Foram se encontrar com o chefe do bando no pequeno cômodo em que morava. Havia um colchão de casal cortado ao meio com espuma se espalhando por todo o chão, uma estante enferrujada com algumas roupas e tralhas e um bercinho feito de plástico e alumínio onde um bebê vestindo trapos dormia.

Enquanto os dois homens trocavam abraços, cada um lamentando a perda do outro, Beca se aproximou da garotinha e notou o coelho de pelúcia ao seu lado. Sorriu ao tocar sua mãozinha fechada, sentindo a pele macia ainda alheia à crueldade daquele mundo. Nunca vira criaturinha tão pura, e a vontade de carregá-la e apertá-la contra o peito a surpreendeu: sentimentos tão maternais não faziam parte de sua vida. Afastou-se com rapidez, voltando sua atenção para a conversa séria que se iniciava.

— Ernesto, sei que não é uma boa hora para cobrar favores, mas preciso da sua ajuda.

Lion recusou o convite para se sentar num frágil banquinho. Seus ombros estavam encolhidos, o quarto era pequeno demais para alguém largo como ele. Enquanto contava sobre sua intenção de descer ao véu, viu o rosto do amigo mudar de entusiasta para incrédulo. Precisou afirmar mais de duas vezes que falava mesmo sério, que seu filho ainda vivia e que iria enfrentar os Sombras para resgatá-lo.

— Minha perna inútil não permite mais que eu desça, por isso gostaria de ter você nessa jornada. — Encarou Ernesto com o peso de uma longa relação de confiança e respeito. — Sei que não há ninguém mais indicado para proteger *mi hija* lá embaixo.

O rosto marrom de Ernesto se contorceu de dúvida, os olhos logo buscaram a filha no berço. Beca tentou se colocar no lugar dele, sabia que a decisão não era fácil. Por um lado, era um viúvo recente com uma pequena vida para proteger, por outro, tinha dado sua palavra a um amigo de longa data. O que falaria mais alto, seu amor ou suas convicções? A resposta não tardou a vir.

— Lion, eu sei o quanto vale a vida de *un hijo*. — Chegou à beira do berço, acariciando a cabeça sem cabelos do bebê. Os lábios se crisparam diante da difícil escolha. — Por isso mesmo não posso abandonar minha única razão de viver. Desculpe, mas não me arriscarei dessa maneira.

O homenzarrão cerrou os punhos enormes, e Beca chegou a temer que ele explodisse contra o amigo, no entanto, apesar da frustração, ele se esforçou para se manter sereno.

— Você tem o direito de querer ficar ao lado do seu bem mais precioso, mas eu também tenho o direito de cobrar o que me deve. — Encarou-o com um olhar duro.

Ernesto meneou a cabeça como se já esperasse aquele tipo de resposta, inclinou-se sobre o berço e beijou o rosto da filha. Em seguida, puxou o casaco que jazia largado sobre o colchão e se dirigiu para a porta, bloqueada pela grande envergadura de Lion.

— Meu amigo, eu nunca deixaria de pagar uma dívida com você. — Tocou em seu ombro em uma atitude reconciliadora.

— Venha, conheço o homem perfeito para a missão que tem em mente.

Guiados por Ernesto, que chamou uma mulher para cuidar da bebê em sua ausência, desceram alguns andares, sentindo que a névoa se aproximava. Respirar parecia mais difícil, o ar ficou pesado e com um odor ácido. Pelo caminho, cruzaram com pessoas largadas pelos corredores, dormindo ou fracas demais para se moverem. A visão era assustadora, mas não pareceu abalar o líder Falcão, já acostumado com a triste realidade que seu bando vivia.

De repente, ouviram um burburinho de vozes. Seguiram os sons até uma sala mais ampla com paredes rachadas onde um grupo de quase trinta pessoas gritava e se empurrava ao redor de dois homens descamisados que trocavam golpes. Um deles era careca e alto, músculos definidos e braços grossos como colunas de concreto. O outro, mais magro e entroncado, movia-se com agilidade, dando pequenos saltos de um lado para o outro. A barba rala no rosto redondo lhe dava uma aparência encardida, a pele bronzeada brilhava com o suor que pingava, enquanto seus punhos se moviam sem parar. Acertou um belo soco no rosto do adversário, fazendo-o cambalear para trás e arrancando urros ensandecidos da torcida. Abriu os braços e sorriu, esquentando ainda mais o clima.

— Fiquem de olho nele — falou Ernesto, cruzando os braços sobre o peito e fitando a luta com um inegável interesse.

O homem voltou a atacar, sem dar chance para que o careca se recuperasse, desferindo um forte chute no estômago que fez o oponente cair de joelhos. De guarda aberta e desnorteado pela dor, o outro não pôde se defender do direto de esquerda que o mandou a nocaute: desabou como um saco de entulhos, levantando poeira e arrancando aplausos.

A vitória causou um rebuliço nos presentes, que correram para cumprimentar o vencedor. Em meio a tapinhas nas costas e congratulações, ele percebeu o grupo de recém-chegados o observando de longe. O sorriso em seus lábios se alargou ainda mais enquanto pedia para as pessoas abrirem caminho para sua passagem. Parou em frente a Ernesto e o cumprimentou com um aceno respeitoso. Seu corpo exalava o odor azedo da luta.

— *Enhorabuena por la victoria* — Ernesto falou, indicando para que caminhassem para um lado mais afastado. — Vejo que Javier não conseguiu cumprir a promessa de derrotá-lo.

O homem deu uma gargalhada divertida, como se o outro tivesse acabado de fazer uma piada.

— Por favor, *che*! Aquele bunda-mole não deu nem para o gasto. — Virou de lado para permitir que o líder e seus acompanhantes vissem o derrotado com a cara inchada e as pernas bambas. — Será que agora você vai aceitar meu desafio? Ou trouxe o grandão aí para o representar?

Lion ergueu uma das sobrancelhas diante do chamado para uma luta, impressionado com a força do desconhecido e com sua audácia. Seu olhar procurou Ernesto em busca de uma explicação sobre quem era aquele homem.

— Lion, este é Gonzalo, *hermano* de minha falecida esposa — ele tratou de fazer as apresentações. — Gonzalo, estes são Lion e Beca, do Setor 2. Lion é um velho amigo dos meus tempos de mergulhador e tem uma proposta que vai lhe interessar bastante.

Limpando o suor que escorria do rosto, o lutador olhou Lion de cima a baixo. Passou um bom tempo analisando a tatuagem com o símbolo dos mergulhadores e fez uma expressão de desgosto.

— Então, foi funcionário de *los canallas* da Torre? — As sobrancelhas grossas quase se uniram quando franziu o cenho. — Largou o emprego ou foi expulso como *mi acuñado*?

Beca viu seu pai pigarrear, incomodado com aquele questionamento tão direto, e também aguardou pela resposta com curiosidade: a invalidez na perna não fora responsável pela saída dele dos ranques da Torre, já que acontecera numa entrega fracassada quando a garota tinha dezesseis anos. A única coisa que ela sabia era que a aposentadoria se deu um pouco depois da época em que foi adotada. Não tinha muitas lembranças daqueles tempos e Lion não gostava muito de falar de seu antigo trabalho.

— Eu pedi para sair — ele respondeu olhando de soslaio para a filha, que o observava atenta. — Acabei ganhando responsabilidades importantes, não podia mais me arriscar tanto. *Hijos* fazem isso com a gente. Ernesto aqui está de prova...

Diante daquela resposta, a garota sentiu o rosto esquentar, nunca imaginou que fora a responsável pela mudança de vida do velho. Ficou tão surpresa que nem soube o que dizer. O pai mantinha-se tão distante que, às vezes, ela se perguntava se ele realmente a amava ou se só agia por obrigação.

Gonzalo pareceu prestar atenção nela pela primeira vez, mas não se mostrou muito convencido com aquela demonstração de amor familiar.

— Você devia lamber bem as botas dos figurões, não é qualquer um que consegue uma dispensa para cuidar de *la hija*.

— Gonzalo! *Cállate*! — Ernesto elevou a voz, indignado com a falta de respeito do lutador. — Lion salvou minha vida três vezes enquanto estive nos mergulhadores, ele é um homem bom, de confiança. Não importa se mantém relações com aqueles vermes da Torre, eu confio nele e você também vai confiar, entendeu?

As fortes palavras de comando fizeram com que as feições carrancudas de Gonzalo se fechassem ainda mais. Ele acabou engolindo os comentários mordazes. Mordiscou o lábio fino, controlando a irritação pela advertência de seu comandante.

— Você está certo, *che*. — Cruzou os braços sobre o peito, mostrando os músculos bem definidos. — Sou um soldado, palavras não são meu forte. Afinal, qual é o serviço que seu grande amigo tem para mim?

Ernesto lançou um olhar de esguelha para o antigo companheiro mergulhador, dando-lhe a deixa para fazer a importante proposta. Lion estufou o peito e encarou Gonzalo de cima, já que era quase dez centímetros mais alto.

— Você gostaria de matar alguns Sombras? — perguntou de maneira direta, como se fosse um comandante entrevistando potenciais recrutas.

Gonzalo piscou algumas vezes, surpreso com tal proposta. Depois sorriu.

— É claro! Seria um prazer chutar *los fundillos* daqueles *putos*.

— Já desceu à névoa alguma vez?

O lutador titubeou, como se não entendesse bem o significado daquele interrogatório.

— Não temos equipamentos, mas conheço todos os princípios do mergulho. Todos aqui conhecem, Ernesto fez questão de nos ensinar.

O chefe dos Falcões confirmou a declaração de seu subordinado com um aceno satisfeito.

— Então, o que acharia de participar de uma missão de resgate dentro do véu? — Os olhos azuis de Lion encararam o soldado aturdido. — *Mi hijo* está lá embaixo, vivo e nas mãos dos Sombras. Não vou permitir que façam mal a ele.

Gonzalo parecia não acreditar no que ouvia; uma reação bastante normal, na opinião de Beca. Depois que Ernesto confirmou que era tudo verdade, ele deu uma risadinha esganiçada, parecendo empolgado com a notícia. Ainda assim, ela temia que o fator Torre o afastasse da missão, já que o ódio que ele parecia nutrir por Emir e seus comandados nublava seu julgamento.

— Vocês estão me chamando para descer ao véu e matar Sombras no seu próprio território? É algum tipo de presente de *cumpleaños*? Quando começamos?

— Há um pequeno porém: desceremos com equipamentos da Torre, precisamos deles. Emir fez questão de dizer que não envolveria seus mergulhadores na empreitada, mas exigiu a presença de um especialista para estudar os Sombras. Você vai ter que controlar sua raiva e aturar esse homem, protegendo-o como um companheiro.

É claro que aqueles fatos abalaram o ânimo do lutador. O sorriso morreu e o rosto adquiriu feições indignadas, como se no lugar do presente que ele tanto desejava recebesse meias velhas e um rato morto.

— Eu não trabalho para a Torre — afirmou com dureza.

— E continuará não trabalhando — Lion afirmou. — O comando da missão é nosso, meu e de Beca. A Torre vai nos ajudar com material e informações privilegiadas sobre o velho mundo, mais nada.

Gonzalo bufou e negou com a cabeça, pelo jeito seria mais um a dizer não.

— Podem esquecer. Não sou aliado daqueles *hijos de puta*.

Foi a vez de Ernesto intervir:

— Eles salvaram *la pequeña* Penélope, Gon. — Tocou no ombro do lutador, impedindo-o de se afastar. — Devemos isso a eles. Não será uma aliança com a Torre, mas com aqueles que ajudaram *tu sobrina* a sobreviver.

As narinas de Gonzalo dilataram e seu rosto franziu, como se tivesse provado algo extremamente amargo. O suor ainda pingava dos cabelos e da barba, os hematomas no rosto e no tronco começavam a inchar. Encarou o cunhado como se avaliasse o peso das últimas palavras, enfrentando um embate de princípios, e soltou um suspiro pesado.

— Farei o serviço por *la niña*. — Apontou o dedo na direção de Lion e da garota. — Seguirei a orientação de vocês dois; se algum *maricón* da Torre vier me dar ordens, levará um murro na cara.

Beca suspirou com aquele acordo, finalmente conseguiram completar o grupo de exploração. Contudo, uma constatação a deixou desconfortável, sentiu a responsabilidade começar a pesar: seria ela quem comandaria a missão dentro do véu, Lion se encarregaria da central de informações e representaria o elo com os homens da Torre e seus preciosos equipamentos. Só esperava ser capaz de controlar aquelas pessoas tão diferentes umas das outras. A vida de Edu dependia do bom relacionamento entre companheiros que passaram anos alimentando ódio e ressentimento uns pelos outros.

A DESCIDA

No dia seguinte, todos se encontraram no heliponto da Torre. O vento frio açoitava o rosto de Beca. Rato e Gonzalo Falcão foram os últimos a chegar. Conversando com uma familiaridade que surpreendeu Beca, agiam como se já se conhecessem. O cunhado de Ernesto não estava com a aparência muito melhor do que aquela do último encontro: as roupas eram velhas e suadas, estava com os olhos encovados e o rosto marcado por alguns hematomas. No entanto, sua postura emanava confiança, como se não temesse os segredos que o véu ocultava. Ernesto Falcão garantira que não havia entre seus homens alguém melhor do que ele, tanto com armas de fogo como com armas brancas.

Com todos os integrantes reunidos, só faltava conhecer quem seria o enviado de Emir. Três soldados os escoltaram pelo interior da Torre para se encontrarem com o líder e seu novo companheiro. Animada com toda aquela novidade, Bug não parava de falar, usando seus poderes para percorrer todo o corredor por onde caminhavam e voltar ao lugar de partida. Provocava os homens que a guiavam chamando-os de lambe-botas, e Gonzalo se divertia com o comportamento da teleportadora.

Encontraram-se com Emir na sala de reuniões onde ele costumava receber seus convidados mais ordinários. Felizmente, Bug não cumpriu sua promessa de cuspir na cara dele e Gonzalo controlou a língua ferina, apesar da cara fechada. Lá dentro havia uma mesa um tanto torta com lugar para dez pessoas em cuja cabeceira, entretido com sua digitação em um tablet maleável, tão fino quanto papel, um homem baixinho, de cabelos curtos encaracolados e pele escura, os aguardava. Seus olhos moveram-se da tela para os recém-chegados, brilhando com inteligência. Beca sentiu como se estivesse sendo mirada por uma ave de rapina. O nariz era adunco, os lábios, finos, e uma barbicha rala tornava seu queixo ainda mais pontudo. Ele se levantou quando o líder o apresentou:

— Este é Idris, meu especialista em Sombras. Aprendeu muito do que sabe com o cientista Schmidt, que trabalhou desde os primórdios da Torre ao lado de meu pai. Seus conhecimentos serão de grande valia dentro da névoa.

O homem chamado Idris pigarreou antes de cumprimentar os recém-chegados com um aceno polido. Em seguida, adotou um tom de palestrante:

— *Hola*! Fiquei honrado por Emir ter me escolhido para essa missão. Sei dos riscos e da importância dela para a Torre. Que fique claro que não iremos apenas resgatar Eduardo, *hijo* de Lion; acima de tudo, aprenderemos mais sobre os Sombras.

Beca deu um passo à frente, disposta a discordar com veemência das palavras do pequeno analista, mas seu pai tocou de leve em seu braço e moveu os lábios devagar para que ela entendesse a mensagem sem som: "Não vale a pena". Insatisfeita, a garota cruzou os braços e se sentou em uma das cadeiras disponíveis.

Emir tomou a palavra:

— Antes de iniciarmos as preparações para a descida, é importante que vocês saibam um pouco mais sobre o que enfrentarão lá embaixo. Idris, pode começar.

O especialista se empertigou e pousou o tablet no centro da mesa. A tela mostrou três fotos em preto e branco de diferentes construções piramidais que pareciam ser feitas com vigas e placas de destroços. A nitidez das imagens não era muito boa; além disso, as bordas possuíam um leve borrado ocasionado pelo zoom exagerado, mas mesmo com esses defeitos o grupo pôde ter uma boa noção do que iria encontrar. As pirâmides, apesar de construídas com materiais encontrados nas ruínas da cidade, não se assemelhavam a nada conhecido até então. Pontas de metal largas e oxidadas brotavam por toda a extensão da estranha construção, como espinhos que protegiam uma couraça. Na foto, a entrada parecia larga e não havia sinal de vigilância em frente à porta, de aparência bem sólida. Beca se arrepiou ao imaginar o irmão em um daqueles lugares passando por experimentos terríveis.

— Estas são as três instalações dos Sombras que conhecemos — explicou Idris. — Descobrimos a existência da primeira pirâmide há cerca de três anos, no dia em que morreu o grande Faysal. Desde então, temos trabalhado muito para desvendar o que os Sombras fazem ali dentro.

Ele tocou a tela sensível e mudou o slide para uma planta básica de uma das pirâmides, revelando o interior da misteriosa estrutura.

— Apesar de nunca termos entrado em uma delas, nossos estudos sugerem que a parte metálica seja apenas um posto de vigilância. Temos dados que nos levam a crer que a instalação avança para o subterrâneo por pelo menos cinco níveis, como um bunker, e é lá que boa parte dos humanos sequestrados são mantidos.

Gonzalo e Bug estavam chocados com as informações, eram os únicos que não faziam ideia de que os Sombras fossem capazes de agir com tamanha organização. Além disso, a revelação do paradeiro das pessoas sequestradas empolgava e assustava ao mesmo tempo. O Falcão deu um soco na mesa, fazendo o tablet piscar.

— Como puderam manter isso em segredo? — gritou, furioso. — Há *madres*, *hermanos* e *hijos* de amigos meus dentro desses lugares! Por que não foram resgatá-los?

— Não temos recursos para lutar contra os Sombras, muito menos para resgatar todas as pessoas sequestradas — Idris falou como se fosse o fato mais óbvio do mundo. — Por isso, uma análise a distância se mostrou nossa única escolha.

— Enquanto isso, as pessoas morrem nas mãos daqueles monstros! — Gonzalo rosnou. — Vocês não passam de um bando de *hijos de puta*!

— É esse o tipo de pessoa que você recruta para uma missão de tamanha importância, Lion? — Emir lançou um olhar reprovador ao ex-mergulhador.

— Ele vai se comportar a partir de agora. — Lion se levantou e tocou no ombro do companheiro, guiando-o de volta ao seu lugar. — Continuem com o briefing.

Beca observava toda a situação com sentimentos conflitantes. Saber que a Torre tinha conhecimento dos laboratórios, mas preferira manter em segredo, deixava-a tão indignada quanto Gonzalo. Por outro lado, compreendia a posição de Emir: estudar o inimigo, saber mais sobre os bunkers dos Sombras. Pelo menos a hora de agir finalmente havia chegado.

— É somente graças às informações que coletamos durante todo esse tempo que temos chances reais de descer até a névoa e resgatar uma pessoa — Idris não perdeu a chance de alfinetar.

O especialista continuou com a ladainha de como toda operação tinha um momento certo para acontecer, que agora estavam preparados para ir à névoa e que, quando Beca e Lion os procuraram com notícias preocupantes sobre Edu, foi como se o destino os tivesse ligado. Mas ninguém estava comprando aquele discurso, e Rato, sentado de frente para Beca, preferia brincar com uma formiga sobre a mesa do que prestar atenção. Emir, notando isso, resolveu interromper seu subalterno:

— O que importa é que agora temos a chance de ir até a névoa e fazer história. Lembrem-se de que as informações reveladas aqui ainda são sigilosas, confiamos em vocês, pois são aliados de Rebeca e Lion. — Encarou o Falcão. — Se algo do que discutimos vazar...

Bug se levantou com um sorriso debochado, batendo palmas com vigor.

— Belo discurso, *jefe*. Você ainda não precisa se preocupar com vazamentos, para fofocarmos sobre segredinhos sujos precisamos, antes de tudo, voltar vivos do véu.

Beca conhecia bem os riscos da missão. A Torre também, provavelmente por isso Emir exigira a participação de apenas um de seus homens. Para que desperdiçar soldados treinados quando havia Falcões e Bugs que fariam menos falta? Respirou fundo e buscou a mão do pai por baixo da mesa. Apertou-a, procurando conforto e tentando diminuir a preocupação que seu velho sentia.

Em meio ao incômodo silêncio, Rato se levantou, dirigindo-se a um Idris bastante carrancudo.

— Acho que chega de palestra por hoje, vamos logo para uma parte mais interessante: onde está o equipamento que vai nos manter vivos lá embaixo?

Quando chegaram à sala de armas da Torre, os cinco trajes antinévoa que os esperavam ajudaram a amenizar a tensão. Idris explicou que aquelas vestes eram feitas com um material sintético impermeável que impedia os efeitos nocivos do véu sobre o corpo. Consistiam em calça, jaqueta, um par de luvas e botas, tudo preto para ocultá-los na escuridão. Além disso, sobre o tecido havia placas protetoras acopladas, como uma armadura leve que ajudaria a protegê-los de ataques sombrios. Por último, entregou-lhes o capuz para a proteção da cabeça e a máscara que filtraria o ar venenoso do submundo.

Beca ficou abismada com o último item, que lhe parecia mais um capacete que uma máscara. Toda sua face seria coberta. Sobre o nariz, a boca e maxilares, possuía dois filtros laterais que consistiam em placas pretas de textura diferente do restante da máscara. De cor escura esverdeada, as lentes largas de formato triangular propiciariam diversos tipos de visão dentro da névoa. A região que cobria as orelhas, com um formato mais arredondado, contava com comunicadores e antenas básicas acoplados que permitiam vários canais e até acesso à rede. Infelizmente, nas profundezas do véu não poderiam acessar os servidores da Torre. A parte detrás da cabeça ficava protegida pelo capuz. Sem dúvida, era uma peça extraordinária, muito diferente das máscaras de gás comuns que o povo da Nova Superfície costumava usar.

— Uma pessoa sem proteção nenhuma costuma durar vinte e quatro horas dentro do véu, mas com essas maravilhas vocês podem permanecer lá por até três semanas sem serem afetados.

Beca não tinha dúvida de que eram os trajes mais avançados que já havia tocado, o melhor que a tecnologia da Torre pôde salvar ou reproduzir dos tempos passados. Era uma pena que Emir insistisse em concentrar para si todos aqueles equipamentos, obrigando o restante das pessoas a viver com migalhas. A cada dia, a garota ficava mais desencantada com as atitudes do líder e seus comandados. Depois das instruções do analista, que fez questão de explicar os mínimos detalhes da roupa especial, ela foi para um box isolado se trocar.

Vestidos, mas ainda sem as máscaras, o grupo seguiu para uma sala diferente, com aspecto de ambulatório. Havia uma cadeira reclinável, uma luminária de lâmpada fluorescente e vários instrumentos cirúrgicos sobre uma mesa metálica. A equipe ficou receosa, mas Emir tratou de explicar a situação:

— É norma da Torre que todos os mergulhadores usem implantes explosivos. Caso sejam capturados por Sombras, eles têm a opção de acabar com o próprio sofrimento. Daremos essa garantia a vocês também, ninguém merece perecer nas mãos daqueles monstros.

Beca e os companheiros se entreolharam, e a garota se lembrou da mergulhadora que ativou seu implante no dia da queda de Edu. Reviver a imagem da cabeça da mulher explodindo não lhe deu nenhum entusiasmo para aceitar aquele aparato. Ela não sabia se seria capaz de tirar a própria vida, mesmo que a situação fosse desesperadora.

Rato se candidatou primeiro ao procedimento. Quando viu o olhar receoso dos demais, deu de ombros.

— Eu prefiro contar com todos os trunfos da Torre, mesmo esse. Fico surpreso por vocês estarem com medo, pensei que fosse o único covarde aqui...

A atitude debochada acabou incentivando o resto do grupo a aceitar os implantes. Até Gonzalo, depois de tapinhas nas costas dados por Rato, sentou-se na cadeira reclinável e deixou o dentista fixar o explosivo logo atrás de seu último dente. Beca veio logo depois. Ter aquele objeto estranho em sua boca incomodava, mas não chegava a ser insuportável.

Quando todos já estavam com o implante, Emir explicou de maneira breve seu funcionamento.

— Vocês devem tocar três vezes no ponto central. — Mostrou a palma da mão com um dos pequenos círculos metálicos, o gatilho era uma marca saliente. — Sentirão a textura diferente, mais áspera. Apertem com a língua ou os dedos, como preferirem. Três segundos depois, tudo estará terminado.

Um silêncio incômodo tomou o ambulatório. Beca realmente esperava não precisar daquele artifício. Quando Idris sugeriu que era hora de escolherem as armas, eles ficaram mais aliviados.

A sala de armamentos era impressionante, com uma variedade grande de armas resgatadas das profundezas do véu: rifles, pistolas, escopetas, facas de caça, granadas e inclusive uma bazuca, que fez os olhos de Gonzalo brilharem e amenizou sua carranca de desconfiança.

— *Eso es maravilloso!* — Segurou a arma gentilmente, como se fosse um bebê.

Armaram-se com o máximo que podiam carregar, cada um levando uma quantidade considerável de munição. Eufórica com tantas possibilidades, Bug acabou pegando pistolas a mais, que já não cabiam na mochila e caíram ruidosamente no chão. Muito contrariada, precisou devolver algumas.

Idris ficou responsável pelos equipamentos mais delicados, como sensores de calor, mapas no tablet, antenas e comunicadores para manterem contato com a superfície. Colocou tudo em uma mochila resistente e avisou:

— No que estiver aqui, só eu mexo!

Lion ficaria responsável pelo monitoramento da missão. Combinaram canais de comunicação e outros detalhes.

Beca se aproximou de Rato, que terminava de calçar as pesadas botas, e o encarou com uma expectativa muda: tudo dependia da palavra daquele homem de reputação duvidosa. Seu semblante tranquilo a deixava incomodada, parecia que não levava aquele resgate a sério, que achava que tudo sairia às mil maravilhas. Nem a sequelada da Bug achava que isso era verdade.

— Você precisa se acalmar, Beca — ele falou, como se pudesse ler seus pensamentos. — Pense que está indo para mais uma daquelas entregas chatas.

— A vida de Edu está em jogo, não consigo agir como se não me importasse.

Ele se levantou e pousou a mão no ombro dela. Encarou-a com seriedade, deixando a máscara de Rato cair por alguns instantes:

— Esse nervosismo só vai atrapalhar, acredite em mim — sussurrou. — Você formou um grupo bom, apesar de um tanto desajustado. Todos têm qualidades essenciais para o sucesso desse resgate. Vai dar tudo certo, Edu voltará para casa.

Beca soltou o ar que nem sabia que estava prendendo. Delicadamente, Rato prendeu os cabelos dela atrás da orelha. A ponta áspera de seus dedos passou pela bochecha numa carícia velada, causando arrepios involuntários na garota.

— Você não me disse o que Emir tanto queria conversar — questionou Beca tentando se livrar daquela sensação esquisita. — Ele desconfiou de alguma coisa?

A pergunta serviu tanto para afastar a mão do informante quanto para fazê-lo recuperar sua máscara.

— *No*, ele só queria me intimidar. E dizer o que não é novidade para nenhum de vocês há muito tempo, sabe... Que sou desprezível, que não mereço confiança, essas coisas. — Sorriu como se tivesse orgulho de sua reputação, mas Beca aprendera a enxergar por trás da dissimulação.

— Ele não quis saber os detalhes da sua história? — Ela não acreditava que Emir seria tão descuidado.

— *Sí, sí*, mas eu consegui me sair bem. Não esquente a cabeça, Beca, está tudo sob controle.

Era óbvio que Rato não queria continuar com o assunto. Normalmente, Beca não aceitaria ser dispensada tão facilmente, mas, mesmo que pretendesse pressioná-lo mais, aquele não era o lugar. Teve certeza de que o informante a evitara durante todo o dia anterior justamente para não responder às perguntas que tanto a incomodavam, porém, como tudo o que envolvia aquela missão, teve que acreditar na palavra dele. Se Emir desconfiasse que ele era um infectado, nunca permitiria que descesse até o véu. Ou será que ela conhecia tão pouco o líder da Torre a ponto de errar completamente na avaliação do seu caráter?

Não houve mais tempo para questionamentos: Bug, Gonzalo e Idris também já estavam prontos, aguardando as próximas instruções. Com a iminência da partida, ela se aproximou de Lion. Esperava que ele a tratasse com o profissionalismo que sempre o envolvia antes das missões, mas foi surpreendida por um abraço apertado.

— Cuide-se lá embaixo, Beca.

— Vou ficar bem, *viejo*. — Ela lutou para não chorar. — Voltarei com Edu ao meu lado, prometo.

— Está na hora — a voz de Emir despertou pai e filha daquele raro momento familiar. — O ponto de descida não é longe daqui, estejam prontos para fazer história.

Com a expressão tensa, a garota apanhou sua mochila e as armas.

— Eu não me importo com grandes feitos, só quero salvar *mi hermano* — falou secamente. Entretanto, no fundo sabia que, ao resgatar Edu, faria parte de um acontecimento muito maior para o futuro da Nova Superfície.

DENTRO DO VÉU

A pirâmide que mantinha Edu cativo se localizava fora do território controlado pela Torre, por isso o grupo decidiu atravessar o véu no limiar do Setor 1 com a Periferia da Névoa. Precisariam caminhar por cerca de três dias até chegar ao seu objetivo, mas assim não arriscariam chamar a atenção dos pássaros que vigiavam a área do laboratório e suas adjacências em um raio de mais de dez quilômetros, segundo informações dos analistas da Torre. Se decidissem ir até lá de helicóptero, certamente encontrariam um verdadeiro exército sombrio em seu aguardo. Por mais que o caminho escolhido demandasse tempo, ganhariam a vantagem do elemento surpresa na hora do resgate.

Os analistas encontraram um arranha-céu com a escadaria em bom estado e o grupo desceu por ali, sem a necessidade de escalar escombros, percorrendo por três horas a infinidade de degraus até chegar ao solo. Um dos momentos mais tensos daquele percurso foi quando atravessaram a névoa. Os cinco ficaram parados observando a parede cinzenta que guardava desespero e morte até que Rato, acostumado com os segredos daquele lugar, quebrou o encanto: falou um palavrão e chamou os colegas de molengas medrosos. A fumaça o encobriu depois de alguns passos e todos o seguiram.

Apesar dos trajes protetores, Beca se sentiu diferente ao entrar no véu, como se algo pesado fosse colocado sobre seus ombros, dificultando o andar e a respiração. A cabeça parecia maior, os ouvidos zuniam e estalavam com a mudança de pressão. Sentiu um princípio de pânico e lutou para controlá-lo.

Durante a caminhada, Bug e Gonzalo faziam piadas sobre a névoa:

— O cheiro de *mierda* é tão forte que passa pelos filtros da máscara — disse a teleportadora. — Estou mais chapada do que quando fumo *marihu*.

Tirando aqueles breves momentos de descontração, o grupo se manteve atento e quieto, procurando sinais de cães sombrios ou outros inimigos à espreita, já que eram presas fáceis naquela escadaria de emergência apertada.

Para seu alívio, não houve contato hostil. Depois de empurrarem uma porta de ferro, conseguiram chegar a uma espécie de saguão abarrotado de destroços de onde vislumbraram um pouco da paisagem fora do prédio. Beca apertou com força a arma que trazia em riste. As lentes especiais de sua máscara revelavam todos os detalhes que a escuridão da névoa fazia questão de esconder: viu restos de móveis quebrados, panos rasgados que sacudiam ao vento das janelas e sujeira por todo lado. Cacos de vidro estalavam sob os pés. Uma imagem não muito diferente do que estava acostumada a encontrar nos megaedifícios da Nova Superfície, não fosse por um detalhe macabro: uma pilha de esqueletos humanos que se erguia bem no centro do lugar. Ossos enegrecidos como se tivessem sido queimados, crânios com as bocas abertas e tortas, gritando silenciosamente por toda a eternidade.

Não havia como contar o número exato de pessoas que se amontoavam ali, mas a quantidade assustava e indignava ao mesmo tempo. Quantas vidas perdidas, quanta ruína!

— Foram os Sombras que os deixaram assim? — Beca perguntou, abrindo o canal de comunicação para todos.

— A névoa os matou — Idris disse em tom fúnebre. — Os Sombras só tiveram o trabalho de empilhá-los.

Ela sentiu tanta raiva daquela situação que chegou a desejar que um Sombra aparecesse ali naquele momento. Iria perfurá-lo com suas balas explosivas, mandando-o direto para o inferno, de onde nunca deveria ter saído.

— *Desgraciados!* — a voz rouca de Gonzalo a despertou do desejo de vingança. Precisava manter o foco.

— Vamos ver o que tem lá fora. — Moveu a cabeça indicando a saída.

A cada passo rumo ao exterior, sentia seu peito comprimir. Mesmo tendo imaginado os piores cenários, não conseguia deixar de se emocionar ao conhecer as ruínas do mundo antigo. Estruturas nuas de prédios se erguiam ao seu redor sem reboco e sem vidro, apenas um monte de concreto e metal retorcido. O asfalto sobre o qual pisavam era rachado e desnivelado, como se vários terremotos o tivessem rasgado com o passar dos anos. Alguns troncos secos indicavam que um dia existiram árvores por ali, plantas que coloriam a paisagem agora repleta de cinza. Havia postes de iluminação pública caídos no chão, fios que deveriam permanecer submersos e agora se enroscavam como serpentes, grades e lixo não orgânico se espalhavam por todo canto. Sem dúvida, a realidade era mais dolorosa e cruel do que qualquer previsão pessimista.

— *Mierda*! E eu que considerava minha vida no Setor 4 ruim — Bug falou cabisbaixa.

Beca não permitiu que aquele abalo tirasse o foco do grupo. Chamou Idris e pediu que mostrasse o mapa esquematizado antes de partirem. Com um aceno, Rato se aproximou e tratou de explicar para onde deveriam seguir.

— Estamos aqui — falou, apontando para o local marcado em vermelho no tablet flexível transparente. — Devemos seguir para o sul e depois virar para oeste. Creio que, se pegarmos esta avenida elevada bem aqui, teremos um caminho limpo e direto.

Bug ia na frente como uma batedora. A qualquer sinal de perigo, ela se teletransportaria de volta para o grupo e passaria as más notícias. Gonzalo cuidava da retaguarda, com seu rifle sempre engatilhado. Idris gravava relatos de voz no tablet e tirava fotos de reconhecimento.

— Beca, consegue me ouvir? — a voz de Lion veio distante e com bastante estática, mas pôde ser compreendida.

— *Sí, viejo*. Chegamos ao solo. As coisas não são bonitas por aqui, alguém precisa vir redecorar. — Tentou dar um ar despreocupado à fala. — Vamos começar a caminhada agora e passaremos sobre um viaduto, então acho que teremos sinal melhor.

— Certo. Tenham cuidado, vocês estão em território inimigo. Não baixem a guarda. Voltarei a entrar em contato.

O viaduto era um cemitério de carros. As carcaças enferrujadas tornavam a passagem complicada, e em alguns momentos o grupo se viu obrigado a andar sobre capôs e tetos. Pneus jaziam no meio do asfalto, a borracha rasgada e seca.

A temperatura nas alturas onde viviam era gelada, mas comparada com o frio que passavam ali no véu, onde o sol não chegava, parecia bem agradável. O frio se esgueirava pelas frestas da fibra sintética que servia de armadura leve e passava pelo tecido grosso do traje. Dentro da máscara, os lábios de Beca tremiam contra sua vontade, e seus companheiros reclamavam e esfregavam os braços.

A escuridão predominava, por isso eles só sabiam se era dia ou noite pelos instrumentos. Na periferia dos visores de suas máscaras, em um display bem organizado, piscavam os números azulados de um relógio digital, frequências de comunicação e medidores de temperatura e umidade do ar.

Depois de quase cinco horas ininterruptas de caminhada, eles decidiram parar para descansar. Escolheram um local no próprio viaduto protegido por um veículo sedã com a frente completamente amassada e uma minivan caída de lado. Bug fez uma breve varredura na área, armando algumas armadilhas e bombas terrestres.

Enquanto isso, Idris tirou da mochila um objeto quadrilátero com um palmo de altura e digitou uma sequência de comandos em sua superfície, largando-o no chão. O aparelho se expandiu e se transformou em uma tenda de formato arredondado, expelindo toda a névoa de seu interior com um jorro forte.

Durante as explicações sobre os equipamentos, Beca soube que a tenda hermética fora desenvolvida para a missão conjunta dos blocos econômicos, mas com o fracasso da expedição Drayton e a desistência de novas imersões, a tecnologia que os cientistas usariam acabou nem sendo aproveitada, por isso permanecia em ótimo estado de conservação, além de ter sido bem preservada pela Torre, com os reparos necessários. Dentro dela, as máscaras poderiam ser retiradas e os membros do grupo teriam segurança para se alimentar e dormir um pouco. O espaço, porém, era limitado: apenas duas pessoas de cada vez.

Sem sono ou fome, ela decidiu ficar no primeiro turno de vigilância com Rato e Gonzalo. O Falcão se mostrava irrequieto por não ter nada para fazer, por isso começou a polir sua pistola com um pano velho que encontrou dentro de um dos carros. Seu trabalho era meticuloso.

— Já que você trabalha tão bem, que tal limpar as minhas armas depois? — Rato brincou.

— É uma terapia. Mantém minha cabeça afastada dos pensamentos sombrios — o outro respondeu de forma divertida. — Você deveria tentar, *che*.

— Prefiro uma boa noite de sono ou uma mulher quentinha ao meu lado.

O informante usava a máscara, mas Beca pôde imaginar o sorriso sarcástico estampado em seu rosto anguloso. O comentário a fez revirar os olhos, mas acabou arrancando uma risada do Falcão.

— Você não mudou nada, Rato! Sempre atrás de um rabo de saia!

Ela já havia percebido uma certa camaradagem entre os dois homens e encontrou naquele momento de descontração a oportunidade certa para investigar mais.

— Vocês já se conheciam, não é? Quando chegaram na Torre, pareciam bem próximos.

— *Sí, sí*! Esse Rato *desgraciado* me ajudou numa missão faz quase um ano — Gonzalo respondeu. — Vendeu uma informação quente sobre um cubo de luz fora dos setores da Torre. Quase virei comida de *perro* tentando recuperar aquela porcaria!

Beca se surpreendeu com a similaridade da história do Falcão com a sua. Seria apenas coincidência?

— É, eu sei bem como você se sente! Esse informante me meteu numa furada parecida, só que, além de lidar com *los perros*, tive que sair no braço com um teleportador ladrãozinho.

A gargalhada de Gonzalo foi um pouco mais alta, enchendo os comunicadores de microfonia. Ele se desculpou pelo breve descontrole e voltou a focar a atenção na pistola desmontada.

— Realmente deveríamos parar de ouvir o que esse informante de meia-tigela fala. — Retirou uma das balas do cartucho que tinha nas mãos e atirou na direção do companheiro, dando uma piscadela provocadora.

— Ei! Minhas dicas são sempre quentes — Rato se defendeu. — É claro que há certas dificuldades, mas eu aviso sobre os riscos.

O clima de brincadeira logo morreu, enfraquecido pelo peso da destruição que os cercava. Gonzalo terminou de limpar a pistola e passou para o rifle. Reclamou que estava com uma coceira insuportável no nariz.

— Não aguento mais essa máscara. *Infierno*! — Em seguida, olhou para os lados, observando a paisagem solitária. — Vocês não têm curiosidade em saber como era a vida antes? Como será que as pessoas viviam aqui no chão?

— Eu não sei dizer com certeza, mas uma vez Edu encontrou alguns textos da ULAN sobre a época. Ao que parece, para muitos a vida não era nada boa — Beca respondeu de maneira um tanto didática. — As pessoas com poder viviam nos megaedifícios e arranha-céus que agora nos servem de abrigo. Enquanto isso, grande parte da população se amontoava em favelas próximas a indústrias enormes, brigando por vagas de trabalho que pudessem lhes dar sustento.

O Falcão ouviu com atenção depois soltou um suspiro. Deixou de lado o polimento do rifle.

— Não parece muito diferente do que vivemos agora... A Torre se mantém segura no Setor 1 com tudo de bom que pôde encontrar nesses destroços enquanto as pessoas dos outros setores precisam lutar por cada grão, por cada peça de roupa, e ainda pedir permissão para tudo. Emir precisa saber onde você mora, Emir precisa aprovar o que você faz. Se você quiser cagar, Emir precisa aprovar e ainda especificar o lugar. É uma opressão, assim como acontecia no passado que você acabou de relatar...

A comparação fez Rato dar risadinhas e deixou Beca sem palavras. Ela queria discordar, dizer que não era bem assim que a Torre funcionava, mas se pensasse de maneira objetiva, deixando boa parte do que ouvia nas transmissões de lado, o desabafo de Gonzalo fazia muito sentido. Sentira na pele o poder de Emir quando teve que aceitar a contragosto a missão de investigar os Sombras, fato que culminou na queda de seu irmão. Se tivesse recusado, agora talvez fizesse parte do mais novo grupo de exilados, tendo que pedir abrigo a Ernesto Falcão. Definitivamente, aquela era uma situação complicada. Ninguém gostava de ser forçado a algo, mas ser expulso da única zona segura conhecida estava fora de cogitação. Ela compreendeu que, para sobreviver naquele mundo, o orgulho deveria ser engolido, suprimido pelo instinto de preservação, o que não significava que se deixar dominar era tarefa fácil.

— Então foi por isso que os Falcões decidiram se rebelar? — precisou perguntar, já que o grupo preferiu as incertezas da Periferia da Névoa aos desmandos dos comandados de Emir. — Não queriam mais ser oprimidos?

— Você é jovem, *chica*, nasceu ouvindo as bobagens das transmissões — Gonzalo falou, como se tivesse toda a experiência do mundo. Bom, seus quarenta anos de idade eram mais do que muitos homens viviam naqueles novos tempos: a expectativa média de vida na Nova Superfície era de trinta anos, algo que a Torre vinha constantemente tentando aumentar com melhorias na infraestrutura que, somadas a políticas pró-natalidade, tentavam impedir o encolhimento demográfico cada vez mais acelerado. Eram vinte mil sobreviventes, segundo o último censo da Torre, mas boatos pessimistas afirmavam que, se algo não mudasse, todos os setores definhariam lentamente. — Na época em que Faysal começou a ganhar destaque, ele não estava sozinho, outros comandavam com ele. O tal cientista Schmidt era um deles, além do *abuelo* de Ernesto, Tico Falcão, e de uma médica chamada Kali. Os quatro, juntos, criaram o conceito dos setores, da Zona da Torre. Quando surgiram divergências na forma de controlar o espaço, *el padre* de nosso nobre Emir simplesmente ignorou a opinião dos outros e tomou as rédeas, expulsando da Torre os antigos aliados e tornando-os meros espectadores de seus ideais.

Beca nunca tinha ouvido aquela história antes, por isso prestou atenção em cada detalhe. Conhecia relatos sobre a tal Kali: a mulher ganhara muita fama no Setor 3 administrando uma espécie de clínica; infelizmente, havia morrido há sete anos, atacada por um usuário de *marihu*. Schmidt era uma lenda, aquele que resgatou muitos equipamentos do velho mundo e os colocou em funcionamento. Além disso, foi o visionário que desenvolveu os balões que pairavam sobre o céu da Nova Superfície e propiciavam acesso a uma internet rudimentar e aos servidores que foram preservados. Também havia falecido, quatro anos atrás, de causas naturais. A garota não sabia muito sobre Tico Falcão, além do fato de ser quem iniciou um levante no Setor 4, matando cerca de cinquenta soldados da Torre e incendiando quase todo o bloco Boedo. Aquele conflito, que aconteceu há oito anos, culminou no exílio de todos os que apoiaram os Falcões. Ela sentiu um pequeno arrepio ao se dar conta de que todos os demais idealizadores da Torre morreram ou foram banidos, garantindo o total domínio dos Fayad.

— Tico aturou muita coisa antes de resolver lutar — Gonzalo continuou —, mas, depois de ver que Faysal só se importava consigo mesmo, decidiu que era hora de agir. Foi preciso muita coragem, espero que você ao menos reconheça isso.

— Eu compreendo — ela falou com sinceridade. Sabia que havia muita coisa errada nos setores, que a Torre não era infalível, porém acreditava que um conflito interno só servia para enfraquecer a já precária ordem instaurada. — Mas você pode estar enganado em relação ao Emir, talvez ele seja diferente de Faysal. Afinal, aceitou entregar os antivirais mesmo sabendo que se destinavam a vocês.

— Ele entregou apenas metade do que pedimos — Gonzalo foi taxativo. — Isso custou a vida de *mi hermana*.

— Mas Penélope vive graças a ele — Beca insistiu.

Percebendo que a discussão não teria um final que satisfizesse os dois, Rato se levantou e decidiu pôr um ponto-final naquele embate. Apontou para a paisagem decrépita ao seu redor.

— Vejam onde estamos, olhem o que a névoa já causou. Acho que vocês esqueceram quem são os verdadeiros inimigos aqui. Devemos lutar contra os Sombras, não contra nós mesmos — havia um ódio enraizado em cada palavra que pronunciava. — O mundo já era injusto muito antes de nascermos, antes do véu; não mudará agora que estamos nadando *en mierda*, acreditem. Eu não vou com a cara do Emir, muito menos apoio as políticas dele, mas há pessoas sofrendo aqui embaixo, morrendo nas mãos dos Sombras. Ficarei do lado da Torre sem pensar duas vezes se puder salvar os sequestrados. Pra mim, isso é tudo que importa.

Gonzalo bufou, decepcionado.

— Fico admirado que defenda essa gente, *che* — elevou a voz. — Eles esconderam a verdade de nós, permitiram que vários sequestrados morressem. São mentirosos, não podemos acreditar no que dizem ou fazem!

Rato meneou a cabeça, aparentando calma diante da indignação do companheiro.

— Eu não gosto de ser feito de otário, Gon, mas você tem que admitir que a verdade não traria nenhum benefício para as pessoas. O que acha que aconteceria se, numa bela transmissão, Emir falasse do nada que os Sombras são inteligentes e fazem testes nos humanos sequestrados? Toda essa gente ia se desesperar, buscar a proteção do setor mais seguro. Em poucos dias, haveria uma guerra civil na Zona da Torre e os Sombras iam nos agradecer por ajudá-los em seu trabalho sujo.

— Você é mais covarde do que pensei, Rato — o Falcão comentou com amargura. — Pode até dizer que odeia a Torre, que não concorda com o que eles fazem conosco, mas no final é como *la chica* ali — apontou para Beca —, está feliz com o seu cantinho arrumado e não quer que isso mude tão cedo.

A garota ficou ofendida com a acusação, mas nem pôde reclamar: Rato acenou para que ficasse calada, não deveriam criar mais conflitos naquela noite. Observaram Gonzalo se levantar devagar, batendo o pó das vestes negras.

— Preciso tirar a água do joelho. Tem certeza de que é seguro, *che*? — Depois de receber a confirmação do informante, ele deu uma leve bufada. — Ótimo, não quero perder meu pau para essa névoa maldita.

O restante daquele turno se passou num silêncio desconfortável. Beca sabia que, ao falar sobre salvar as pessoas que sofriam os testes dos Sombras, Rato pensava principalmente em Irina, mesmo sem mencionar seu nome. Ficou surpresa por concordar com seu argumento. Antes de conhecer a verdade sobre ele, imaginava-o como um daqueles tipos que não ligavam para o mundo ao seu redor.

Quando o tempo de descanso de Bug e Idris terminou, Gonzalo decidiu continuar na vigília. Pelo visto, a conversa o deixara de mau humor e ele não pretendia dividir a tenda com a saltadora e muito menos com o informante. Sem escolha, Beca e Rato foram repousar juntos.

Entraram na tenda, certificando-se de que todo o ar contaminado havia sido expulso pelos filtros no topo. Beca retirou a máscara e o capuz, mas ficou com medo de respirar. Apesar de saber que um breve contato com a névoa não a mataria, não podia evitar a cautela.

— Está tudo bem. — Rato revelou o rosto, que brilhava com o suor acumulado. — Pode respirar tranquila.

Ela encheu os pulmões de ar, aliviada. Retirou as luvas, tomou um longo gole de água do cantil que trazia na mochila e aproveitou para soltar os cabelos presos num rabo de cavalo e umedecê-los um pouco. Os dedos molhados na pele causaram arrepios, o frio continuava implacável mesmo ali dentro. Enquanto limpava o rosto, notou que Rato não tirava os olhos dela.

— Perdeu alguma coisa?

— Hmmm, você desse jeito me dá todo tipo de ideias... — Ele lhe endereçou um meio sorriso.

— Pois pode parar de pensar besteira!

O cantil voou com velocidade e ia acertar a cara de Rato se ele não tivesse os reflexos tão apurados. Agarrou a garrafinha na hora exata, aproveitando para tomar um bom gole de água.

— Não fique irritada, Beca. — Começou a desprender as peças de proteção do corpo, tirou o casaco impermeável que bloqueava a névoa e as luvas, por fim, levantou a camisa de malha que usava debaixo do traje. — Eu não estava imaginando nada pervertido, se é o que pensa. Só senti vontade de me lavar também.

Começou a passar a mão molhada pelo tronco nu, suspirando com o alívio do toque gelado. Beca não queria ficar encarando, mas as marcas que ele trazia no corpo chamavam atenção, principalmente as criadas pelos Sombras, que emanavam um brilho azulado mais intenso.

— É a névoa — explicou ele ao notar o olhar preocupado que ela lhe endereçava. — Ela desperta as marcas e me deixa um pouco febril.

Os dedos passaram por um amontoado de veias inchadas e ele fez uma careta.

— Sente dor? — Beca quis saber.

— *Sí*, mas já estou acostumado. — Ele devolveu o cantil depois de tomar um último gole. Retirou dois potes de ração da mochila, oferecendo um.

— Você não vai se transformar num deles enquanto eu estiver dormindo, vai?

A pergunta o fez dar uma risadinha triste.

— Garanto que estou bem, Beca. Posso ficar um bom tempo na névoa antes que ela vença a minha vontade e ainda estamos usando bons equipamentos de proteção, não vou virar um monstro tão cedo.

A máscara de deboche havia sido retirada. A mudança que aquilo causava no informante era impressionante, ele perdia o ar boçal que Beca tanto odiava e se tornava um homem sofrido que carregava uma enorme dor no peito. Vendo-o daquela maneira, ela até sentia vontade de se tornar sua amiga.

— Fiquei surpresa por você defender a Torre lá fora — comentou. — Nunca imaginei que o ouviria falar coisas sensatas um dia...

Desta vez ele abriu um sorriso genuíno, mostrando os dentes levemente separados que lhe davam certo ar de garoto.

— Ah, *cariño*, é porque eu estou há quase dez horas sem beber o trago que a Velma prepara. Não se preocupe, quando voltarmos para a Nova Superfície, voltarei a ser o insensato de sempre.

A piada arrancou um riso condescendente de Beca. Naquele frio dos infernos, até ela sentia falta do trago de Velma. A reação natural a deixou desconcertada, nunca pensou que se sentiria tão à vontade com Rato, principalmente em uma situação como aquela. Tratou de recuperar a compostura e pigarreou, aceitando a lata de ração que ele lhe oferecia. Deu algumas garfadas sentindo o gosto ruim.

— Estando aqui embaixo você pensa em Irina?

Antes de responder à pergunta, ele colocou uma boa colherada de ração na boca. Falou só depois de engolir.

— Eu penso em *mi hermana* o tempo todo. Penso nela sorrindo quando éramos crianças, penso nela gritando meu nome quando os assassinos dos Carniceiros invadiram nossa casa, penso nela sofrendo nas mãos dos Sombras enquanto estou aqui falando com você...

— Você fala como se ela estivesse viva, acha isso mesmo? Desculpe perguntar isso, mas já faz tanto tempo...

— Os Sombras capturam reféns dos dois sexos. Nos homens eles fazem o que você viu em mim, injetando substâncias em nossos corpos para nos transformar em monstros como eles. — As marcas em seu peito brilharam com mais força, deixando a garota sobressaltada. — Já as mulheres servem para outro propósito, muito pior do que os testes pelos quais passei.

Beca prendeu a respiração, temendo e ansiando as respostas que ele iria dar.

— As mulheres são procriadoras — falou com nojo. — Dão à luz híbridos meio humanos meio Sombras. São criaturas esqueléticas de pele cinzenta, parecem os zumbis das histórias de terror.

Ela levou as mãos à boca, chocada. A imagem de um daqueles seres saindo do ventre de uma mulher humana a encheu de calafrios. Nunca imaginou que os monstros que encontrou nos destroços do shopping podiam ser híbridos.

— É por isso que sei que ela está viva, os Sombras costumam preservar *las madres de sus hijos*.

O enjoo foi tamanho que Beca dispensou a ração que trazia nas mãos. Moveu os lábios para comentar que havia visto alguns daqueles bichos, mas preferiu evitar tocar no assunto. Pediu desculpas ao informante, não imaginava que Irina ainda passasse por tamanho sofrimento.

— Melhor destino seria a morte. — As mãos dele tremiam de ódio. — Por isso prometi a mim mesmo que vou encontrá-la, não posso permitir que continue sendo usada por *estos desgraciados*.

Ela compreendia a vontade que o movia; compreendia e se mostrava solidária. Desejava que um dia ele de fato encontrasse a irmã e a tirasse daquela vida de tortura.

— Se precisar da minha ajuda, é só falar. — Ela se aproximou e tocou em seu ombro gelado.

Ele agradeceu com um leve aceno, evitando olhar para Beca e deixar que visse as lágrimas em seus olhos. Voltou a comer a ração de maneira apressada. A garota entendeu que deveria lhe dar privacidade, por isso se afastou e decidiu dormir um pouco. Deitada de costas para ele, não precisou de muito tempo para ser vencida pelo cansaço.

Seu sono foi agitado, vários sonhos dentro de um. Viu Sombras a atacarem com mãos cobiçosas para no instante seguinte seu ventre ser rasgado por um dos odiosos híbridos que tanto a impressionaram. Em seguida, Rato apareceu chorando sobre o corpo de uma mulher oculta pela escuridão. Beca tentou chegar perto do informante, mas o sangue que escorria por entre suas pernas a deixava fraca. Por fim, Emir lhe ofereceu a mão e a ajudou a se reerguer, então, o cenário mudou. Encontravam-se agora no interior da Torre, sentados em meio a almofadas macias. O sorriso de Emir a contagiava enquanto seus lábios se aproximavam para selar o beijo tão esperado por ela.

Acordou sobressaltada, olhando de um lado para o outro de maneira nervosa. Precisou de um tempo para se dar conta de que estava na tenda, muito longe da Torre e seu líder. Ainda sentado, Rato a fitava com olhos atentos.

— Pesadelos?

Ela anuiu e tomou água do cantil, aliviando a garganta seca. Em seguida, também se sentou e quis saber se já era hora da mudança de turno.

— *No*, ainda temos algum tempo — Rato respondeu, olhando para a porta selada da tenda. — Descanse um pouco mais.

— E você, não dormiu nada? — ela quis saber, notando as olheiras que rodeavam os olhos escuros.

— Quase não consigo dormir dentro da névoa — ele respondeu, como se fosse algo óbvio.

Beca não queria voltar a sonhar, por isso decidiu comer o restante da ração que havia abandonado anteriormente. Mastigava sem pressa quando percebeu que o informante a observava como se quisesse dizer algo.

— O que foi? — perguntou.

— Você deveria parar de pensar no Emir — ele falou com seriedade, como se a vida da garota dependesse daquilo. — Delírios românticos não fazem o seu estilo.

Beca quase cuspiu a comida que tinha na boca. Precisou de alguns instantes para se recuperar do choque.

— De onde você tirou essa ideia? Eu não sinto nada por ele!

O informante deu um sorriso tímido, incomum para alguém tão debochado.

— Você fala dormindo, Beca. Chamou pelo nome dele umas dez vezes.

Ela praguejou baixinho. Sentiu as bochechas arderem de vergonha, mas, ao retrucar, não deixou seus sentimentos transparecerem.

— E o que você tem a ver com isso, Rato? Eu sonho com quem eu quiser!

— Emir não é quem você pensa. Sei que quer enxergá-lo diferente de Faysal, mas isso não é verdade. — Ele deixou o canto onde estava sentado e se aproximou. — Debaixo daquela frieza existe um homem cruel que só pensa em se manter no poder. Acredite, Beca, você não gostaria de ter alguém desse tipo ao seu lado.

O comentário a irritou. Quem ele pensava que era para dar palpite em sua vida amorosa? Além disso, como podia afirmar com tanta certeza que Emir era um crápula? Não que ela tivesse ilusões quanto a suas chances com o comandante da Torre, mas mesmo assim não queria ouvir conselhos de alguém conhecido como o maior mulherengo da Nova Superfície.

— E quem é bom para mim? — perguntou com ironia. — Você, Rato?

Em um primeiro momento, ele titubeou diante da provocação. Abriu a boca sem emitir nenhum som, parecia desconcertado. Contudo, não demorou para recuperar a coragem e avançar na direção dela, deixando o rosto tão próximo que os narizes chegavam a se tocar. Os olhos brilhavam de maneira diferente, como naquela noite no bar Fênix, quando lutava para não ser consumido pelas sombras e a encarava como se ela fosse sua tábua de salvação.

— Por que não? — a voz saiu rouca, repleta de sentimentos reprimidos por muito tempo. — Eu sou muito mais que o Rato que todos desprezam, gostaria que me conhecesse de verdade. Por você, Nikolai poderia voltar a viver.

A respiração dele acariciava seu rosto. O calor do corpo era convidativo naquele frio infernal. Beca estremeceu quando sentiu a mão calosa em seu rosto, explorando-o de maneira cautelosa. Ficou confusa com os próprios sentimentos. Por um lado, queria dar um soco no Rato debochado que sempre tentava levá-la para a cama, por outro, sentia-se extremamente atraída por aquele homem misterioso que se escondia atrás da máscara de informante. Qual dos dois seria o verdadeiro? Gostaria de descobrir? Sentiu a mão dele descansar em sua nuca, trazendo-a para ainda mais perto. Não teve tempo de pensar na situação em que se encontrava.

O beijo seria inevitável se uma das bombas terrestres não tivesse explodido, trazendo luz ao mundo escuro e sacudindo a tenda como um verdadeiro vendaval. O casal se separou sem fôlego e sem tempo para discutir o que quase havia acontecido. Ouviram os gritos de Bug do outro lado e as batidas no teto que os apressavam.

— São *los perros*! Saiam daí já!

Beca recolocou as luvas e a máscara, que soltou o conhecido zunido de ar comprimido quando travou no rosto, e guardou seus poucos pertences na mochila. Rato, porém, ainda tinha que vestir a parte superior do traje. Sabendo que não havia tempo para aquilo, ele se limitou a colocar a camisa de malha fina, enfiar os braços no casaco impermeável sem fechá-lo e cobrir o rosto. As placas superiores da armadura foram chutadas para fora da tenda e as luvas, enfurnadas na mochila.

— *Estás loco?* — ela falou com nervosismo ao vê-lo abrir a saída. — A névoa vai afetar você!

— Não se preocupe com isso agora. Se *los perros* nos pegarem, a névoa não terá importância!

Correram para fora já ouvindo os rosnados ameaçadores.

Os cachorros os cercavam, avançando pelo vão entre os veículos que serviam de barricada e por sobre eles. Eram muito maiores do que os animais aos quais Beca se acostumara a enfrentar nos arranha-céus. Pareciam-se mais com lobos de pelos eriçados e dentes proeminentes. A forte luz azul brilhando em seus olhos dava-lhes um ar quase sobrenatural. As patas eram grossas e as garras, longas e ameaçadoras.

Enquanto Idris recolhia a tenda hermética, o grupo preparou as armas. A saraivada de tiros ecoou alta em meio a rosnados e ganidos de dor. Com o rifle fumegando, Gonzalo atingiu dois cães que saltaram da minivan: as balas explosivas completaram o serviço, espalhando carne e sangue para todo lado numa chuva macabra. No entanto, conforme as criaturas eram derrubadas, outras apareciam para tomar seu lugar.

— Temos que sair daqui! — gritou o especialista, já com todo o equipamento essencial empacotado.

Com um aceno, Beca passou a ordem para Bug. Sem pensar duas vezes, a teleportadora agarrou-se a Idris e sumiu sem deixar vestígios.

— Vamos torcer para que eles tenham ido para um lugar mais tranquilo — falou Rato, disparando três tiros em um cachorro que tentou abocanhar sua perna.

Mesmo com as armas trabalhando sem cessar, os membros do grupo se viram obrigados a recuar. Beca já havia recarregado o rifle duas vezes e temia que nem toda a munição que trouxera seria suficiente para deter aqueles monstros raivosos. Com as costas coladas, os três tentavam diminuir a chance de um ataque surpresa ao caminhar em direção a um ônibus com a maioria das janelas intactas.

— Eles são grandes demais para entrar ali — falou Gonzalo.

Abriram a porta com um empurrão apressado, deixando um espaço limitado para apenas uma pessoa passar. Beca foi a primeira a entrar, a seguir apoiando o cano da arma num buraco no vidro e despejando uma saraivada de balas nos cães eriçados que tentavam atacar seus companheiros.

Mesmo com todos os esforços, Rato e Gonzalo não saíram ilesos. O informante teve o braço arranhado pelas garras que passaram através da fresta da porta e levaram pedaços de tecido do casaco e um bom naco de carne. Foi o Falcão, porém, quem ficou em pior estado: levou uma mordida tão forte na altura da canela que chegou a atravessar as placas protetoras, estraçalhando-as como se fossem de plástico. Seria arrastado para fora do veículo, mas conseguiu cravar munição explosiva na cabeça do cão que triturava seus ossos: a detonação destruiu o crânio de seu atacante, mas também o deixou com uma queimadura grave. Teve que se arrastar pelo interior do ônibus ofegando e derramando sangue pelo chão.

Não demorou muito para que todo o veículo começasse a sacudir. Beca se agarrava aos bancos para manter o equilíbrio, mas nem conseguia mais atirar. Estilhaços voavam próximos ao seu rosto enquanto o metal era amassado e retorcido por poderosas mandíbulas.

No momento em que um grupo de cães começava a usar o peso do corpo para tombar o ônibus, Bug reapareceu num sopro de ar. Observou os companheiros sem saber quem levar.

— Pegue o Gonzalo! — gritou Rato. — E não demore para voltar, estamos sendo enlatados aqui!

O Falcão tentou reclamar, mas estava fraco demais. Bug passou os braços por sua cintura e ambos sumiram.

— Beca! Vamos para o fundo! — Rato apontou para o janelão que ainda não havia sofrido danos. — Podemos sair por ali!

Antes que dessem passos suficientes, o veículo virou. Com suas habilidades, Beca conseguiu evitar uma queda sobre os bancos, mas Rato machucou as costelas. O teto, que agora era a lateral do ônibus, começou a afundar sobre suas cabeças, garras passavam rápidas e afiadas por entre os buracos enquanto cacos de vidro caíam como chuva. A garota precisou se abaixar duas vezes para não ser degolada. As balas do rifle já tinham se esgotado e não havia tempo nem espaço para recarregar. Puxou a pistola do coldre em sua coxa e avistou Rato gemendo baixinho no vão entre os assentos. Trouxe-o para perto de si, disparando tiros nas bocas que insistiam em se aproximar. Começaram a se arrastar sobre os assentos quebrados, mas perceberam que avançar até o fundo seria inútil. Estavam cansados demais para correr das feras que os aguardavam do lado de fora.

— Cadê essa maldita teleportadora? — Rato praguejou.

Foi como se Bug tivesse escutado. Apareceu agachada sobre os bancos, esticando o braço na direção dos companheiros.

— Nunca levei dois passageiros antes — falou com a voz trêmula. — Mas não temos tempo para mais uma viagem. Venham!

As mãos se encontraram num aperto forte e Beca sentiu como se o corpo ficasse leve de uma hora para a outra. Uma dormência inexplicável se apoderou de seus membros ao mesmo tempo que a ventania agitava o traje antinévoa. Então, o cenário de caos e os urros dos cães desapareceram, dando lugar a um quarto apertado que cheirava a sangue e mofo.

Assim que os largou em segurança, Bug caiu de joelhos tossindo de maneira desesperada. Tremores percorriam seu corpo e, por um instante, Beca achou que ela teria um ataque e morreria na sua frente. No entanto, uma risada histérica começou a vencer as tosses, elevando-se pelos comunicadores de todos os cansados membros do grupo.

— *Puta madre*! — ela gargalhava. — Consegui teleportar com dois passageiros, *carajo*! Consegui!

O entusiasmo desesperado de Bug acabou contagiando a todos, que deram algumas risadas nervosas e trocaram cumprimentos e elogios. Depois do alívio inicial, porém, era hora de averiguar os danos. E o resultado não poderia ser mais preocupante.

Estavam num apartamento localizado bem ao lado do viaduto, foi uma sorte Bug tê-lo visualizado e gravado sua posição para uma fuga. A distância até os cachorros não dava mais de cinquenta metros, por isso ainda podiam ouvi-los latindo e destruindo os destroços do ônibus. Em seguida, concentraram-se nos ferimentos causados pelo combate. Gonzalo perdera bastante sangue e estava praticamente impossibilitado de caminhar, conseguira fazer um curativo com as ataduras que tinham para estancar o sangue. Rato, ainda com o traje antinévoa aberto, ofegava e cuidava do braço avariado; perdera toda a armadura da parte superior do corpo, mas não parecia preocupado com isso. A munição havia diminuído bastante, e, se sofressem outra emboscada daquele tipo, arriscariam ficar sem balas antes de chegar ao laboratório dos Sombras. O pior, contudo, foi a constatação de Idris de que a comunicação com a superfície estava interrompida.

— Há uma espécie de interferência — ele falou, exasperado. Mexia nas antenas e tentava sintonizar os comunicadores, mas só encontrava estática. — Acho que estamos numa região em que a névoa é muito densa.

— Nossa presença já não é mais segredo — Rato comentou, enquanto enfaixava a ferida com um pedaço da manga da própria camisa, revelando uma longa tatuagem de serpente no antebraço. — Agora eles vão fazer de tudo para nos atrapalhar, mesmo sem saber qual é o nosso objetivo.

O desânimo foi geral, mas não havia nada a fazer, precisavam seguir em frente. Beca pediu o mapa a Idris e se aproximou do informante, que recolocava o casaco impermeável. Qual caminho deveriam tomar? Precisariam desviar da rota inicial? Havia muita coisa a se discutir e planejar antes de deixarem aquele esconderijo.

SEM
DESCANSO

Depois de algumas horas de espera até que os cachorros partissem do viaduto, decidiram seguir caminho pelas ruínas da cidade, acreditavam que em meio aos prédios abandonados teriam mais chances de se proteger de ataques. Usaram suas *grappling guns* para descer os vinte metros que separavam a autoestrada do chão. Devido à perna machucada, Gonzalo não foi capaz de realizar a escalada, por isso, a contragosto, permitiu que Bug o teleportasse para a rua suja localizada logo abaixo da grande construção. No entanto, mesmo sentindo muita dor, insistiu que era capaz de caminhar sozinho. Beca ainda tentou argumentar que aquilo só iria forçar seu ferimento, mas ele foi irredutível, fazendo-se de durão.

Afastaram-se do viaduto tomando uma direção que os levou para o que no passado foi um centro comercial. Havia muitas placas e monitores de propaganda jogados no chão, quebrados e enferrujados. Alguns painéis, ainda presos às paredes, exibiam imagens congeladas e desbotadas. Outros traziam apenas mosaicos de mensagens que, se um dia foram importantes, agora nada significavam.

Ao avançarem, a bruma que era apenas uma cortina semitransparente nublando de leve a visão foi ficando mais densa. Em questão de meia hora, o grupo já não via nada a mais de um metro de distância, nem mesmo com a tecnologia avançada de suas máscaras. Para não se perderem no meio daquela brancura opaca, deram as mãos e passaram a caminhar mais devagar, atentos aos sons ao seu redor. Idris era responsável por mantê-los no caminho correto, sempre de olho nas direções piscando no display azul das lentes.

Continuou falando e gravando informações no tablet, mas Beca não dava mais tanta atenção. Aqueles dados técnicos não diminuíam seu mal-estar diante da falta de visibilidade. No fundo, percebia que Idris se sentia tão perdido quanto ela: mesmo sendo um especialista, o véu possuía muitos segredos que ele desconhecia.

— Pare de enrolar com dados que não compreendemos — Gonzalo o cortou. O cansaço ocasionado pelo ferimento tornou seu humor bem instável. — Tem algo que possamos fazer para melhorar nossa visão? Cegos desse jeito somos um alvo fácil!

Claramente ofendido com a interrupção, o tom de voz de Idris mudou.

— Não há outro jeito senão esperar a cerração diminuir — admitiu contragosto. — Mas tenho leitores de calor e sensores de movimento. Se alguém se aproximar, saberei.

Gonzalo forçou uma risada irônica e Beca conseguiu imaginar as feições de Idris se contraindo dentro da máscara.

— Saberá como no ataque dos cães ao nosso acampamento? Bem, a sua alta tecnologia não conseguiu evitar que minha perna ficasse em frangalhos! — Pelo visto, havia encontrado um culpado para o seu infortúnio e não tinha intenção de deixá-lo em paz.

— Escute aqui, se você se deixou morder a culpa não é minha! — Idris bradou, estufando o peito. — Isso só prova o quanto está desqualificado para esta missão, *imbécil*!

Sabendo que a briga continuaria e talvez até progredisse para algo mais sério, Beca e Rato decidiram intervir quase ao mesmo tempo. Ao passo em que o informante puxava Idris para o lado, mandando-o calar a boca, a garota se colocou na frente de Gonzalo, impedindo-o de puxar o rifle.

— Ei, calma! — Tocou no braço dele, sentindo-o tremer. Seria raiva ou efeito da mordida do cão sombrio? — Não vale a pena brigar. Você salvou a gente naquele ônibus.

O Falcão não se mostrava muito propenso a deixar os insultos de lado, mas um barulho alto e agudo tomou conta da rua, e as prioridades mudaram. Em sincronia, todos os membros do grupo levantaram a cabeça seguindo o som. Parecia que mil vozes bradavam gritos estridentes, como um grasnar, e ninguém ali ignorava a quem pertenciam.

De olho nos sensores dos quais tanto se orgulhava, Idris deu o alerta:

— São pássaros! — Os olhos desviaram dos aparelhos e focaram os companheiros. — Pelo menos uma centena deles, aproximando-se rápido do sul. Temos que encontrar um abrigo, já!

Sem saber bem para onde iam, Beca e os demais começaram a correr. Cada passo era um desafio, deparavam-se com desníveis e obstáculos a todo o momento. De repente, Bug esbarrou num carrinho de compras e rolou no chão com grande estardalhaço. Caiu de lado, machucando o braço e soltando palavrões. O baque, porém, acabou revelando um caminho de carrinhos de supermercado abandonados feitos de acrílico transparente e com monitores trincados ou estraçalhados acoplados nas barras plásticas. Alguns vazios e outros repletos de caixas e embalagens estufadas.

— Por aqui! — gritou, e seguiu a fila de carrinhos.

Não demorou muito para que sua aposta se mostrasse correta: do meio da bruma, a silhueta de uma construção enorme começou a se destacar, com as vidraças da fachada rachadas em alguns locais, mas em pé. A porta eletrônica não funcionava fazia anos e foi preciso alguns empurrões para abri-la. Entraram no supermercado e logo perceberam que ali dentro a névoa era bem mais amena, possibilitando uma boa visão das diversas gôndolas e prateleiras com produtos fora da validade. Algumas luminárias encontravam-se penduradas por fios, balançando perigosamente como se esperassem algum desavisado passar por baixo para desabar.

Os pássaros continuaram grasnando do lado de fora, alguns deram rasantes como se procurassem pelo rastro do grupo, mas, depois de algum tempo, os sons diminuíram até que o silêncio do abandono retornasse. De olhos fixos lá fora, Beca soltou um suspiro aliviado. Escaparam por muito pouco. Virou-se para os companheiros e os encontrou em pontos diferentes do supermercado. Gonzalo continuava sentado encostado na fachada, as mãos seguravam com força a perna ferida; ao lado dele, Rato oferecia ajuda. Um pouco mais afastada, Bug observava algumas gôndolas e, sem querer, derrubou várias latas no chão, causando uma barulheira que quase a fez teleportar para longe.

Alheio a tudo o que acontecia ao seu redor, Idris parecia entretido com as antenas dos comunicadores de sua máscara e digitava furiosamente em seu tablet. Depois de alguns bipes e muita estática, deu um grito de comemoração, havia conseguido um sinal. Demorou um pouco até que a voz nervosa de Lion pudesse ser compreendida, e Beca se aproximou do homenzinho como se dessa forma também chegasse mais perto do pai. Sorriu ao ouvi-lo perguntar se todos estavam bem, sentindo uma grande saudade. De maneira breve, explicou o que acontecera até ali, mencionando o ataque dos cães e o bando de pássaros que os perseguiu. As novidades não deixaram o velho nada satisfeito, mas ele tentou soar animador.

— Segundo as coordenadas que Idris nos passou, vocês percorreram boa parte do caminho mesmo com os contratempos. Se tudo der certo, chegarão ao objetivo com apenas um dia de atraso. Estão indo bem, *hija*!

Ela não se sentia tão confiante, principalmente porque o ferimento de Gonzalo os atrasaria cada vez mais. Entretanto, agradeceu o incentivo do pai. Depois disso, Idris tomou a palavra, passando informações sobre os cães que encontraram e sobre a mudança drástica da névoa. Aquilo fez o grupo debandar. Rato preparou a tenda para Gonzalo descansar enquanto Beca e Bug foram explorar o interior do supermercado.

 Lado a lado, as duas caminharam pelos corredores observando a incrível variedade de produtos nas prateleiras e espalhados pelo chão. Os saqueadores não tiveram tempo de levar muita coisa antes da névoa começar a agir. Apesar da bagunça, havia grande quantidade de conservas, grãos velhos repletos de bichos, garrafas de bebida e produtos de higiene que não pareciam nada higiênicos. Bug comentou que nunca tinha visto tanta comida num só lugar e começou a pegar embalagens e ler rótulos, separando aqueles que achava interessante. A empolgação era tamanha que apanhou uma cestinha plástica do chão e agiu como se estivesse mesmo fazendo compras.

 Aquela atitude fez Beca rir. Ela pegou alguns pacotes velhos de cereais e os atirou na direção da teleportadora, brincando com o que havia lido no rótulo: "Energia que faz crescer". Para alguém tão baixinha e magra como Bug, aquele era o prato certo, mesmo com quase cinquenta anos de validade vencida.

 Em meio a piadinhas, passaram pela seção de bebidas, apanhando garrafas de vidro com líquidos escuros, e chegaram a uma pequena área com algumas roupas. Bug rasgou o plástico que protegia uma capa de chuva verde-escura mofada. Vestiu-a sobre o traje.

 — Como estou? — Girou para que Beca pudesse avaliar melhor seu novo visual.

 — Bem ridícula! — O sorriso em seus lábios se alargou, sentia-se bem conversando com Bug. — Acho que combinou com sua personalidade.

— Sério? Você não achou esse mofo todo charmoso? — A jovem do Sindicato deu risada e continuou jogando outras capas na cestinha. Depois de pegar uma de cada cor, olhou para os lados como se procurasse um departamento em especial. — Será que encontro algo para o Richie por aqui?

Apesar de bem desvairada, ela obedecia às ordens do líder da gangue com afinco, o que surpreendia Beca. Gostaria de saber o que fazia alguém ardiloso como Richie conquistar tantos seguidores. Será que era o papo sobre religião? Sentiu que aquele momento tranquilo era uma boa hora para questionar a garota:

— Bug, você realmente acredita que o culto de Richie é uma boa ideia?

A teleportadora parou de caminhar e encarou Rebeca. Virou a cabeça um pouco para o lado, como se analisasse a situação antes de formular sua resposta.

— É claro que não. Não tenho nada contra religião, mas vinda de alguém como Richie a gente não pode acreditar mesmo.

Beca ficou tão surpresa com a honestidade da garota que nem soube o que dizer; piscou algumas vezes tentando digerir a resposta. Se não era a crença no sucesso do culto que a movia, seria o quê? A proteção que o líder do Sindicato propiciava? Bug deve ter identificado aquelas dúvidas, pois deu uma risadinha como se compreendesse o que se passava na cabeça da saltadora.

— Escuta, eu não sou diferente da maioria da galera do Sindicato. Para falar a verdade, essa história de seita é nova, nem deve ter um ano. O Richie tem essas fixações, gosta de pensar que pode desbancar a Torre um dia, que vai ser o novo Emir. — Voltou a andar por entre as gôndolas procurando novos produtos para sua cestinha. Beca a seguiu de perto. — A gente ajuda porque ele nos deu uma mão quando precisávamos.

— Como assim? Você o segue cegamente só porque ele a acolheu no Sindicato?

A teleportadora baixou a cabeça, fitando o chão sujo por alguns instantes.

— *No, chica.* Você pode ter vivido no Setor 4, mas saiu de lá antes que sua vida se tornasse um inferno. — As mãos apertaram mais as alças da cesta de compras. — Muitos de nós não tiveram a mesma sorte. E aí, amiga, o Sindicato se tornava um verdadeiro paraíso. Entrar lá significava comida, abrigo, proteção; muito mais do que a Torre nos deu todos esses anos. Eu posso não acreditar na seita do Richie, no papo *loco* de ovelhas e pastores, mas acredito no que ele fez por mim e por muitos amigos meus. Isso é o suficiente.

Agora Beca entendia por que o Sindicato crescera tanto, por que seus integrantes eram tão jovens e devotados. Quando morou no Setor 4, pôde sentir o caráter magnético de Richie, as propostas que ele lhe fez foram tentadoras ao extremo. À época, porém, sua situação ainda não era tão desesperadora: Beca contava com o apoio dos pais, que, apesar dos poucos recursos, a mantinham longe da influência das gangues. Se a conjuntura fosse diferente e Lion não a tivesse encontrado logo depois do ataque dos Sombras e da morte de sua família, talvez ela pensasse como Bug naquele momento. Estava pronta para continuar a conversa, mas um forte odor de decomposição venceu os filtros da máscara. De maneira instintiva, ela levou a mão ao nariz coberto, sentindo a superfície dura sobre seu rosto. Um pouco à frente, Bug havia parado ao lado de uma placa manchada que indicava que ali se localizava a seção de frios; a cestinha caiu de suas mãos diante da quantidade de sujeira e podridão.

Sentindo um enjoo sacudir seu estômago, Beca caminhou com passos hesitantes até a teleportadora, e as duas se encararam sem saber o que dizer. As gôndolas que um dia refrigeravam carnes encontravam-se cobertas por um muco preto e viscoso que escorria até o chão e se espalhava como um câncer. Havia pedaços de ossos pendurados em ganchos enferrujados e produtos salgados que mais pareciam pedras, tamanha sua dureza.

— É melhor voltarmos lá para a frente — Beca comentou, tocando de leve no braço da companheira e a despertando do choque daquela visão.

Bug meneou a cabeça, sem condições de falar. Quando estavam dando os primeiros passos para trás, ouviram um gemido assombroso deixar o açougue, localizado atrás de um balcão imundo. Seus olhos logo focaram na cortina tingida com placas de sangue seco. Dali, uma mão esquálida afastou os retângulos plásticos seguida por um corpo de ossos salientes e uma cabeça disforme com olhos esbugalhados e boca de dentes moles. A visão era aterradora, mas que Beca conhecia muito bem: nunca se esqueceria daqueles seres nojentos que contribuíram para a queda de seu irmão.

— *Mierda!* — Bug quase caiu de costas ao avistar o híbrido. — Aquilo é um cara?

Beca não teve tempo de falar, pois atrás do primeiro híbrido viu mais vultos aparecerem. Sua mão se apertou sobre o braço da teleportadora, alertando-a. Abriu o canal de comunicação geral, falando para todos os companheiros.

— Nós temos um problema sério aqui atrás...

Cerca de trinta híbridos deixaram a sala do açougue. Homens e mulheres alquebrados, gemendo dores eternas e encarando as intrusas com olhos atentos. Bug queria armar o rifle, mas Beca a impediu, não sabia o que mais se escondia naquele supermercado. Um tiro chamaria muita atenção. Rato respondeu ao seu chamado pelo comunicador avisando que já estavam a caminho. Ao longe, ela pôde ouvir passadas apressadas.

Olhando para os lados, encontrou algumas ferramentas penduradas. Apanhou dois martelos com ponta chata e cabo prateado, tirando-os da embalagem e entregando um para a companheira assustada, que não tirava os olhos da aproximação lenta das criaturas cinzentas descarnadas.

— Vamos recuar devagar — sussurrou, puxando Bug consigo. — Só ataque se eles vierem para cima.

Ela pretendia se reagrupar com os rapazes para depois acabar com aqueles híbridos, mas seu plano não deu muito certo. À primeira menção de fuga, os seres ficaram mais alertas, e o que se encontrava à frente flexionou as pernas magras e, em um impulso inesperado, saltou sobre as duas. As mãos esqueléticas rasparam as vestes de Beca e ela teve que pular para o lado para não ser atingida, afastando-se de Bug. Assustou-se com a agilidade do híbrido, bastante diferente do comportamento daqueles que encontrara na Nova Superfície. A névoa deveria lhes dar mais força e agilidade. Não teve muito tempo para refletir sobre isso: os outros inimigos logo imitaram seu companheiro.

Tudo o que pôde fazer foi gritar para que a teleportadora tomasse cuidado. Os híbridos começaram a saltar sobre elas como gafanhotos, atacando com unhas e dentes. O martelo ficou manchado com seu sangue, mais escuro e viscoso que o dos humanos. Beca movia os braços sem parar, andando para trás enquanto acertava cabeças e troncos. Bug teleportava de um lado para outro, confundindo seus atacantes com bastante perícia. Mas havia muitos deles e as duas se viram cercadas.

Usando suas habilidades, Beca saltou para o topo da prateleira com capas de chuva. Várias embalagens caíram no chão, mas a garota mantinha o equilíbrio com facilidade enquanto usava o martelo para manter afastados os híbridos que tentavam escalar, arrancando dentes e pedaços de carne com seus golpes. Vários braços começaram a sacudir a estante, levando abaixo algumas divisórias, e ela acabou saltando para o outro lado com um mortal para a frente. Olhou ao redor e avistou Bug a duas fileiras de distância atingindo um híbrido com uma garrafa de vidro. A criatura caiu no chão, atordoada, mas outra já se encontrava às costas da teleportadora.

O grito já se preparava para sair da garganta, um aviso para que Bug tomasse cuidado, mas o tiro veio antes, derrubando o adversário macabro e causando rebuliço entre os outros híbridos: era Gonzalo, que, mesmo ofegante e ferido, havia corrido até ali para ajudá-las. Beca nem precisou procurar muito para avistar Rato e Idris, que avançavam com os rifles engatilhados. Toda a cautela para não chamar atenção foi ignorada e eles passaram a atirar sem dó.

As cabeças que a cercavam foram explodindo, os corpos caíam no chão com baques secos. Ela aproveitou para saltar sobre um híbrido mais distante, esmagando seu crânio torto com o martelo. Assim que o matou, sentiu um toque em seu ombro e se preparou para golpear, porém a voz de Rato freou seus instintos.

— Estão todos mortos!

Ela limpou o sangue que nublava suas lentes e se levantou. Idris se aproximava com passadas rápidas, o cano do rifle ainda fumegando depois de tantos tiros. Cumprimentaram-se com um leve aceno, mas não conseguiram trocar mais palavras, o grito assustado de Bug ecoou alto.

Correram apressados, derrubando gôndolas e escorregando em produtos largados no chão. Não demoraram a percorrer as duas fileiras que os separavam, mas, quando chegaram lá, avistaram uma cena de completa destruição: estantes esmigalhadas, sacos de grãos estourados espalhados pelas lajotas e garrafas quebradas. Bug encontrava-se caída longe do epicentro do caos. Gonzalo, com uma poça de sangue sob o pé ferido, estava de pé ao lado da teleportadora e pronto para enfrentar um Sombra bem incomum: parecia-se mais com um gorila completamente enfurecido. De pé, chegava a quase dois metros de altura, os braços grossos e peludos chocavam-se contra o peito mais liso, onde marcas azuladas confirmavam a infecção pela névoa. A boca aberta exibia dentes pontudos e língua escura.

Beca não sabia dizer ao certo se estava diante de um homem ou de um animal. Antes que pudesse tomar alguma atitude, a criatura avançou sobre Gonzalo, os punhos grossos movendo-se como dois pedregulhos, quebrando tudo o que tocavam. Por sorte, o Falcão foi rápido o suficiente para escapar do soco, que deixou um buraco no chão. Rolando para o lado, Gonzalo deu dois tiros certeiros no braço que quase o estraçalhou e as balas explosivas fincaram-se nos músculos, detonando segundos depois e decepando o membro. Só que isso deixou o monstro ainda mais ensandecido, urrando ao agarrar o soldado com o braço intacto e o sacudindo com tanto vigor que o fez largar o rifle.

Ao ver essa cena, Beca achou que era o fim. Puxou sua arma sem hesitar e fez mira, no entanto Rato a impediu de atirar.

— Espere, ele tem um plano.

A garota queria reclamar, mas acabou acompanhando o olhar do informante e percebeu que o Falcão trazia algo nas mãos. Mesmo com as sacudidas, pôde ver um objeto esférico e liso que emitia um leve brilho vermelho, compreendeu o que ele pretendia fazer e gritou por Bug: se a teleportadora não interferisse na hora certa, Gonzalo morreria.

Com uma habilidade extraordinária e alheio às preocupações dos companheiros, o Falcão agarrou o rosto contorcido do

Sombra e enfiou a granada em sua boca com um forte empurrão, chegando a quebrar alguns dentes. Puxou a trava de segurança e sorriu ao encarar os olhos brilhantes da criatura. Preparou-se para a detonação, para o calor que corroeria seu corpo, mas este nunca veio; em vez disso, sentiu mãos o agarrarem e, em seguida, um empuxo forte, característico do teleporte. Caiu de lado no chão, empurrado pela onda de impacto, sentindo um vento quente agitar seu capuz. Ao seu lado, Beca, Rato e Idris também se encontravam deitados para se proteger dos destroços que voavam para todos os lados.

Quando a estrutura parou de tremer e o silêncio retornou, o grupo voltou a se mover. Beca se ajoelhou, observando o tremendo estrago que seu companheiro havia causado: a cerca de dez metros, uma verdadeira cratera se abriu no chão. Produtos e gôndolas em fogo, o teto desabado revelando a silhueta da cidade. Idris espanava poeira do traje enquanto xingava, insatisfeito com a proporção que aquele ataque tomou. Rato tossiu algumas vezes e se pôs de pé, assoviando diante de tamanha destruição. Seus olhos focaram o céu lá fora e constataram que a névoa finalmente havia afinado, permitindo uma melhor visibilidade, depois fitaram Bug e Gonzalo, que permaneciam abraçados.

— Vocês podem abrir os olhos, estamos bem, por ora.

Os dois pareceram despertar e se separaram na mesma hora. Bug teleportou para o lado do informante, bradando que nunca tinha visto cara mais louco que Gon. Ignorando a sequência de palavrões da teleportadora, Beca se aproximou do Falcão querendo saber como ele estava. O homem deu uma risada amarga e se esforçou para sentar.

— Para quem ia morrer, acho que estou muito bem. — Levou a mão à perna mordida, que voltara a sangrar com abundância. — Pode dar uma ajuda para eu me levantar, *chica*?

A garota passou a mão por sua cintura e o colocou de pé. Ele tentou disfarçar a dor, mas o ferimento na canela piorou bastante depois daquele embate. Fizeram um rápido torniquete, pois sabiam que, depois da explosão chamativa, precisavam deixar o supermercado antes que todos os Sombras da névoa aparecessem para verificar o que havia acontecido.

Antes que partissem, porém, Idris insistiu que deveriam colher amostras das novas criaturas. Não havia sobrado muita coisa do Sombra gorila, mesmo assim ele conseguiu recolher um pedaço de carne um tanto chamuscada; em seguida, aproximou-se do corpo de um híbrido que jazia ali perto e retirou instrumentos da mochila. Começou a analisá-lo com curiosidade, ignorando os pedidos preocupados para que dessem o fora dali.

— *No*, de jeito nenhum. O encontro com esses seres é inestimável, finalmente teremos material para estudá-los.

— Será que dá para explicar o que são essas coisas? — Bug perguntou, indignada. — Nunca vi nada parecido antes!

Idris abriu os olhos do cadáver, realizou medições com uma régua encardida e recolheu amostra de tecido. Parecia receoso em admitir que desconhecia a resposta para a pergunta da teleportadora.

— São seres novos e não temos muitos dados sobre eles, apenas alguns vídeos e relatos pouco descritivos. Minha hipótese é que sejam Sombras defeituosos ou frutos de experimentos feitos com os sequestrados.

A teoria chegava bem perto da verdade. De maneira inconsciente, Beca buscou Rato com o olhar. Compartilhava aquele segredo com ele e se sentia mal por não poder externá-lo para os outros companheiros. Acreditava que eles tinham direito de saber que os híbridos eram crias dos Sombras com mulheres abduzidas, mas aquele conhecimento poderia pôr o informante em perigo e, com isso, a missão.

Rato também não se sentia à vontade com a situação, mostrando-se o mais ansioso por sair do supermercado: pediu várias vezes para que Idris deixasse os híbridos de lado, mas foi ignorado por completo. Já sem paciência, puxou-o pelo braço com mais força que o necessário, derrubando alguns equipamentos e causando grande surpresa.

— Quem você pensa que é? — O especialista o empurrou para trás. — Não me toque, seu imundo, seu mons...!

O soco atingiu o rosto de Idris antes que terminasse a fala. Mesmo acertando a máscara, deve ter doído bastante, pois o especialista rosnou, furioso, e procurou a pistola, mas foi surpreendido pelas mãos firmes do informante puxando-o para perto.

— É melhor ter cuidado com o que fala se não quer me ver com raiva!

A ameaça soou estranha aos ouvidos de Beca, parecia que os dois falavam de algo além do simples insulto. A sensação de que desconhecia alguma coisa naquela conversa ficou maior quando viu o analista da Torre concordar com um aceno, pedindo desculpa por seu descontrole. Parecia até que Idris sabia da condição de Rato... Mas não, isso não era possível. Certo? Se Idris soubesse, isso significava que a Torre também sabia, e Rato certamente estaria preso. Não estaria? Não fazia sentido. Preparava-se para indagar a respeito quando sentiu Gonzalo estremecer ao seu lado e perder as forças. Teve que segurá-lo sozinha, impedindo-o de desabar.

O desmaio pôs fim aos confrontos, e o grupo voltou a priorizar a fuga. Rato carregou o corpo desfalecido do Falcão, entregando suas armas e mochila para Beca.

— Vamos sair daqui! — Bug pediu outra vez. — Não suporto mais esse lugar de *mierda*.

Decidiram seguir caminho até o laboratório dos Sombras pelos túneis do metrô, havia uma entrada a uma quadra do supermercado. Com Gonzalo desacordado, continuar andando pela cidade se mostrava complicado, pois seria muito mais difícil escapar de ataques de pássaros. Durante toda a caminhada até a estação, Idris tentou sem sucesso se comunicar com a Nova Superfície, e ficou extremamente frustrado quando, ao descerem a escadaria suja e rachada, o sinal, que já era fraco, desapareceu por completo.

— *Maldición*! — praguejou, enfiando as antenas de volta na mochila. — Perdemos contato outra vez!

— Não se preocupe com isso agora — Beca tentou acalmá-lo. — Vamos primeiro chegar ao laboratório e depois pensamos em como contatar a Torre.

Depois de uma breve olhada no mapa do metrô pintado em uma parede de azulejos cobertos por limo, eles saltaram para os trilhos e seguiram pela linha vermelha. Beca e Rato se revezavam carregando Gonzalo, mas a velocidade com que prosseguiam se tornou cada vez mais lenta. Depois de quase cinco horas de caminhada pelo claustrofóbico labirinto, ele acordou em meio a delírios. Insistiu que podia ficar de pé — é claro que não conseguiu dar nem um passo sem o apoio de um dos companheiros.

O grupo aproveitou o encontro com um vagão descarrilado em frente a uma estação para descansar. Uma parte do túnel havia desabado sobre o veículo, bloqueando o caminho que deveriam seguir. Vigas retorcidas furavam o trem, e por causa do vento gelado e cortante, entulhos acumulados levantavam uma poeira fina que podia ser confundida com a névoa, o frio no subsolo era ainda pior, esgueirando-se pelos trajes e fazendo os ossos latejarem.

Rato deixou Gonzalo encostado em uma parede do vagão enquanto Bug passava pela porta retorcida do veículo para investigar seu interior. Assim como no supermercado, ela recolheu alguns objetos abandonados pelos mortos: voltou com um pente de plástico sem metade dos dentes, dois *smartwatches* quebrados e um terço de contas escuras que iria fazer sucesso no culto de Richie.

Enquanto Idris preparava a tenda, Beca se aproximou do Falcão e começou a desenrolar as bandagens que cobriam a mordida na perna. Tentava animá-lo com palavras de conforto, mas, quando viu que o local onde os dentes rasgaram a carne estava enegrecido e repleto de pus, as palavras morreram em seus lábios e sua testa franziu em clara preocupação.

— Qual é o problema? — Gonzalo perguntou, notando a tensão que tomou o corpo da garota. — Quero ver!

Ele tentava se esticar para ver a perna, mas Rato o empurrou de volta.

— Calma, Gon — falou. — Não há nada de errado, Beca só não está acostumada a ver uma ferida feia como essa.

O Falcão acabou relaxando e encostou a cabeça na lateral do vagão.

— Estou tão cansado, *che* — soltou um suspirou. — Preciso dormir um pouco e tirar essa maldita máscara.

Rato olhou para o rasgo na perna e entendeu na hora o motivo do alarme da garota. Fez sinal para que ela não comentasse nada, tomando a frente da situação: jogou um pouco de água na mordida, aplicou um pouco do gel cicatrizante cedido pela Torre e, em seguida, carregou o amigo aparentemente adormecido para dentro da tenda. Ao selar a entrada e escutar o ar contaminado ser expelido do interior, voltou a caminhar até Beca, sentando-se ao lado dela.

— Ele não tem muito tempo, a mordida infeccionou — disse com a voz grave. — Vai morrer antes de chegarmos ao laboratório.

— *No jodas*! Está falando sério? — ela se alarmou. — E os remédios não podem ajudar?

Ele negou com a cabeça, focando a atenção na figura de Idris, que digitava apressadamente no tablet.

— Ele precisaria de uma alta dose, gastaríamos quase todo o nosso estoque — Idris se meteu na conversa sem desviar a atenção da tela. — E, mesmo assim, não teríamos certeza de que os antibióticos controlariam uma infecção dessa. A névoa vai continuar em contato com a ferida, já que a calça foi rasgada pelos dentes do *perro*...

Beca cerrou os punhos com força. O que deveriam fazer com Gonzalo, então? Abandoná-lo naquele túnel de metrô sem olhar para trás? Dar um tiro em sua cabeça, acabando com um sofrimento que só pioraria? Ela não se sentia à vontade com nenhuma daquelas opções.

— Nós vamos continuar com ele — Rato tomou a decisão pelo grupo. — Usaremos alguns antibióticos para tentar retardar a infecção e talvez, quando chegarmos mais perto do laboratório, consigamos contato com a Torre. Seria o ideal para providenciarmos um resgate para o Gon.

Mesmo considerando aquele plano otimista demais, Beca não o questionou. Idris também resolveu acatar a decisão e Bug não queria opinar sobre o destino do pobre Gonzalo. Assim, depois de mais meia hora de parada, revezaram-se na tenda para comer e se hidratar, levantaram acampamento e voltaram a carregar o ferido. Tiveram que atravessar a estação para pegar um túnel que não tivesse desmoronado, mas mesmo com esse pequeno desvio que foram obrigados a fazer o caminho os levaria em direção à pirâmide.

Aquele novo túnel era mais apertado e antigo. Ainda havia trilhos no chão, indicando que a era dos trens de levitação magnética não chegara por ali, o que tornava o piso mais acidentado e dificultava o avanço do grupo, principalmente o de Gonzalo. Ele até que resistiu bem durante o restante do dia, mas todos sabiam que chegaria o momento em que não conseguiria mais continuar.

Perderam a noção do tempo ali embaixo. Idris falou em três dias, mas era difícil ter certeza. Na última parada de descanso, quase não trocaram palavras, o estado do Falcão só deteriorava e os remédios aplicados não amenizaram em quase nada seu sofrimento. Para piorar, começaram a ouvir sons estranhos ecoarem pelo subsolo, como lamentos longínquos de todos que pereceram naquela cidade. Beca não conseguia dormir, mesmo dentro da tenda mantinha os olhos abertos temendo ataques. Seus receios acabaram se tornando realidade quando Bug retornou de uma nova varredura informando ter visto vários híbridos caminhando na direção de onde estavam.

A notícia fez com que o grupo se apressasse, tentando manter um ritmo mais acelerado, mas, duas horas depois, Gonzalo chegou ao limite. Tossindo muito, empurrou os dois companheiros que o ajudavam a ficar em pé e caiu de joelhos. Beca tentou se aproximar, mas estancou quando o viu arrancar a máscara e vomitar um líquido viscoso. Percebeu que o rosto dele estava repleto de veias saltadas e os olhos, esbugalhados, pareciam injetados com sangue, que já escorria pelo nariz.

A crise durou alguns minutos, e o grupo observou em silêncio respeitoso o sofrimento do colega. Não havia mais nada que pudessem fazer, a névoa já o afetava devido à infecção causada pela mordida do cão. Quando Gonzalo conseguiu voltar a respirar com certa tranquilidade, tirou um tubo plástico da mochila e o sacudiu. O movimento criou uma luminescência esverdeada no objeto, ajudando-o a enxergar as máscaras escuras que o fitavam.

— Eu estou perdido, não é? — Limpou o sangue com o dorso da mão. — Vou morrer nesse lugar de *mierda*.

Rato se ajoelhou na frente dele, retirando a máscara mesmo diante dos apelos de Beca e dos demais. Tocou o rosto do Falcão tentando lhe dar conforto.

— Não desista ainda, Gon — falou —, estamos perto da saída. Quem sabe não conseguimos um sinal?

Gonzalo sorriu com tristeza, sabia que o amigo falava aquilo para lhe dar falsas esperanças. Em um movimento enfraquecido, conseguiu afastar o toque dele.

— *No me jodas*! Pare de mentir e coloque a máscara — repreendeu. — Não quero que fique doente por minha causa.

— Eu sou resistente como você — Rato sorriu. — Vamos, Gon, levante-se. Eu ajudo.

Angustiada, Beca observava aquela cena com receio de que o informante se transformasse em um Sombra a qualquer momento. Considerava a atitude dele arriscada e impensada, mas não pôde deixar de apreciar sua boa intenção, não imaginava que ele se importasse tanto com aquele Falcão. Ao seu lado, Idris parecia igualmente nervoso, a mão trêmula segurava a pistola com força, pronta para atirar caso fosse necessário. Bug encarava o túnel escuro, o volume dos sons dos híbridos aumentando. Os gemidos fantasmagóricos ecoaram pelo metrô abandonado e paralisaram os integrantes do grupo em seus lugares. Sob a luz da lanterna, a feição de Rato se contraiu.

Tensa, Beca preparou seu rifle. Não demorou muito para que suas lentes de visão noturna captassem o movimento descompassado de vários seres esqueléticos que se arrastavam, alguns com os membros tortos e em ângulos improváveis, as bocas movendo-se em lamentos incompreensíveis, causando arrepios em quem os escutava.

— Eles nos alcançaram — o informante afirmou com a voz tensa. Em seguida, agarrou os ombros de Gonzalo tentando erguê-lo.

Os monstros vinham se amontoando por um lado do túnel, eram centenas pranteando e se empurrando como uma massa viva, uma verdadeira horda. Apesar da quantidade assustadora, uma fuga ainda era possível, pois eles vinham apenas da direção que o grupo percorrera anteriormente.

Gonzalo se recusou a levantar. Ofegante, tirou a arma do cinto e a encostou no peito do amigo.

— Pare — disse com muito esforço —, eu não vou a lugar algum.

— Gonzalo! — Beca precisou se intrometer. — Eles estão vindo, temos que fugir.

O homem a encarou e sorriu, fazendo-a sentir um intenso aperto no peito. Ele estava pronto para se despedir.

— Vocês vão fugir. Eu não.

Idris e Bug, que observavam a aproximação dos híbridos com olhares temerosos, começaram a apressar os outros.

— Calados! — o grito de Rato venceu os gemidos, causando alarme entre os esqueletos e fazendo-os caminhar com mais vontade. O informante, porém, não se importou com o perigo crescente, só tinha olhos para Gonzalo. — Gon, você vai morrer se ficar aqui. Sabe o que está pedindo?

— Sei muito bem, *che*. — Ele pediu para Bug lhe passar a bazuca presa às costas. — Vou fazer bom uso dessa *maravilla*.

O informante não parecia disposto a aceitar a perda. Ia insistir, mas Beca pousou a mão em seu ombro e também destravou a máscara do rosto. O ar venenoso não faria efeito de imediato, para matar era necessária uma exposição prolongada; mas ela se sentiu mais fraca ao dar a primeira inspirada.

— O que está fazendo? — ele perguntou alarmado.

— Gonzalo tomou a decisão dele, temos que ir — disse ela com cautela. — Sei como se sente, mas devemos respeitar o desejo dele.

Rato se levantou num pulo, quase encostando o rosto no dela.

— Você não sabe como é, não sabe o que aquelas coisas farão com ele se o pegarem — sussurrou entredentes.

— Ele não vai se deixar pegar, é um bom soldado — afirmou com convicção. — Você, que já lutou ao lado dele, deveria saber disso melhor que eu.

As palavras sacudiram o informante. Mesmo contrariado, pendurou a mochila de Gon sobre o ombro e se afastou. A máscara recolocada com um zunido rápido veio cobrir a expressão de tristeza. Beca suspirou, abaixando-se para se despedir do Falcão. Sentia-se culpada, fora a responsável por trazê-lo àquele inferno do qual nunca mais sairia.

— Eu sei o que está pensando, *chica* — ele falou, como se lesse a verdade em seu rosto. — Não foi culpa sua. Eu quis vir.

Ela segurou sua mão, que já estava agarrada a uma pistola.

— Não desperdice seus tiros. Derrube vários daqueles *hijos de puta* — tentou soar indiferente, mas não conseguiu. — Se eles o pegarem, lembre-se do implante explosivo.

Ele sorriu, mostrando os dentes avermelhados de sangue.

— Eu sou um soldado, *chica*, não vou me suicidar. — Soltou-se da mão dela. — Diga a *mi sobrina* que eu a amei muito. E para Ernesto fale que morri como desejei: lutando.

Ao se levantar e cobrir o rosto com a máscara, Beca se permitiu derramar algumas lágrimas pelo companheiro. Partiu sem olhar para trás, consciente de que a Nova Superfície perdia um grande homem.

Avançaram com os disparos de Gonzalo ecoando às suas costas. De repente, um grande tremor tomou conta do túnel, derrubando poeira do teto e causando rachaduras. Ao virarem para trás, um clarão de fogo indicava que fora originado pela bazuca.

Acabaram encontrando alguns híbridos durante a fuga, mas eram poucos e não apresentaram resistência, apenas rondavam sem rumo pelas profundezas. Balas certeiras na cabeça cuidaram deles sem maiores problemas. Apesar de o grupo querer seguir em frente, Idris insistiu que deveriam aproveitar o momento para conseguir mais dados valiosos, e, após fazer uma coleta de sangue e tecido, obrigou Rato a cerrar um dos braços esqueléticos para um estudo mais aprofundado quando retornassem à Nova Superfície.

Beca considerava aquele comportamento nojento, mas não objetou, já que Idris deixara muito claro que estava ali para conseguir informações úteis para a Torre. Para ele, o resgate de Edu era supérfluo. Ela aproveitou o pequeno intervalo e pediu a Bug que fizesse uma varredura pelo túnel em busca de saídas. A teleportadora acatou, ansiosa por deixar aquele local apertado onde sua habilidade não era muito útil.

Depois de inserir a ingrata carga num plástico e entregá-la ao analista, Rato se aproximou da garota, puxando-a pelo braço. Beca não podia ver o rosto dele, mas sabia que estava preocupado.

— Nunca mais faça aquilo — ele falou, sério. — Com a névoa não se brinca.

Ela se virou para encará-lo sentindo vontade de quebrar sua máscara com os punhos.

— Deveria ouvir os próprios conselhos, Rato — falou, apontando o dedo de maneira acusatória. — E se algo tivesse acontecido? E se você se transformasse?

A discussão aconteceu num sussurro, através do canal fechado entre os dois.

— Já disse, sou mais forte que isso. — Ele chegou mais perto e apoiou as mãos no ombro dela, irritado com as acusações.

O clima ficou tenso. Beca sentiu os dedos dele se aproximando de seu pescoço e tratou de se desvencilhar. Mais um pouco e partiriam para uma discussão acalorada. Foi o momento em que Idris decidiu intervir, separando-os com um empurrão.

— Parem com essa briguinha, *imbéciles*. A teleportadora voltou.

Em sincronia, Beca e Rato esqueceram o motivo da discórdia e encararam Bug, que os observava com os braços cruzados.

— Pensei que um ia partir pra cima do outro — falou com ironia.

A garota recuperou a compostura e tratou de colocar Bug em seu devido lugar, aquele não era momento para piadinhas.

— Encontrou alguma coisa?

— *Sí, sí.* — A jovem do Sindicato pareceu se dar conta de que tinha novidades importantes. — Achei uma escada de emergência perto daqui.

Idris e Rato começaram a se preparar para partir, mas Beca percebeu que a outra ainda tinha algo a dizer.

— O que mais? — Pressentia que a notícia seria importante.

— Tem uma construção estranha lá em cima que se parece muito com as fotos que o nosso especialista mostrou — ela falava de maneira empolgada, ansiedade pura. — Estamos bem perto do tal Edu, amiga. Tá na hora do resgate.

MUDANÇA
DE PLANOS

Quando Idris descreveu o laboratório dos Sombras, não houve uma palavra que errasse o cenário que agora Beca presenciava. A construção piramidal contrastava com tudo o que o grupo vira no caminho até ali: tinha quase cinco metros de altura, com espinhos retorcidos vazando das paredes metálicas, e a arquitetura bizarra usava materiais dos destroços para criar algo impressionante, de aparência alienígena. Agachados a cerca de vinte metros do seu destino, ela e os companheiros observavam a entrada arqueada, que não apresentava nenhuma espécie de vigilância.

— Vocês não acham que esse lugar está quieto demais? — perguntou, desconfiada.

— Nunca percebemos vigias fora das instalações — Idris explicou. — Dentro da névoa, parece que os Sombras não esperam ataques.

Bug deu uma risadinha enquanto engatilhava o rifle.

— Acho que está na hora da gente mostrar que eles não estão tão seguros quanto pensam...

O entusiasmo da teleportadora contagiou os demais, a possibilidade de sucesso da missão era real. Outro fato que elevou os ânimos foi a volta do sinal para contato com a Torre. Idris vibrou quando conseguiu estabelecer uma conexão. Do outro lado, Lion fez várias perguntas, ansioso por saber o que aconteceu no período em que ficaram desligados. Mostrou-se bastante chocado com a morte de Gonzalo, mantendo-se alguns instantes em silêncio.

— Vamos entrar no laboratório agora — o especialista avisou, sem se preocupar com seus sentimentos. — Prepare a extração de emergência nas coordenadas que estou enviando.

Depois da confirmação da Nova Superfície, o grupo preparou as armas e discutiu a melhor estratégia para aquela invasão.

— Nós não sabemos bem o que nos espera lá dentro, por isso vamos avançar com cuidado — Rato tomou a palavra. Como havia conseguido a localização de Edu, tornou-se o responsável por informar os companheiros da situação daquele local. — Só porque não há vigilância do lado de fora, não significa que vamos encontrar um bunker deserto.

Beca tinha consciência de que tudo o que ele conhecia do mundo dos Sombras vinha de sua vivência, do sofrimento que passou nas mãos daqueles monstros, e não das explicações de Idris na sala de reuniões ou de suas fontes da Periferia da Névoa. Por isso, confiava muito mais em seu julgamento do que na palavra do especialista: não havia ninguém que conhecesse melhor aquele tipo de instalação inimiga.

Com Rato na dianteira e Bug cobrindo a retaguarda, correram até a entrada da pirâmide sem dificuldades. De perto, a construção parecia sólida e os espigões assustavam, dando um ar de fortaleza intransponível. A porta de aço maciço tinha uma pequena janela quadrada no topo selada com um vidro de aparência blindada. O grupo trocou olhares indagando-se como conseguiria passar por aquela barreira.

Beca esperava que Idris desse alguma sugestão com base em suas pesquisas, mas foi o informante quem se mostrou proativo. Retirou quatro blocos de explosivos da mochila que pertencera a Gonzalo e os prendeu nos cantos da entrada selada. Havia quantidade suficiente para derrubar a porta e as paredes junto, então os membros do grupo trataram de se afastar. Esconderam-se atrás de um monte de entulho, Rato retirou o detonador remoto e fez um sinal de positivo.

— Isso vai fazer barulho, estejam preparados para ataques.

Ao apertar o botão, qualquer outra instrução que quisesse passar foi emudecida pelo forte estrondo da explosão. O fogo laranja pintou a paisagem e as chamas se ergueram quase até o topo da pirâmide, queimando seus espinhos enferrujados, o chão tremeu, a montanha de entulhos derrubou poeira e pedrinhas sobre os ombros de Beca e a névoa pareceu esmorecer diante da ventania quente que varreu o local. Quando o impacto cessou, a garota olhou para o bunker e avistou sua porta destruída em meio à fumaça preta. As paredes perderam um pouco de reboco e alguns espinhos, mas permaneceram firmes. Ela ficou impressionada com a resistência do local, concluindo que deveria ter sido construído para aguentar ataques daquele tipo. Temeu um pouco mais a inteligência dos Sombras.

Bug se levantou, excitada diante de tamanha destruição. A arma em seus ombros pendia desengonçada enquanto batia palmas e parabenizava Rato pelo engenho, garantindo que a estratégia "avançar e destruir" era a que mais lhe agradava. Não houve tempo, porém, para mais comemorações. Do meio do incêndio causado pelas bombas, um grupo de híbridos correu para fora da pirâmide como formigas que deixam o ninho ameaçado. A teleportadora se agachou e fez mira, sendo acompanhada pelos outros integrantes do grupo.

— Isso é por Gonzalo, *hijos de puta*! — Começaram a atirar.

O embate não levou muito tempo: sem chance contra a chuva de balas que desceu sobre eles, os híbridos caíram aos montes. Beca não poupou esforços para matar tantos quanto fosse possível, usando até uma das duas granadas que possuía para mandá-los pelos ares. Quando acabou, a frente queimada do laboratório ficou coberta por pedaços de carne e sangue. O grupo logo seguiu em frente, precisava agir rápido, antes que outros inimigos aparecessem. Passaram pela porta fumegante que ainda emanava o calor da explosão.

O interior estava deserto, sem sinal de habitantes, móveis ou qualquer equipamento. As paredes de concreto com vigas de metal proeminentes denunciavam um acabamento bruto e irregular. Luzes fluorescentes piscavam no teto arqueado, dando aos invasores a certeza de que havia um cubo de luz provendo energia ao local. Um corredor ovalado se estendia até o vão que abrigava um elevador rudimentar com portas metálicas. Ao entrarem, encontraram o display luminoso de aparência bem desgastada com cinco botões numerados.

Todos os olhares se voltaram para Rato, que não perdeu tempo e marcou o número cinco dos andares abaixo do solo.

— Vamos começar pelo nível mais baixo — explicou. — Subiremos se não encontrarmos sinal de Edu por lá.

Enquanto desciam, Idris pegou um pequeno aparelho cilíndrico, uma tela sensível com antena e vários cabos a rodeá-la, e começou a monitorar o ar com muita atenção. Depois de alguns instantes, para surpresa de todos, retirou sua máscara e deu uma boa inspirada. Diante dos olhares assustados, garantiu que era seguro ficar sem os respiradores. Rato foi o primeiro a imitar o gesto, então virou-se para Beca e deu uma discreta piscadela, indicando que o especialista falava mesmo a verdade. Sentindo-se mais segura com a confirmação de quem já vivera em um ambiente como aquele, a garota descobriu o rosto.

— A névoa não avança para o subsolo... Interessante... — Idris continuou com suas reflexões. Puxou o tablet da mochila e fez algumas anotações enquanto o elevador avançava em sua lenta descida.

A porta dupla se abriu com um pequeno gemido, revelando um corredor com luzes fluorescentes e paredes brancas descascadas. Havia cerca de dez portas de ferro em cada lado, enumeradas com plaquinhas enferrujadas. Algumas encontravam-se abertas e revelavam salas amplas com cinco fileiras de casulos transparentes, cada um medindo cerca de dois metros de comprimento. Beca parou diante de uma delas observando com assombro as figuras de formato cilíndrico que pareciam conter um líquido arroxeado em seu interior. Com exceção do informante, era a primeira vez que eles se deparavam com os experimentos sombrios. Não conseguiram esconder o espanto. Mesmo Idris, que tanto se gabava como especialista, ficou impactado com a visão dos tubos de teste.

De olho nos números, Rato caminhou seguro, como se soubesse muito bem para onde ia. Parou ao encontrar uma porta cuja fechadura abriu com tiros certeiros da pistola. Entrou de arma em punho, seguido por seus companheiros atordoados. Encontraram dois híbridos que pareciam vagar por entre os tubos, e quando as criaturas perceberam a chegada deles foi tarde demais: Beca e Bug tomaram a dianteira e atiraram em suas cabeças amorfas.

— *Carajo*! Como é que os Sombras fizeram esse lugar? — a teleportadora perguntou abismada, observando o cenário ao redor com olhos arregalados. — Quer dizer, eu sempre pensei que eles fossem monstros descerebrados.

— A única descerebrada aqui é você, Bug — Idris retrucou. — Os Sombras são seres inteligentes e altamente capazes. Veja o quanto conseguiram evoluir nossa própria tecnologia, é assombroso!

Beca não gostou nada do tom que ele usava, parecia nutrir uma admiração pelo que estava presenciando naquela instalação, ignorando completamente que havia pessoas sofrendo e sendo tratadas como ratos de laboratório dentro daqueles casulos. Seu coração apertou ao imaginar Edu ali, envolto pelo espesso líquido roxo.

Ao seu lado, Bug observava as formas humanas com mais atenção e se mostrava horrorizada. Aproximou-se de um dos tubos e bateu com força contra o vidro, tentando chamar a atenção da figura imóvel ali dentro. A comoção era tamanha que nem ela nem Beca perceberam a troca de olhares e palavras furtivas entre Rato e Idris, que permaneceram mais recuados de propósito.

— A hora chegou — sussurrou o analista, sua expressão bem tensa e a atenção focada nas garotas mais à frente —, você já sabe o que fazer.

Rato hesitou, os olhos repletos de dúvida. Recebeu uma reprimenda silenciosa do companheiro e pareceu despertar da letargia. Cerrou os punhos com força, até que as juntas ficassem brancas, preparando-se para enfrentar a ira de Rebeca.

— Se Emir não cumprir a promessa, juro que trago aquela torre abaixo. — Afastou-se sem dar tempo para o outro retrucar.

Agachada ao lado do casulo, Beca tentava descobrir quem era a pobre alma que sofria lá dentro, e não demorou muito para notar que não estava diante de um homem. Desconfiada, correu para o tubo seguinte e chegou à mesma conclusão. Perdeu o ar ao dar-se conta de que não encontraria seu irmão ali, todos aqueles prisioneiros eram mulheres.

Sua mente começou a trabalhar com rapidez: primeiro pensou que pudessem ter entrado na sala errada, mas, depois de sentir a mão pesada de Rato sobre seu ombro e ver a expressão culpada no rosto dele, teve certeza de que era ali mesmo que ele queria chegar. Aí tudo ficou claro, uma traição mais dolorosa do que um tiro à queima-roupa.

— Você nunca pensou em resgatar o Edu, não é mesmo? — falou, com uma frieza que contrastava com a fúria queimando em seu peito. — Desde o início, foi tudo uma mentira, uma forma de conseguir equipamentos e recursos para chegar até Irina!

Ele desviou o olhar, parecendo envergonhado. Não tentou negar o óbvio. A arma em sua mão continuava apontada para o peito da garota, Beca não tinha dúvidas de que seria alvejada se tentasse reagir.

— Eu sinto muito, ela é mais importante do que qualquer coisa.

Beca queria gritar. Queria agarrar o pescoço de Rato e torcê-lo, queria cravejá-lo de balas explosivas, queria que os Sombras o levassem e terminassem sua transformação, pois ele já era um monstro. As lágrimas caíram, apesar de seus esforços em contê-las, fazendo-a se sentir ainda mais humilhada.

— Você ao menos conhece a localização dele? — já desconfiava da resposta, mas teve que perguntar. Precisava ouvir a verdade dos lábios falsos que quase beijara. Como pôde ser enganada tão facilmente? Como foi capaz de acreditar que havia um mínimo de decência em alguém como ele?

— *No*. Nunca soube do destino de Edu. — Ele parecia realmente entristecido, mas ela não cairia mais em suas encenações. — Por favor, Beca, você tem que entender... Essa era a única maneira de conseguir contato com a Torre.

De imediato, Beca procurou Idris com o olhar. Não se surpreendeu ao avistar sua expressão entediada, nada surpresa com aquela reviravolta. O maldito sabia de tudo desde o início! Aquilo só podia significar que Emir aprovara a missão mesmo tendo ciência de que Rato mentira para ela e Lion, o homem justo que governava a Torre não passava de uma invenção. A desilusão se tornou um combustível extra para sua raiva.

— *Canallas*! — gritou. Os olhos perfuravam Idris com ressentimento. — Vocês armaram para mim! Traíram a amizade que tinham com *mi padre*!

O homenzinho não se mostrava arrependido como Rato, na verdade, tinha pressa em terminar com aquela conversa desagradável.

— Nenhuma amizade vale mais que um espécime infectado para analisarmos. — Parou ao lado de Rato e lhe deu dois tapinhas no ombro, deixando claro que conhecia a verdade sobre ele.

As feições do informante se contraíram com desgosto e Beca entendeu que ele havia se oferecido como cobaia em troca do resgate de Irina. Aquilo a surpreendeu, mas não amenizou nem um pouco a raiva que sentia. Torceu para que a Torre realizasse testes ainda mais cruéis naquele mentiroso.

— *No jodas, loco*! — a voz confusa de Bug quase passou despercebida em meio ao clima tão tenso. — O que significa isso? Nós não devíamos procurar o tal Edu?

— Tivemos uma pequena mudança de planos — Idris respondeu sem paciência. Não conseguia mais disfarçar sua antipatia pela teleportadora. — Fique calada e aguarde novas ordens.

A garota podia ser meio sequelada, mas sabia quando uma situação fugia do controle. Sem pensar duas vezes, apontou o rifle para os homens que intimidavam a saltadora.

— Foi Beca quem me contratou. Você não manda em mim, *cagón de mierda*!

— Bug, abaixe essa arma! — gritou Rato, sem tirar os olhos de Beca. — Você não faz ideia do que está em jogo aqui!

Idris tratou de apontar seu rifle para a teleportadora, e aquele impasse durou alguns instantes. Antigos companheiros agora eram inimigos jurados aguardando um deslize para se fuzilarem.

— Eu sei reconhecer uma trairagem, Rato. — Bug ligou a mira laser, deixando o ponto vermelho bem no centro da testa dele. — Não quero saber o que está em jogo, você vai se afastar da Beca agora e vamos dar o fora daqui.

O informante pesou bem aquela ameaça. Os olhos encararam sua prisioneira, receosos em deixá-la ir, mas, para a surpresa de todos, acabou dando um passo para trás e abaixando a arma.

— O que está fazendo? — Idris perguntou, perplexo.

— Elas não nos servem para nada. Podem ir.

Beca queria partir para cima da dupla de traidores, mas controlou sua raiva e caminhou até Bug. Antes de abandonar a sala abafada, ela e Rato cruzaram olhares uma última vez. Como se pressentisse seu descontrole, Bug a segurou para impedir que partisse para cima do informante.

— Eu espero que ela esteja morta — Beca bradou com todo o veneno e dor. Ao ver a expressão de tristeza no rosto dele, sentiu uma satisfação doentia: queria fazê-lo sofrer.

Ao chegar no elevador, ainda teve tempo de vislumbrar a silhueta do informante ao longe. Ele observava sua fuga com um olhar de extremo pesar.

GRAVAÇÃO SECRETA 3.543

Ano 53 depois do véu.
Relato de Emir sobre os momentos derradeiros da missão de resgate.

Conseguimos o último contato antes da entrada no laboratório dos Sombras, é agora que o verdadeiro propósito da missão se revelará. Sei que Rebeca e seus companheiros não aceitarão passivamente o desenrolar da situação, mas Rato me garantiu que conseguiria controlá-la.

É um momento decisivo em nossa história, conseguiremos um exemplar em bom estado de um transformado e ainda a irmã usada como procriadora. Apesar de ter minhas ressalvas a esse acordo com o informante, preciso admitir que ele me forneceu dados primordiais para continuar a pesquisa sobre os Sombras. Não fazíamos ideia, por exemplo, de que as criaturas esqueléticas que passaram a rondar a Nova Superfície há apenas dois anos provinham de mulheres sequestradas. Sinto que aprenderei muito mais com esse homem que conheceu de perto o terror de nossos inimigos.

Não confio nele, porém. Sei que é ardiloso e que se aproveitou de sua condição de infectado com a certeza de me convencer. Ele sabe usar muito bem as palavras a seu favor e tinha total noção de que, por mais que eu ficasse tentado a prendê-lo imediatamente, não poderia deixar passar a oportunidade de explorar um laboratório dos Sombras com alguém que de fato o conhecia por dentro. Foi uma decisão difícil para mim, por isso estou contando os minutos para o seu retorno, quero aprisioná-lo na Torre para que não tenha chances de escapar, para que não fuja com tantos segredos por revelar.

Com o desenrolar dos acontecimentos, terei que lidar com Lion. Já tenho soldados de prontidão para deter o mergulhador. É um bom *homem, foi leal ao meu pai durante muito tempo, mas ama os filhos acima de tudo. Só espero não precisar tomar medidas extremas para contê-lo.*

Preciso ir. Em breve atualizarei este diário com novos dados, torçamos para que sejam positivos para a Torre.

CORAÇÃO
DO RATO

Ele a viu partir sentindo uma intensa culpa. Desde o início, sabia que seu plano culminaria no ódio da garota, no entanto, até o derradeiro momento, ainda nutria uma vã esperança de que ela acabasse entendendo seus motivos. Pretendia conversar depois do resgate de Irina, explicar que nunca lhe desejara mal e que aquela traição fora uma medida desesperada de um irmão que já não sabia mais o que fazer para resgatar sua única família.

Para evitar um confronto, preferiu deixar que partisse com a teleportadora, afinal, Beca era a única além de Irina e Velma com quem se importava. Ficou fascinado desde que a viu pela primeira vez contando vantagens no bar Fênix e humilhando os rapazes na sinuca. Acreditava que jamais teria aquele tipo de sentimento, especialmente depois de tudo pelo que tinha passado, mas, quanto mais a observava, mais ficava intrigado e atraído, mesmo sabendo que um relacionamento estava fora de cogitação.

Quando seus caminhos enfim se cruzaram em um trabalho de espionagem no Setor 3, ele decidiu usar a máscara de Rato para se aproximar. Não lhe agradava ela ter uma visão tão negativa sua, mas acabou se contentando com aquelas migalhas de interação; as provocações e gracinhas eram uma tentativa patética de conseguir um pouco de sua atenção. Velma o alertou sobre os riscos que corria ao notar que, aos poucos, ele perdia o controle da situação; contudo, mesmo tentando com todas as forças, Rato não conseguia ficar longe de Rebeca por muito tempo. Às vezes, até abandonava os próprios objetivos para ajudar a garota. Em várias ocasiões, deixara de lado a investigação sobre o paradeiro de Irina para assessorar, mesmo a distância, o trabalho da família de Rebeca.

Enganá-la sobre o cubo de luz foi doloroso, mas não havia uma alternativa melhor para pôr as mãos em um objeto tão va-

lioso que acabou lhe indicando o caminho certo para encontrar a irmã desaparecida. Sentiu-se extremamente triste quando a viu perder Edu, até se arriscou para impedir que aquela tragédia acontecesse, mas acabou chegando tarde demais. Carregou-a desacordada a um local seguro e observou escondido Lion ir resgatá-la. Quando a reencontrou no bar afogando sua dor na bebida, não conseguiu se manter indiferente, entendia o quanto ela sofria e, por isso, deixou sua máscara se quebrar por uma noite.

Ainda que doesse vê-la tão atormentada pela perda, um plano acabou se montando em sua mente, uma forma de chegar até os equipamentos de que tanto precisava, conseguir uma reunião com os todo-poderosos da Torre e garantir a salvação da irmã. Entrou na névoa quase sem proteção, com o risco de perder o último resquício de controle que o mantinha humano. Sentindo as marcas, que ele se esforçava para ocultar, forçando a liberação do lado sombrio, usou as informações do cubo de luz roubado e localizou o ponto exato onde Irina era mantida.

O retorno ao bar de Velma e o descontrole que quase o venceu foram coincidências que acabaram beneficiando seu plano. O fato de Beca descobrir a verdade causou alívio, mas também culpa: foi então que ele soube o que precisava fazer, os sentimentos que podia usar para convencê-la a aceitar uma arriscada entrada no véu. Sentiu-se um dos piores homens da Nova Superfície, mas estava disposto a tudo para trazer Irina de volta.

Convencer Emir foi uma tarefa arriscada, mas ele tinha um trunfo que sabia ser irresistível para o poderoso líder da Torre. Não se arrependeu de se vender para que a irmã ficasse em segurança. Ao revelar sua real condição e tornar suas exigências bem claras, tentou se convencer de que todo aquele sacrifício valeria a pena: sua vida não importava se Irina pudesse ter uma nova chance. Confiava que os homens da Torre a ajudariam a se recuperar e ofereceriam todo tipo de suporte de que precisasse; essa foi a palavra do líder, e ele não costumava quebrar uma promessa de honra.

— Você é mais traiçoeiro do que eu imaginava — foi o último comentário de Emir antes que o acordo fosse selado. — Arcarei com as consequências da minha decisão sem pestanejar, espero que consiga conviver com a culpa depois que tudo estiver finalizado. Rebeca e o pai jamais perdoarão tal traição.

Durante toda a missão, ele se atormentou com o que estava comprometido a fazer. Tentou manter as aparências, agir como se nada tivesse acontecido, mas quase pôs tudo a perder ao permitir que seus sentimentos falassem mais alto. Deixou-se levar pelo calor do momento e quase declarou seu amor sufocado há tanto tempo. O que mais o surpreendeu foi que a própria Rebeca se mostrou aberta aos seus avanços, e naquele breve momento ele deixou de ser Rato, o informante, e voltou a ser Nikolai.

No fim, o beijo não aconteceu, mas o estrago já fora causado. Depois do ataque dos cães ele quase contou toda a verdade para a garota, entretanto, a morte de Gonzalo o fez retomar suas convicções: aquela perda dolorida seria em vão caso não encontrasse Irina, não podia desistir quando faltava tão pouco. Enterrou o último resquício de consciência que ainda possuía e seguiu em frente. Não se arrependeria, não desistiria de seu grande objetivo por consideração a outras pessoas, seria frio, implacável, se preciso. Tudo por ela.

— Por que ainda está parado com essa cara? — a voz de Idris o despertou. — Vamos, temos pouco tempo.

Rato esfregou os olhos ardidos tentando afastar a crescente pressão em suas têmporas. Com as emoções à flor da pele, os efeitos da névoa em seu corpo se tornavam mais evidentes: quando guardou a pistola, percebeu que as mãos tremiam levemente. Mesmo sem saber, Idris acertava em apressá-lo.

Com um suspiro, ele encarou o analista e caminhou por entre os casulos que abrigavam as mulheres geradoras. Na parte superior do vidro cilíndrico havia letras e números gravados em alto relevo. Acompanhou atento a disposição da identificação procurando especificamente aquela que o cubo de luz roubado revelara pertencer à irmã desaparecida.

Depois de alguns minutos, encontrou o tubo. Sentindo um aperto na garganta, ajoelhou-se e viu através do líquido amniótico o perfil embaçado de Irina. Seu coração acelerou e os olhos se encheram de lágrimas, todas as traições que cometera para chegar até ali pareceram valer a pena. Chamou Idris com um aceno apressado. Demonstrando conhecimento, o homenzinho puxou um cabo fino acoplado no tablet e o plugou ao painel metálico da câmara, iniciando a quebra dos firewalls que a trancavam. Rato também poderia fazer aquilo, tinha habilidades hackers tão boas quanto as dele, mas o nervosismo o impedia de pensar com clareza, temia cometer um erro tolo e pôr tudo a perder.

Enquanto o analista digitava códigos sem parar, ele permaneceu agachado, sussurrando palavras suaves para a irmã adormecida. Mesmo que ela não pudesse ouvi-lo, repetia que tudo terminaria bem.

A tampa do casulo se abriu com a liberação de ar comprimido, derramando o líquido gosmento arroxeado nos pés dos dois homens. Idris praguejou, afastando-se enojado. Rato, porém, nem se importou com o cheiro que empesteava suas roupas, só tinha olhos para a esquálida figura encolhida.

Com exceção da barriga protuberante, que provavelmente abrigava mais uma abominação híbrida, o corpo de Irina possuía uma magreza doentia. Os músculos atrofiaram nos braços, finos como palitos, as costelas eram proeminentes mesmo com a gravidez e o rosto molhado parecia encovado como o de um cadáver. Sua respiração vinha fraca, em suspiros espaçados.

A aparência destruída da irmã encheu o informante de ódio. A própria foto que encontrara no cubo roubado divergia muito do que ele via naquele momento. Quanto tempo se passou desde que foi fotografada? Quanto ela teve que sofrer? Os tremores aumentaram quando esticou o braço para tocar a cabeça pálida sem qualquer sinal dos belos cabelos pretos. Sentiu a pele grudenta, acariciou a bochecha murcha e chamou por seu nome. Observou, com angústia crescente, as pálpebras tremerem, como se pesassem toneladas. Apesar de todos aqueles anos de maus-tratos, os olhos azuis continuavam os mesmos: brilhantes e quase sobrenaturais. Perdeu a força nas pernas ao ser mirado por aquele olhar. Tentou falar, mas sua voz se recusou a sair.

Os lábios sem cor esboçaram um meio sorriso quando a garota reconheceu as feições do irmão, ela até se esforçou em levantar a mão frágil para tocá-lo, mas não conseguiu. Tossiu algumas vezes, expelindo muco. Ao falar, sua voz soou arranhada, bem diferente da doce música da qual ele se lembrava.

— Niko. — O apelido trouxe inúmeras lembranças. Risos e brincadeiras, o pai os ensinando a melhor forma de negociar, as visões que Irina passou a ter no fim da infância e confirmaram que era uma oráculo. — Você... veio...

Ele anuiu com convicção e se debruçou sobre ela, beijando sua testa. Ignorou o gosto horrendo e o fedor que a cobria.

— Eu prometi — sussurrou, emocionado.

Carregou-a com todo o cuidado, agoniado com o peso quase inexistente. Ela gemeu com o movimento, a testa franzida como se passasse por uma intensa dor. A boca aberta revelou dentes escuros e malcuidados. Começou a se remexer nos braços do irmão, incomodada.

— Calma, nós vamos embora daqui.

Mas ela pareceu ficar ainda mais nervosa com aquele comentário. Os gemidos viraram lamentos altos e ele precisou segurá-la com mais força para que não caísse. Preocupado, lançou um olhar para Idris pedindo ajuda, porém o especialista parecia igualmente desnorteado, apenas registrando em seu tablet tudo o que via, sem disposição para ajudar.

— Irina, o que foi? — Viu-se obrigado a deitar a irmã no chão, já que ela não parava de resistir. — Não tenha medo!

Ele segurou o rosto dela, encarando-a. Aquilo pareceu acalmá-la um pouco. Precisou de um tempo para recuperar o fôlego e conseguir falar.

— Niko... Por favor... — Com muito esforço, tomou a mão dele entre as suas. — Não tenho mais... salvação. Acabe com isso... Não aguento mais.

O significado daquele pedido desesperado doeu fundo em Nikolai. Sentiu-se devastado, mas também invadido por uma forte indignação: como ela poderia lhe pedir aquilo depois de tudo o que fez para salvá-la?

— Não vou fazer isso, Irina. Não posso!

— *Mi... Ángel...* Niko... — Ela deslizou a mão dele até a protuberância em sua barriga. — Por favor. Não quero outro monstro.

Ele se negou e chorou copiosamente, dividido entre a vontade da irmã e suas próprias ilusões de que tudo poderia voltar a ser como antes.

— Deve haver outro jeito. A Torre tem médicos, podemos te salvar! Por favor, Iri, não desista agora.

Sentiu os dedos dela acariciarem seus cabelos exatamente como costumava fazer quando eram crianças.

259

— Você não pode... me... salvar... *Ángel*... Estou quebrada... — Ela recuperou um pouco da doçura na voz, fazendo-o virar o rosto para encará-la. — Mas há alguém... que ainda tem uma chance. O jovem *hermano* da dona do seu coração.

Ele mal acreditou que Irina estava mesmo se referindo a Edu. A surpresa em suas feições a fez sorrir.

— Eu vi, Niko... Mesmo presa... as visões continuaram.

— Iri, eu não sei onde ele está, não tenho como salvá-lo. Só você me importa!

— Eu sei... onde ele está... *Ángel*. — A certeza transbordava de seu olhar. — Você ainda pode fazer a coisa certa... Me deixe te mostrar.

Ela tocou em sua testa e imediatamente imagens das visões apareceram diante dos seus olhos. Rato rangeu os dentes, relembrando como aquela troca fazia sua cabeça latejar. O rosto abatido de Edu foi a primeira cena que viu, seguida por um novo laboratório e o caminho para chegar lá. Pensou que as visões iam terminar, mas foi surpreendido por outra enxurrada de imagens, desta vez muito mais intensas.

Irina mostrou ao irmão tudo pelo que havia passado. Compartilhou as dores que tomavam seu corpo e a certeza de que não sobreviveria a uma viagem de retorno à Nova Superfície. O horror que sentira a cada híbrido arrancado de seu corpo fez o estômago do irmão embrulhar. A torrente de sentimentos era forte demais e o fez gritar: desespero, dor, raiva, nojo... Irina não o poupou de nada.

Quando a mão esquelética se afastou dele, Rato ofegou como se tivesse emergido de um longo mergulho. Seus olhos estavam molhados e a cabeça ainda girava com tudo o que testemunhou. Encarou a irmã sem saber o que dizer, mas entendendo a natureza de seu derradeiro pedido, deveria ser alguém da família, alguém que a amasse de verdade. Ele queria ser egoísta, mas não conseguia ignorar as memórias de Irina. Sentiu que Idris havia parado ao seu lado para pressioná-lo, não podiam mais continuar naquela instalação, os Sombras viriam mais cedo ou mais tarde.

— Eu arrisquei tanta coisa para encontrar você. Menti, traí, roubei... — Ele encostou o rosto em seu peito, sentindo as batidas descompassadas do coração. — Não posso viver sem você, Iri!

— Você é forte... Niko. Por favor... termine com isso e me dê paz... — O indicador apontou para a arma que ele trazia no cinto.

Vindo do corredor, o barulho pesado de passos calou os pedidos de Irina. Idris ergueu a cabeça, preparando o rifle bem a tempo de ver dois Sombras enormes passarem de maneira apertada pela porta. Os olhos azulados percorreram os cinquenta casulos enfileirados na ampla sala com luzes fluorescentes, localizando com rapidez os intrusos que rodeavam uma de suas cobaias. Um som gutural, semelhante a um rosnado, deixou os lábios escurecidos ao correrem para atacar.

— Rato, nós temos que ir! — gritou Idris ao ver os Sombras desviarem com facilidade de seus tiros. As balas explosivas quebraram casulos aumentando o caos.

O informante encarou sua irmã como se o ataque iminente estivesse longe de acontecer. Puxou a pistola e, hesitante, encostou-a no peito dela. De maneira contida, ela concordou com um aceno: era isso que queria, o que desejava desde os primeiros testes. Nikolai entendeu que não podia fugir, e, com os olhos nublados pelo choro e pelas memórias dos anos de sofrimento da irmã, apertou o gatilho. Aquela era a maior prova de amor que poderia dar.

A bala atravessou o peito da mulher, rompendo órgãos e encerrando a vida bizarra que se alimentava dela. O sangue se espalhou pelo chão, mas o informante não viu nada daquilo. Levantou-se urrando de ódio, veias azuladas tomaram os cantos de seu rosto, a pele passou a brilhar num tom azul tão forte quanto o daqueles que avançavam em sua direção. Ao notar que ele havia perdido o controle, Idris deu um grito e fugiu para o outro extremo da sala, escondendo-se atrás de um dos casulos.

Rato ignorou o desespero do analista e focou sua atenção nos dois grandalhões que o encaravam com olhares intimidadores. A transformação no seu corpo continuou, alimentada pelo choque: as unhas cresceram alguns centímetros, tornando-se grossas o suficiente para romper as luvas. Avançou sobre os inimigos com toda sua fúria, eram eles os verdadeiros culpados pela partida de Irina.

O embate foi brutal. Ele arrancou pedaços de roupas e carne com as mãos nuas. Agarrou o braço forte que tentava acertá-lo e, com um giro, arremessou o inimigo por sobre um casulo, espalhando pelo chão vidro, membros humanos e água. O outro Sombra aplicou-lhe um golpe imobilizador tentando sufocá-lo, mas ele encostou o cano da arma em seu olho e atirou. A cabeça explodiu, lavando-o com sangue. Tonto e com os ouvidos zunindo, Rato cambaleou sentindo o cheiro dos cabelos chamuscados.

Não houve muito tempo para que se recuperasse: do meio dos destroços, o primeiro Sombra se levantou. Os olhos azuis se estreitaram ao verem o companheiro morto e ele avançou veloz. Rato sentiu o forte impacto no peito, expelindo o ar em meio a um gemido abafado. Caiu de costas desnorteado. Quando voltou a si, o Sombra estava sobre ele, agitando os braços grossos e acertando-lhe golpes que faziam seu corpo inteiro estalar.

Se fosse um humano comum, já estaria morto, mas contava com a maldição da névoa para protegê-lo. Endureceu os músculos e buscou concentração para sair daquela situação. Quando o punho ensanguentado veio em direção ao seu rosto, moveu a cabeça para o lado e desviou no momento exato: o golpe seria fatal, mas apenas afundou a pedra do piso. O Sombra teve certa dificuldade para puxar o braço, e aqueles poucos instantes propiciaram a libertação de Nikolai, que acertou um forte chute no abdome de seu atacante, fazendo-o rolar para trás.

Levantou-se com sangue, seu e do Sombra, escorrendo pelo nariz, ouvidos e boca, mas não se preocupou com seu estado deplorável. Partiu para cima do inimigo e agarrou seu pescoço grosso tomado por veias azuladas. Cravou as unhas na carne e apertou, rasgando pele e músculos. O estalo veio quando a traqueia foi esmagada, propiciando o puxão forte que separou a cabeça do restante do corpo. Os olhos do Sombra se reviraram, a luz azul se apagando aos poucos e dando lugar a um branco vazio. Nikolai gritou na cara do morto, atirando-o contra a parede mais próxima. Um rastro vermelho marcou o local do choque, onde os restos viraram uma pasta disforme.

Rato não tinha mais inimigos para enfrentar, mas ainda sentia apetite de destruição. A força da névoa nublava seu raciocínio, incitando um desejo assassino. Passou a descontar sua frustração nos casulos mais próximos, destruindo-os com as mãos nuas, manchando o chão com o líquido arroxeado e o sangue das cobaias que pereciam sob seus punhos. Continuaria com aquela destruição se seu olfato apurado não captasse o cheiro de medo que exalava de Idris. Virou o rosto devagar e encontrou o homenzinho correndo para fora da sala. Queria segui-lo com o ímpeto de um caçador mesmo tendo ciência de que era um aliado, não conseguia impedir seu corpo de se mover, de desejar matá-lo. O que salvou a vida do analista foi o corpo de Irina estirado no meio do caminho, a visão da irmã fez o informante titubear. Um lamento grave deixou sua garganta e as mãos imundas apertaram a cabeça. Caiu de joelhos, tremendo em rápidos espasmos. O brilho de morte que cobria seu rosto foi desaparecendo, a respiração ofegante venceu os gritos. Em pouco tempo, o monstro voltou a ser o humano de expressão devastada pelo pesar.

Ele recuperou a consciência e se esforçou para ordenar o corpo a se mover, a sair dali. Mancou até o elevador, ignorando o olhar amedrontado que o companheiro lhe lançava. O homenzinho estava tão apavorado que não percebeu a mudança em Rato, começou a socar as portas metálicas e pedir ajuda mesmo sabendo que ninguém além de Sombras e híbridos apareceriam. O informante respirou fundo antes de enfiar os dedos nas frestas da porta dupla e abri-la com a força dos braços, quebrando as roldanas e travas que a mantinham cerrada.

— Eu não vou matar você. — Fitou Idris com um olhar reprovador. — Pare de espernear, seus gritos me dão dor de cabeça.

Ao ter certeza de que não seria desmembrado pelo informante, o analista se empertigou, lutando para recuperar o tom distante e profissional. Retirou uma *grappling gun* da mochila e recolocou sua máscara. Usou as lentes especiais para dar um zoom na parte inferior do elevador, que parecia travado vários metros acima: havia uma espécie de alçapão no piso, uma saída de emergência. Ele tinha certeza de que, se conseguisse conectar seu tablet ao painel daquela máquina, seria capaz de fazê-la voltar a funcionar. Rato também cobriu o rosto antes que o outro atirasse o gancho que os levaria até lá.

— Vamos embora daqui. — Idris verificou as horas no visor de sua máscara. — Temos trinta minutos para chegar ao local de extração.

Na saída do laboratório, depararam-se com um grupo de dez híbridos. Apesar da diferença numérica, não tiveram dificuldades para derrubá-los; no entanto, a munição chegava ao fim e, se esbarrassem com algum Sombra, encontrariam sérias complicações. Assim que o último inimigo foi transformado num monte de carne, Idris apontou a direção que deveriam seguir, porém

Rato permaneceu parado, apoiando o corpo num bloco de concreto repleto de rachaduras.

— Eu não vou — falou com a voz enrouquecida.

— *Estás loco*? — o analista explodiu, olhando para os lados como se esperasse a chegada de mais híbridos. — Não há mais nada para fazermos aqui, *tu hermana* morreu!

O comentário sobre Irina causou um rápido fulgor nos olhos do informante, a testa franziu e os punhos se cerraram de maneira involuntária. Percebendo o perigo, Idris recuou apressado, com medo.

— Tudo bem, se é isso que você quer! — a voz dele era repleta de desprezo. — Fique com os monstros iguais a você, *imbécil*!

Saiu correndo sem olhar para trás, talvez receoso de um ataque depois do insulto. Nikolai, porém, manteve-se estático, apenas observando a fuga de Idris. Imaginava que Emir não ficaria nada satisfeito ao descobrir que seu especialista voltava para a Nova Superfície sem a cobaia.

Assim que perdeu o companheiro de vista, agachou-se e abriu a mochila. Retirou o último cartucho da pistola e verificou o que lhe restava de suprimentos. A perspectiva não era nada boa, mas não se deixou esmorecer: Irina havia lhe mostrado o caminho para a redenção, era por isso que continuava a viver. Apanhou um pequeno aparelho quadrado, fino, feito de metal e cristal rachado. Ele emitia um fraco bipe, e na tela havia um ponto vermelho pulsante. Era o sinal de Beca. Sua intuição se mostrou acertada ao colocar aquele rastreador na gola do traje dela, durante a discussão no metrô. Calculou o tempo que levaria para chegar até lá e torceu para que a garota e a teleportadora não decidissem se embrenhar mais pelo cemitério de concreto. Não esperava que ela o perdoasse, mas se sentia um pouco melhor ao agir de acordo com a vontade de sua falecida irmã. Chegara a hora de pagar por seus erros.

SEM
DIREÇÃO

A fuga do laboratório foi como um borrão para Beca. Observava as paredes descascadas, os casulos onde mulheres eram aprisionadas, o rosto tenso de Bug, mas não conseguia captar nada. Sentia-se vazia, como se toda sua força de vontade tivesse sido sugada. Chegando no primeiro piso, já com a máscara recolocada, saiu do edifício com a forte sensação de que não tinha mais para onde ir. Quase ignorou o tiro da teleportadora estourando o painel do elevador pelo qual subiram.

— Quero ver aqueles *hijos de puta* saírem desse buraco agora! — a jovem falou num tom irado, e em seguida notou o estado apático de Beca. — Ei, você está bem, amiga?

É claro que Beca não estava bem, talvez nunca voltasse a se sentir bem, mas não desabafaria suas mágoas ali. Anuiu devagar e se pôs a caminhar, com a intenção de se afastar daquele lugar que só lhe trouxera desilusão e sofrimento.

— Vamos dar o fora daqui.

Andaram sem direção por algumas horas, tentando em vão conseguir contato com a Nova Superfície. Seus comunicadores, sem as antenas especiais de Idris, não conseguiam ultrapassar as barreiras do véu. As provisões eram escassas, e já não havia a tenda hermética para descansarem. As coordenadas para o ponto de extração estavam com Idris, então ir até lá já não era uma opção. A situação complicada as deixou com poucas e arriscadas opções para escaparem daquele mundo sombrio. Bug sugeriu escolherem um arranha-céu que aparentasse melhor conservação e iniciarem uma subida tradicional.

Percorrer as centenas de andares daquele jeito era uma verdadeira loucura, Beca sabia disso, porém essa se mostrava a melhor forma de voltarem à Nova Superfície. Ela confiava que as habilidades especiais com as quais foram agraciadas ajudariam no percurso e diminuiriam o tempo de subida. Passaram um bom tempo analisando qual prédio deveriam escolher. Precisavam de sorte, não havia como saber se a construção escolhida seria alta o suficiente para atravessar a névoa. Além disso, ainda havia a possibilidade de se depararem com um ninho. Com as poucas balas que possuíam, isso certamente significaria o fim da linha.

Optaram por adentrar um edifício que ainda apresentava a fachada em bom estado de conservação, acreditaram que era um sinal de boa sustentação e pouca presença de inimigos. O interior da construção consistia num saguão um tanto apertado com fios desencapados pendendo do teto quebrado, balançando como cipós. Uma água escura e gelada chegava à altura das canelas, onde pedaços de destroços plásticos flutuavam sem direção. O exterior podia estar conservado, mas o restante era decrépito como todos os outros prédios.

Ao encontrarem uma cratera que levava ao andar superior, Beca preparou sua corda-gancho e atirou. Sentiu-se melhor por poder se mover daquela forma, saltando e escalando com facilidade. Chegou a uma sala totalmente revirada, com roupas velhas e rasgadas cobrindo o chão. Olhou para baixo, através do buraco, e acenou para que Bug a seguisse, entretanto, acabou se deparando com o saguão vazio: a jovem do Sindicato já se encontrava ao seu lado, dando uma risadinha atrevida.

— Da próxima vez, não gaste sua energia à toa. É só ficar do meu lado que eu subo a gente num piscar de olhos.

Beca até esboçou um leve sorriso debaixo da máscara. Ah, os teleportadores eram todos uns contadores de vantagens: confiantes demais em suas habilidades, achando-se melhores que os outros alterados.

— E onde estaria a graça nisso? — ela revidou a provocação.

— Vocês, teleportadores, são um bando de folgados mal-acostumados, isso, sim!

Foi bom descontrair por algum tempo, conversar sobre amenidades como se nada de errado tivesse acontecido. Só que, depois de mais alguns andares percorridos, a realidade voltou forte e implacável na figura de um par de esqueletos abraçados sobre uma cama com colchão ralo. Imaginar quem eram e o que sofreram antes de morrer deixou um gosto amargo na boca da garota. Pelo menos os dois partiram juntos, compartilhando suas dores. Edu não teve a mesma sorte...

Lembrar do irmão trouxe de volta a raiva, incitando-a a sair apressada daquele quarto. Socou uma parede com força, derrubando um pouco do reboco, ao imaginar que era a cara do maldito rato que a traiu, brincou com seus sentimentos. Os dedos doíam, mas ela não se importava. Notou a presença de Bug às suas costas.

— Quer parar um pouco? — a jovem perguntou.

Beca respirou fundo, tentando se acalmar. Era difícil lidar com todos os sentimentos que a consumiam naquele momento, mas conseguiu controlar o ímpeto de quebrar tudo a sua volta.

— *No* — falou com dureza. — Quanto mais cedo sairmos daqui, melhor.

Precisaram subir mais alguns níveis para perceber que escolheram o arranha-céu errado. Conforme avançavam, os cômodos apresentavam-se cada vez mais destruídos, havia sujeira no chão, dejetos que lembravam fezes. Bug se agachou na frente de um deles, tocando o monte amarronzado com dedos hesitantes.

— Está fresco — constatou, limpando a luva suja no tapete mofado. — Acho que acabamos caindo num ninho.

Olhou para os lados preocupada. O traje ocultava o cheiro, mas, se estavam mesmo dentro de uma toca, qualquer barulho poderia chamar a atenção dos bichos e causar uma tragédia. De maneira inconsciente, sua mão procurou a arma. Beca levantou o braço antes que ela sacasse a pistola, pedindo que se acalmasse. Já havia passado por uma situação tensa em um ninho de cachorros sombrios, sabia que deveriam se manter cautelosas.

— Escuta, Bug — sussurrou pelo comunicador —, não adianta nada usarmos as armas agora. *Los perros* não estão por aqui ainda e, pela quantidade de *mierda* pelo chão, nem temos munição suficiente para derrubar todos.

Ela recuou para um quarto menor e mais protegido, com apenas uma saída. Enfiou a cabeça para o lado de fora do prédio através da janela quebrada, procurando uma solução. Os cães gostavam de fazer seus ninhos em no máximo dois ou três andares, então, se pudessem pular esses níveis perigosos, talvez tivessem tranquilidade para continuar a subida por aquele edifício. O zoom na lente da máscara captou um ponto protuberante cerca de quarenta metros acima. Um plano arriscado se formou em sua mente, Beca soube na hora que a teleportadora não iria gostar.

Puxou o *grappling gun* da mochila e chamou Bug para o seu lado. Explicou de forma resumida o que pretendia fazer, e até conseguiu imaginar os olhos arregalados da companheira sob a máscara. A teleportadora estremeceu, sabendo que seus poderes não iriam ajudá-la naquele momento, não fazia ideia do que encontraria nos pisos superiores. Concordou com um aceno tímido, agarrando-se à cintura de Beca.

— Amiga, se sairmos vivas dessa, você precisa tomar um trago comigo. Sou gamada em *chicas locas*!

O disparo foi certeiro, mas fez um barulho alto que acabou chamando a atenção dos bichos que tanto queriam evitar. Em meio a rosnados e garras arranhando o chão numa corrida desenfreada, as duas pularam para fora do prédio.

Beca ligou a tração da *grappling gun* e apoiou os pés na parede. Iniciou a escalada evitando as janelas, onde vários cães se amontoavam. Um deles, mais afoito, se jogou para a morte na tentativa de abocanhar Bug. A teleportadora se segurava com força ao corpo de Beca, tendo alguma dificuldade para imitar seus passos seguros na caminhada vertical. O vento era implacável e tornava a subida ainda mais complicada.

Avançavam com passadas largas e pulos, apoiando os pés na parede do prédio a cada cinco metros superados. Os braços de Beca formigavam devido ao peso extra que carregava, mas ela não esmoreceu. As sacudidas constantes sempre traziam o receio de que a beirada da janela onde o gancho se cravara não aguentasse por muito tempo. Depois de passarem por três andares, o som dos latidos ficou mais fraco.

De repente, ao tomar novo impulso, duas mãos grossas atravessaram a janela e vieram na direção delas, agarrando os ombros de Bug com tamanha força e tão repentinamente que ela não conseguiu se teleportar. A dor a fez gritar e afastar os pés do concreto, embora ainda se segurasse no traje de Beca. A saltadora sentiu que perdia o equilíbrio e que a corda acima de sua cabeça começava a ceder. Tentou liberar uma das mãos para apanhar a pistola, mas com um único braço não aguentaria as investidas do inimigo e o peso da teleportadora.

— Bug! Pegue a minha arma! — gritou.

O Sombra que as atacava tinha ombros largos, pescoço curto e cabeça ovalada. Os olhos pequenos quase não deixavam passar a luz azul de suas retinas. Os braços poderosos que sacolejavam Beca e Bug eram repletos de veias grossas e saltadas em tonalidade ciana. A pele tinha várias rachaduras, como o solo de uma região desértica. Como os outros Sombras, ele não possuía cabelos, mas um tufo de barba permanecera no queixo pontudo dando-lhe um ar de bode. Os dedos grossos apertaram-se ainda mais nos ombros da jovem do Sindicato, causando preocupantes estalos.

Sem saber o que fazer e ignorando as orientações de Beca, a garota acabou largando sua cintura. Teria caído para o vazio se seu atacante não a segurasse. Ele manteve os braços esticados do lado de fora do prédio, como se ela não pesasse mais que alguns gramas, sacudindo-a como uma boneca de pano. Bug não podia teleportar, pois o contato inevitavelmente levaria aquele monstro com ela, então só lhe restava se debater e gritar por socorro. Antes de Beca recuperar o equilíbrio e sacar sua pistola, o Sombra cravou a mão na lateral do abdome da teleportadora. Imediatamente, Bug parou de se debater e seus braços penderam para as laterais do corpo.

Beca gritou. Em uma atitude impensada, largou a corda-gancho e saltou sobre o braço estendido do Sombra, que ainda se afundava na carne de Bug. Ela apontou o cano da arma para o rosto do inimigo e descarregou seu último pente de balas à queima-roupa. A cabeça do Sombra explodiu, manchando as lentes da máscara e atrapalhando sua visão. O corpo dele pendeu para a frente e seu braço se curvou, liberando as duas garotas no ar.

Beca se agarrou à companheira enquanto percorriam, no sentido contrário, todo o caminho feito até ali. Os andares passavam como borrões, o vento assobiava uma canção de morte. Quanto mais perdiam altura, mais a garota elevava a voz. Por um instante, temeu que não houvesse mais salvação, que morreria espatifada no cimento, mas Bug acabou dando sinais de vida. Apertou a mão no braço de Beca e gastou suas últimas energias para levá-las até a janela onde o gancho da *grappling gun* estava cravado.

Beca só teve tempo de esticar um braço, agarrando-se à beirada. Com o outro, prendeu o corpo de Bug ao seu, sentindo as juntas estalarem. O ombro doía, mas isso não a impediu de vencer a gravidade que insistia em puxá-la para baixo. Precisou de toda sua concentração para se elevar e colocar-se em segurança no piso inclinado do andar junto com a enfraquecida companheira.

Caiu de joelhos, ofegante. Quando a respiração acalmou, voltou a atenção para a amiga, assustando-se com a quantidade de sangue que se acumulava no chão. Sem pensar muito, arrancou a máscara de Bug e encontrou o rosto que antes era sempre alegre e vivo com uma palidez mortal. O canto dos lábios estava manchado de vermelho e os olhos vagueavam pelo quarto escuro, sem foco.

— Bug! Está me ouvindo? Bug? — Ela sacudiu um dos palitos luminosos que trazia na mochila e também retirou a máscara. Havia uma rachadura em sua lente, causada pela explosão da cabeça do Sombra. Não se importou em respirar a névoa, pois, se perdesse a teleportadora, não teria muitas chances de sair dali viva.

Quando iluminou o ferimento, sentiu vontade de vomitar. Deu-se conta de que não havia nada que pudesse fazer, o destino de Bug já estava selado. Havia um verdadeiro buraco à esquerda do umbigo, o cheiro era forte e nauseabundo. Desviou o olhar para o rosto da jovem, tocando-o com a ponta dos dedos. Queria falar alguma coisa, pedir perdão por colocá-la naquela terrível situação, mas não foi capaz de dizer nada, a garganta pareceu se fechar e até engolir se tornou tarefa dolorida.

Assistiu-a morrer aos poucos. As pálpebras começaram a pesar e a respiração ficou errática, sangue saiu pela boca em tosses secas. Bug fitou-a uma última vez e tirou algo do meio das vestes: entregou-lhe o terço de contas escuras que recuperara no metrô e, com um sopro de voz, pediu que ela o entregasse a Richie para provar que sua jornada até as profundezas não fora em vão. Finalmente, os espasmos cessaram, sua cabeça pendeu de lado e os olhos se fecharam.

    Beca foi tomada por um amortecimento, um frio que não tinha nada a ver com a névoa. Movendo-se com dificuldade, retirou munição, a pistola e a *grappling gun* da mochila de Bug. Apanhou também a máscara, que estava em melhor estado que a sua. Sentia-se uma saqueadora, mas precisava daquilo para seguir em frente. Colocou a mochila com os novos itens nas costas, cobriu o rosto e caminhou para longe do corpo. Não conseguiu ir muito além de alguns cômodos, a desesperança a açoitou com força, levando-a ao chão. Arrastou-se até um canto repleto de teias de aranha e agarrou os joelhos, escondendo a cabeça entre eles. Chorou não só por mais uma perda, mas também pela total destruição de sua força de vontade. Sentia-se uma morta-viva que caminhava pela névoa à espera de seu inevitável encontro com a morte. Sabia que ele não tardaria a acontecer e até começava a ansiar pelo fim daquele terrível pesadelo. Pelo menos assim poderia se reencontrar com seu irmão. A língua passou sobre a superfície metálica do implante que poderia acabar com seu sofrimento. Aquela possibilidade era tentadora, mas ela ainda resistia, morreria lutando como Gonzalo, pelo menos isso podia escolher. Na mão esquerda, segurava o terço como a mais fiel devota.

ÚLTIMA
PROMESSA

Beca perdeu a noção de quanto tempo ficou ali parada, sem vontade de se mover. As lágrimas secaram no rosto que não podia limpar, manchando as lentes da máscara, e o nariz estava entupido. Sentiu vontade de jogar sua proteção para longe. Ouviu passos ecoando no chão liso, cada vez mais próximos, e sua mão procurou a pistola de Bug, caída ao seu lado. Apontou a mira laser na direção do som esperando encontrar um Sombra ou mesmo um cachorro vindo terminar o serviço, entretanto deparou-se com a figura imunda de Rato. Havia sangue manchando o traje rasgado, a máscara encontrava-se quebrada, revelando o olho direito do informante em meio a perigosos cacos da lente. Ele tinha as mãos nuas, sem armas, e uma alça da mochila rasgara, pendendo de maneira desengonçada no ombro. Ao notar o ponto vermelho descansando sobre seu peito, elevou as mãos num gesto de rendição.

— Não atire, Beca!

Ela levou um tempo para se convencer de que não alucinava. A visão de Rato ali parecia improvável demais, a possibilidade de se vingar dele era um sonho quase inalcançável. No entanto, ao ouvir a voz rouca, foi como se recebesse um choque. Os dedos agarram-se à arma com mais força, os dentes rangeram e ela apertou o gatilho antes que ele pudesse começar a bradar mais mentiras.

O único olho aparente de Rato se arregalou ao som do disparo. A garota chegou a imaginar a bala explosiva arrancando a cabeça do miserável, sujando o teto mofado com uma camada vermelha, mas ele dobrou os joelhos com habilidade, repetindo uma cena já vista pela garota. Assim como o Sombra que ela enfrentara no dia da morte de Edu, o informante desviou do tiro de forma natural, usando seus reflexos e percepções apurados. O maldito era mesmo um monstro!

— Por favor, Beca! — ele falou exasperado. — Sei que está furiosa, mas me escute um momento! É sobre Edu!

A menção ao irmão a deixou ainda mais indignada. Como ele ousava? Como poderia ser tão falso? Os braços tremeram, ansiando por usar a pistola outra vez. Desceu um pouco o cano, desta vez mirando no estômago do desgraçado, mas não chegou a atirar. Rato percebeu que ela não o ouviria e se jogou em sua direção, arrancando a arma de suas mãos e a dominando com um golpe imobilizador.

Beca tentou resistir: socou, chutou, mas nada fez com que ele a largasse. Com um antebraço apertava o pescoço dela, sufocando-a, enquanto o outro prendia as suas mãos torcidas contra o peito. No meio do embate, Rato conseguiu soltar a trava da máscara dela, praticamente arrancando-a. Como previa, a névoa a prejudicou, diminuindo seu fôlego e permitindo que fosse dominada.

— Beca, pare! — ele falou, ao perceber que ela já não representava uma ameaça. — Eu não vou pedir perdão pelo que fiz, sei que não fará diferença. Mas saiba que me arrependo, de verdade.

— *Vete al carajo, hijo de puta*! — ela não podia feri-lo fisicamente, mas tentaria com as palavras. — Por que voltou? Para rir da minha cara? Quer ver o estrago que causou agora que *tu hermana* está nos braços da Torre? A Bug morreu e eu também vou!

Beca o sentiu ficar tenso com o comentário, a frustração e o pesar que reprimia. Talvez o plano não tivesse dado tão certo.

— Irina está morta — ele falou, sem disfarçar o quanto aquela notícia o devastava. — Seu corpo estava frágil demais, ela não aguentava mais viver. Eu tentei convencê-la, mas ela me pediu...

Beca esperava se sentir vingada com aquela revelação, mas acabou com um aperto angustiado no peito. Ficou chocada ao concluir que Rato matara a própria irmã. Colocou-se em seu lugar: se Edu lhe pedisse algo semelhante, será que conseguiria atendê-lo? Por um momento, sentiu pena do homem a quem queria odiar, e isso a deixou com raiva.

— Eu errei, Beca, fui um covarde com você e com Lion. Sei que só quer que eu lhe deixe em paz, que suma da sua frente, e eu faria isso de boa vontade se fosse para lhe ver melhor. — Devagar, ele afrouxou o aperto que a prendia. — Voltei porque Irina me mostrou um jeito de pagar por meus erros, ela me fez ver que eu ainda poderia cumprir minha promessa a você. Arrisquei tudo para encontrar você. Enfrentei Sombras e *perros*, perdi minhas armas, ganhei o ódio da Torre por não me entregar como havia combinado. Tudo para lhe dizer que agora sei onde o Edu está e que vou fazer o impossível para salvá-lo.

Um calor tomou o rosto da garota. Sentiu o mundo girar ao seu redor, só não sabia se era de exaustão ou apenas mais um efeito nocivo do véu. Não queria acreditar em Rato, as palavras dele nada mais eram do que uma repetição daquilo que lhe fora prometido antes. Ela havia caído naquela conversa uma vez e achava que já estava imune à lábia do informante, mas seu coração pareceu bater mais forte depois de ouvir o novo juramento.

Rato entendeu o abalo pelo qual ela passava, os sentimentos conflitantes que a impediam de reagir à notícia que acabara de ouvir, então fez algo que a deixou ainda mais surpresa. Libertou-a de seus braços e retirou a máscara quebrada, permitindo que ela visse seu rosto vincado pela luz esverdeada da lanterna. Ajoelhou-se e adotou uma postura de desistência, como se estivesse se entregando à vontade dela.

Na mesma hora, ela encostou a pistola no peito dele. Deveria atirar e acabar de uma vez com toda aquela farsa, mas não conseguiu. Seus olhos se encheram de lágrimas ao confirmar que se deixaria iludir milhares de vezes se fosse preciso, contanto que pudesse continuar acreditando que abraçaria Edu mais uma vez.

— Você duvida de mim com razão. — Ele a encarou com um olhar penetrante, como se lesse seus sentimentos. — Mas eu juro, Beca, pela memória de Irina, tudo o que disse aqui é verdade.

Abriu os braços, deixando claro que não tinha nenhuma intenção de afastar a arma ou reagir.

— Atirar em mim não vai mudar o que eu fiz, mas pode impedi-la de salvar o Edu. Por favor, acredite.

Ela abaixou a arma, sentindo-se péssima. A pele parecia ferver numa febre e a cabeça latejava. À sua frente, Rato soltou um suspiro aliviado, mas ela não o deixaria escapar ileso de tudo o que fez: acertou um soco certeiro em seu queixo mandando-o ao chão.

— Estou me esforçando para acreditar, *Rato* — recolocou a máscara para tentar se recuperar da tontura —, mas isso não vai me fazer esquecer sua traição, muito menos perdoar. Agora conte o que sabe.

Beca decidiu se arriscar e seguir com o informante. Ele parecia convicto de que conseguiriam resgatar Edu, com uma confiança que a garota achava um tanto suicida, mas ela não iria reclamar. A seu ver, a vida de Rato pela de seu irmão era uma ótima barganha.

Eles usaram as *grappling guns* para facilitar a saída daquele arranha-céu infestado de cachorros. Encontraram uma janela que propiciava o tiro para uma construção próxima e, com isso, fugiram de um confronto com os furiosos animais. Beca sentia-se cansada depois de quase vinte e quatro horas sem dormir, mas ainda se movia com graça pelo ar, balançando-se por entre os prédios com toda sua habilidade de saltadora. Ao seu lado, Rato não tinha tanta precisão nos movimentos, mas conseguia acompanhar seu ritmo, o que já a impressionava. Presumiu que seu lado Sombra falava mais alto naqueles momentos; só esperava não ter que lidar com um surto antes que ele cumprisse a promessa.

Passaram por várias construções, algumas tão altas que não podiam ver o topo, oculto pelo véu, outras mais modestas, lembranças de um passado no qual a humanidade preferia — e podia — viver mais perto do chão, antes dos megaedifícios e suas supostas facilidades. Depois de percorrerem quase dez quadras saltando e correndo pelas sacadas semidestruídas, uma forte chuva começou a cair. As gotas geladas tornaram a visibilidade péssima, mesmo com as lentes especiais das máscaras, e a travessia com a corda-gancho tornou-se mais arriscada, já que a água tornava quase inevitável um escorregão ou deslize. Mesmo preferindo seguir em frente, foram obrigados a parar.

Entraram em um edifício de seis andares que guardava em sua fachada resquícios de uma arquitetura histórica, com arabescos, colunas e angulações característicos de um passado quase esquecido. As longas janelas arqueadas encontravam-se incompletas, algumas furadas como isopor velho e outras completamente desprovidas de vidraça — por uma das quais Beca e Rato entraram, encontrando o interior vazio, sem sinal de móveis ou restos de vida. As pedras soltas que compunham o chão formavam amontoados de destroços e desníveis, tornando complicado caminhar ali. O teto, desprovido de tinta, chegou a tal nível de abandono que até apresentava pequenas estalactites de sujeira.

Escolheram uma coluna arredondada para se encostar. Estavam exaustos, com fome e frio. A única coisa boa foi a água ter amenizado a imundície que cobria seus corpos, mas, mesmo assim, tudo o que Beca queria era tirar aquelas roupas e dormir em frente a uma fogueira; só que fazer fogo no território dos Sombras era uma péssima ideia, e ficar sem o traje só a faria se sentir pior do que estava. Olhou para o lado e viu Rato jogado no chão, completamente acabado. Respirava de maneira errática, o peito subindo e descendo com rapidez. O olho descoberto pela lente quebrada encontrava-se fechado, os rasgos nas vestes pareciam ter aumentado de tamanho, revelando mais pele, além de alguns machucados. Como ele ainda se mantinha de pé era um mistério para a garota.

Rato pareceu pressentir que ela o observava, virou de lado e a encarou.

— Não se preocupe, não vou perder o controle. Não ainda.

Ele voltou a deitar, encolhendo-se para tentar amenizar os efeitos do frio. Como a raiva por revê-lo abrandara, Beca sentia-se curiosa o suficiente para perguntar sobre os detalhes do que acontecera no laboratório.

— Onde está Idris? Também morreu?

— Foi para o ponto de extração — Rato explicou com a voz sonolenta. — *Cobarde desgraciado,* ignorou as ordens de Emir para salvar a própria pele.

— Que ordens eram essas? — A garota cruzou os braços, incomodada por saber que a Torre tinha um plano todo elaborado com base nas mentiras contadas por Rato.

— Eu me entreguei como cobaia para eles. Em troca de protegerem Irina, eu mostraria todos os segredos do laboratório dos Sombras e depois deixaria que me analisassem, que me dissecassem, se quisessem — ele falava como se aquilo fosse a decisão mais natural do mundo.

Beca mordeu o lábio, refletindo que todos os sacrifícios feitos pelo informante para garantir a proteção de Irina, no fim, não valeram de nada. Queria sentir um senso de justiça naquele triste acaso, mas só concluiu que o destino sabia ser cruel.

— O acordo não vale de nada agora — comentou ela. — Mas, se você voltar para a Nova Superfície, a Torre não vai deixá-lo em paz.

— Sei disso, mas não acredito que vou conseguir retornar. — Rato se remexeu procurando uma posição mais confortável para se deitar, mas o chão duro e esburacado não ajudava. — Não se preocupe, você e Edu serão resgatados, isso garanto pela memória de Irina.

Beca até pensou em perguntar como ele podia fazer aquele tipo de promessa se a comunicação com Lion ou qualquer outra pessoa acima do véu se tornara impossível depois da fuga de Idris, mas engoliu suas palavras. Ficou impressionada com o profundo conformismo que o envolvia quando falava do próprio futuro. Ele parecia crer que não tinha mais salvação. Beca não sabia dizer se sentia pena ou admirava aquele comportamento diante da morte certa. Sem compreender os próprios sentimentos e cansada demais para realizar qualquer tipo de vigia, ela virou de costas para ele e se deixou vencer por um sono que a lembrou da perda de Bug e Gonzalo.

Foi acordada com um leve toque no ombro, mas quase sofreu um ataque do coração achando que um Sombra cravaria suas garras nela. Sentou-se de maneira abrupta sacudindo os braços e pernas, tentando afastar seu atacante imaginário. Apenas quando ouviu a voz conhecida deu-se conta de onde estava. Olhou para os lados para garantir que o prédio antigo permanecia seguro, sem ninguém além dos dois, e só então soltou a respiração e encarou o informante — que tinha tratado de se afastar alguns passos temendo que ela descontasse nele seu breve descontrole.

Beca ficou um tanto envergonhada com seu comportamento. Levantou-se devagar, esticando os membros doloridos e derrubando uma fina nuvem de poeira que se acumulara sobre as roupas. A chuva havia parado, mas o frio parecia ainda mais forte. Estremeceu, sentindo-se fraca. Ajeitou a mochila no ombro e, sem falar nada, caminhou rumo à saída, com Rato a seguindo em silêncio para grande alívio da garota: preferia que ele a ignorasse do que tentasse ser seu amigo.

A cidade em ruínas ficou ainda mais desolada depois daquele temporal. Água escura cobria os buracos, alguns rebocos dos prédios, já exauridos pelo tempo, não aguentaram a força do vento e foram ao chão, deixando as construções ainda mais nuas. Eles decidiram continuar o percurso a pé, pois não podiam confiar que as paredes molhadas aguentassem um novo passeio de *grappling gun*. A caminhada ficou mais lenta, havia pontos em que as ruas se transformavam em verdadeiros riachos.

Com água até a cintura, Beca e Rato seguiram para o sul, adentrando cada vez mais em território inexplorado. O informante não sabia explicar muito bem a exata localização de Edu, mas garantia que as visões de oráculo transmitidas por Irina o guiavam. Naqueles momentos, a garota se sentia tola por estar acompanhando um notório mentiroso com base em tão poucas informações, começava a acreditar que a exposição à névoa afetara a sua capacidade de julgamento. Deixaram a área alagada e passaram a subir pelos destroços de um viaduto.

    Beca ficou matutando sobre sua burrice, um tanto alheia aos arredores e ao comportamento do informante: já havia ido tão longe, desistir daquela aliança não era mais uma opção. Se no final aquela jornada se revelasse mais uma armadilha de Rato, saberia o que fazer com ele. Apertou com firmeza o cabo da pistola para não se esquecer disso.

    Estava tão concentrada que só notou a parada inesperada do companheiro quando esbarrou nas costas dele. Preparava-se para reclamar e empurrá-lo para o lado, mas se calou ao avistar, alguns metros abaixo do viaduto, uma construção piramidal muito semelhante à que guardava as mulheres geradoras. Esta, porém, possuía algumas diferenças: como uma teia escura, vários cabos de energia se fixavam no topo do edifício vindos de quatro enormes postes localizados nos cantos da estranha pirâmide. Luzes azuladas percorriam a extensão dos grossos fios condutores, dando um ar fantasmagórico ao ambiente nevoento. Pelo visto, aquele laboratório demandava bastante energia.

    Diante daquele novo bunker, Beca começou a acreditar que chegara mesmo ao local onde seu irmão era aprisionado. O coração bateu forte no peito, ao passo que um tremor involuntário enfraqueceu suas pernas. Depois de tantas perdas, tanta dor, finalmente se encontrava perto de alcançar seu maior objetivo. "Estou chegando, Edu. Por favor, resista." Por seus instintos, ela invadiria aquele lugar derrubando todos que se colocassem em seu caminho, mas ainda lhe restava razão suficiente para não fazer aquilo, estavam praticamente desarmados.

    — Eles já devem saber o que aconteceu no outro laboratório, vai ser mais difícil conseguirmos entrar aqui — disse Rato, encarando-a com o olho descoberto que já brilhava como os fios condutores da pirâmide. — Eu vou na frente e você me dá cobertura. Se algo der errado, deixe que eu cuido dos Sombras.

Ela anuiu, segurando com força a pistola.

— Essa aí é nossa única arma com balas. — Ele retirou a máscara e depois puxou o capuz, revelando um rosto tomado por veias, como uma verdadeira teia azulada, e os cabelos molhados de suor. — Terei que usar as mãos.

Beca se assustou com a mudança na aparência dele. Estava muito pior que no dia de sua crise no bar Fênix. As unhas cresceram, parecendo-se com crostas sujas, os braços ficaram mais grossos, as veias inchadas estavam cada vez mais realçadas. Não fazia ideia de como ele conseguia se manter no controle, mas, mesmo apavorada com aquela transformação, acreditava que teria mais chance de salvar Edu com um monstro como aliado.

— Você tem certeza de que vai conseguir se controlar? — precisou perguntar.

— Se não pirei até agora, acho que posso resistir por mais algumas horas.

Ele tentou passar segurança, mas a garota conseguiu sentir o pavor oculto em suas palavras. No entanto, não havia nada que pudesse dizer ou fazer, aquela era uma luta que não lhe dizia respeito. Engatilhou a arma e respirou fundo, concentrando-se na difícil tarefa que teria pela frente.

— Dê o seu melhor, Nikolai. — Considerou que deveria chamá-lo pelo verdadeiro nome, para lembrá-lo de que no fundo ainda era humano. Gostou da emoção que viu no rosto dele: olhos arregalados de surpresa e um calor que há muito o deixara. — Você me deve isso.

GRAVAÇÃO SECRETA 3.544

Ano 53 depois do véu.
Relato de Emir sobre os momentos derradeiros da missão de resgate.

Idris retornou sozinho. Trouxe materiais interessantes sobre os híbridos, mas perdeu nossa principal peça: o informante. Senti tanta raiva que quase perdi a compostura e o ataquei, ele sabia bem que sua missão era manter Rato comprometido!

Para piorar, a tal irmã morreu. Perdemos nossas melhores cobaias, os segredos delas! Estou frustrado ao extremo. A missão se mostrou cara e gastei equipamentos especiais para nada!

Quanto a Rebeca e à teleportadora, não sei se estão vivas ou mortas. Lion exige que procuremos sua filha, mas não posso fazer nada. Mantenho-o preso em uma cela enquanto avalio minhas opções. É uma pena que um plano tão promissor tenha terminado da pior maneira possível.

Os Sombras venceram mais uma vez.

ARMADILHA

A porta do bunker encontrava-se aberta, como se aguardasse a chegada dos invasores. A bruma ficou mais densa ao redor da construção, dificultando a visão e aumentando a sensação de que algo se escondia. A dupla avançou com cautela, arma em riste e olhos atentos aos arredores. O interior do laboratório estava igualmente deserto e silencioso. Cabos luminosos percorriam as paredes seguindo um caminho linear até o fundo do saguão, onde o único elevador esperava com luzes piscando. A energia que percorria os finos sulcos condutores causava um fraco zumbido vindo do subsolo, era como um enxame de insetos adormecidos que a qualquer movimento ou visita inesperada despertaria em uma fúria incontrolável.

Beca não gostou do ambiente, parecia mais hostil que o da outra pirâmide. Mesmo com o traje, ela se sentiu mal ao entrar ali. Nikolai se mostrou da mesma forma: deu um gemido abafado como se perdesse o ar por alguns instantes, o rosto se contorceu e uma camada brilhante de suor surgiu em sua testa.

Outro fato que a incomodava bastante era a total ausência de vigilantes. Nem mesmo os híbridos andavam por ali, parecia que o local se encontrava fora de uso ou que os Sombras simplesmente não se importavam em mantê-lo seguro. Enquanto caminhava, Beca sentia como se estivesse prestes a cair na boca de um predador disfarçado. Segurou a pistola ainda mais forte, esperando um ataque surpresa a qualquer momento. Entraram no elevador sem nenhum impedimento. Rato focou sua atenção no painel: assim como o do laboratório anterior, possuía cinco botões. Não precisou pensar muito, apertando o número dois. Irina havia dado todas as direções.

Quando a porta dupla se fechou, Beca teve a nítida sensação de que era engolida. Se o elevador era a boca, agora ela descia para o estômago da fera, que a devorava com o seu próprio consentimento. A respiração de Nikolai ficou entrecortada. Ele estremecia de tempos em tempos, fechando as pálpebras com força. A garota temeu que ele não aguentasse a pressão, mas, quando o questionou, recebeu uma resposta curta: que não se preocupasse. O que ela via, porém, a alarmava, e muito. Quanto mais desciam, mais ele parecia sofrer.

A abertura das portas duplas revelou um ambiente cinza com luzes fluorescentes no teto. Beca se deparou com corredor e portas muito parecidos com os do bunker das geradoras, entretanto em cada uma das salas, em vez de vários casulos contendo as prisioneiras, camas metálicas em cujo topo havia uma dezena de tubos e cabos, quase como tentáculos. Os sequestrados, porém, não estavam em lugar algum, desaparecidos das macas onde deveriam sofrer os testes.

Nikolai franziu o cenho, intrigado com aquela visão. Olhou para todos os lados como se esperasse alguém aparecer para lhe dar uma explicação.

— Eu não entendo... — falou, perplexo, correndo para outra sala apenas para confirmar que também estava vazia.

O tom de voz provava que o desconcerto era legítimo, mas Beca sentiu-se novamente traída. A frustração de mais uma vez chegar tão perto e perder o rastro de Edu a deixou furiosa. Não hesitou em apontar a arma na direção do companheiro:

— Onde está o Edu?

Nikolai se virou para fitá-la, as mãos deformadas coladas ao corpo, sem nenhuma menção de revidar aquela ameaça. O rosto afetado pelo véu acumulava angústia e confusão.

— Beca, eu não sei o que aconteceu, as visões de Irina apontavam para este lugar. Juro!

A garota sentiu o ímpeto de apertar o gatilho, de estourar a cabeça daquele informante, porém algo em seu olhar a impedia de seguir o instinto de vingança. Ele havia arriscado tanto, praticamente sua humanidade, para chegar até ali que uma nova mentira não fazia sentido. Com dificuldade, baixou o braço.

— O que faremos agora? — perguntou, rezando para que ele tivesse outro plano.

Não houve tempo para o outro formular uma resposta. De maneira inesperada, as centenas de cabos sobre as macas metálicas começaram a se sacudir, cuspindo por seus orifícios uma espessa fumaça branca. Ao ver a cena, Rato arregalou os olhos e correu na direção da porta, que se fechou com um grande estrondo. A garota bem que tentou impedir que a saída fosse trancada, mas chegou tarde demais.

O gás saindo pelos tubos não a afetava graças à máscara, mas derrubou Nikolai em poucos instantes. Ele cambaleou, apoiando-se nas camas, sem saber o que acontecia com seu corpo. Três Sombras apareceram de alçapões ocultos nos cantos da sala. Com rapidez, cercaram Rato e o imobilizaram, prendendo seus braços para trás enquanto o arrastavam pelo chão.

Acuada, Beca desferiu alguns tiros sem direção, tentando manter os inimigos afastados, entretanto, não tinha munição suficiente e, muito menos, um plano de fuga. Dois Sombras avançaram sem pressa. A porta às suas costas se abriu, quase derrubando-a no chão. Ela sentiu o peito largo do inimigo tocar seus ombros e, sem tempo de se virar para buscar proteção, levou um safanão na altura da orelha que a deixou zonza. A máscara se desprendeu com o conhecido zunido, voando para longe. O capuz foi arrancado com um puxão forte, levando um tufo de cabelos consigo. Com o gosto de sangue tomando sua boca, ela pensou que seria morta naquele instante, então percebeu que as mãos não se fixavam em seu pescoço, puxavam-na para cima. Foi levada carregada para o elevador. A fumaça que se viu obrigada a respirar enfraqueceu-a com mais rapidez do que fez com Rato: ficou inconsciente antes que pudesse ver o que se escondia no nível inferior.

Voltou a si ao ser sacudida pelos ombros. As articulações reclamaram enquanto os olhos buscavam foco. Quando se recuperou, deparou-se com o rosto do Sombra bem perto do seu, analisando-a com um olhar indiferente. Ao perceber que tinha a atenção dela, ele a puxou pelo cabelo em direção aos demais companheiros. Ela se segurou no braço do Sombra, tentando evitar que ele arrancasse seu couro cabeludo, e observou melhor o local onde fora aprisionada. Era uma espécie de redoma de vidro suspensa no teto de pedra e com piso metálico. Elevava-se a cerca de quatro metros no amplo saguão subterrâneo, pairando sobre dezenas de contêineres brancos de onde saíam vários cabos. Rato estava amarrado em uma das quatro cadeiras de ferro que compunham o ambiente, cuspindo muito sangue. Seu rosto deixou de ser uma teia de veias azuladas para se transformar num amontoado de hematomas. Encontrava-se sem a parte superior do traje, deixando à mostra todas as tatuagens e marcas da névoa, que pararam de brilhar. Um estranho disco metálico fora cravado em seu peito, na altura do esterno, emitindo uma luz vermelha que parecia controlar os efeitos nocivos do véu. Ele estremeceu ao notar a aproximação de Beca, apavorado que ela sofresse a mesma violência que lhe fora imposta.

Antes que os Sombras fizessem algo, o barulho da porta metálica se abrindo chamou a atenção de todos. Do corredor de vidro que ligava aquele ambiente elevado ao restante do complexo surgiu alguém que reacendeu as esperanças de Beca de sair viva daquele bunker. Um homem vestindo um uniforme militar adentrou a sala com passos seguros, tinha o rosto coberto por um capacete completamente preto com uma única lente vertical cromada que tomava toda a extensão da face. O barulho de sua respiração soava alto naquele ambiente fechado, semelhante aos roncos de uma fera adormecida. A lente refletia a luz fluorescente, permitindo que a garota visse o próprio reflexo assustado. Um fuzil descansava no peito do homem sustentado por tiras de fibra. Ao notar a arma, ela deu um passo para trás esperando que o desconhecido atacasse os Sombras que a mantinham cativa. Seu primeiro pensamento foi de que o estranho pertencia à Torre e havia descido para resgatá-los: "Ele deve ter vindo por insistência de Lion. Sabia que ele não me deixaria na mão!". No entanto, ao notar a total apatia de seu pretenso salvador e o intenso respeito com o qual os Sombras o observavam, suas esperanças foram esmagadas dando lugar ao pavor. Bem preso à cadeira, Rato encarava o recém-chegado como se também não acreditasse no que seus olhos registravam.

— Vocês deram bastante trabalho — a figura misteriosa falou. Mesmo com a voz distorcida pelos alto-falantes da máscara, o tom zombeteiro não pôde ser ignorado. Aproximou-se da garota, observando-a de cima a baixo, para em seguida focalizar o informante. — Confesso que fiquei espantado quando soube da destruição no nosso bunker de geradoras.

Ouvi-lo falar causava arrepios, era como se Beca estivesse diante de um ser sobrenatural, alguém que não conseguia compreender. Sua mente girava procurando explicações para aquela presença tão inacreditável. Olhou para o informante, desesperada por alguma resposta, mas ele mal prestava atenção nela. Seu olhar apavorado não se desviava do interlocutor, que agora fazia menção de tirar o capacete.

Satisfeito com o pavor que causava nos prisioneiros, o homem cessou seu movimento e acabou mudando de ideia. Levantou o braço e gesticulou para que os Sombras imobilizassem Beca. Os monstros a forçaram a sentar em uma cadeira metálica e a prenderam com amarras semelhantes às de Rato; ela até tentou resistir, mas não era capaz de lutar contra os quatro. Em seguida, o estranho acenou outra vez, mandando-os embora, e eles deixaram a redoma rapidamente, plantando-se na frente da porta como bons cães de guarda. Aquela obediência chocou a garota: afinal, o que estava acontecendo ali?

— Acho melhor conversarmos com um pouco de privacidade. Particularmente, não gosto do cheiro dos supersoldados.

A forma casual como se referiu aos Sombras deixou Beca em alerta.

— Quem é você? — perguntou trêmula.

O homem chegou tão perto que Beca pôde ver as poucas ranhuras no capacete e a qualidade de seu uniforme militar. O fuzil era brilhante e bem preservado, algo impossível de se encontrar na Nova Superfície, mesmo entre o equipamento da Torre.

— Eu sou Legião — ele respondeu com orgulho, retirando o capacete que cobria sua cabeça. Revelou um rosto de pele branca e bem cuidada e os cabelos curtos, raspados bem rente à cabeça. Aparentava estar na casa dos quarenta anos. Pequenos olhos azuis brilhavam, desafiadores. — Um dos salvadores da humanidade.

Aquele que se intitulava Legião puxou uma cadeira para si e se sentou, cruzando as pernas numa posição ereta e cerimoniosa.

— O choque de vocês é compreensível — com voz suave e melódica, apesar de usar o mesmo idioma, falava de maneira formal, sem o característico sotaque da Nova Superfície. — Imagino que há muito tempo não veem um homem de verdade, que não pertence àquele pequeno zoológico que montaram lá em cima.

Os dedos de Beca se apertaram, a sensação de que estava deixando passar algo muito importante se intensificou. Ao seu lado, Rato se sacudiu com violência, tentando se libertar a todo custo.

— O que quer, *desgraciado*? — gritou. — De onde veio?

A irritação do informante não afetou Legião, que o encarou com uma expressão gélida.

— Sempre dando trabalho, Nikolai...

Ouvir o nome de Rato pronunciado pelo estranho foi chocante, ele e Beca ficaram imóveis. Legião prosseguiu no mesmo tom calmo.

— Sim, conheço seu nome, sei mais do que imagina. Afinal, você era nossa cobaia mais promissora...

Rato soltou um grito exasperado, forçando as amarras até os pulsos derramarem sangue no chão. As feridas, porém, não o impediram de continuar se sacudindo até a cadeira balançar de um lado para o outro, pronta para cair.

— Você fez isso comigo, *hijo de puta*? É o responsável por esses testes?

O homem levou a mão ao queixo, observando o descontrole do outro com indiferença.

— Eu não fui o responsável por seus testes, Nikolai, mas acompanhei de perto o seu desenvolvimento. A Legião tinha grandes esperanças em você.

"O que é Legião?", Beca se perguntou, tentando desvendar o mistério que o maldito estranho fazia questão de prolongar. Aquele não era o nome de uma pessoa, mas de um grupo, uma organização que parecia bastante poderosa. Lembrou-se da afirmação do homem de que era um dos salvadores da humanidade e se perguntou como alguém com ligações com os Sombras podia se considerar um benfeitor. Seu olhar de nojo deve ter ficado evidente, pois o homem desviou a atenção do furioso Rato para encará-la. Moveu os lábios para falar, mas os brados do informante o deixaram irritado. Levantou-se de pronto e sua aparência calma se transformou em instantes.

— Chega de escândalos. — A mão agarrou os cabelos suados do prisioneiro, puxando sua cabeça para trás. O punho livre o socou no peito, bem em cima do disco metálico que parecia suprimir seus poderes. Rato soltou um silvo quando foi obrigado a expelir o ar, curvando-se para a frente e parando de se mover. Os olhos se reviraram e a boca cuspiu saliva. Em seguida, caiu de lado, levando a cadeira consigo. Ele poderia ser considerado morto, não fosse o movimento constante de seu peito nu e os olhos arregalados, em transe.

Beca ficou impressionada com a forma como Nikolai foi praticamente mandado a nocaute com apenas um soco, mas também sentiu uma sacudida em sua apatia. Comprimiu os lábios, certa de somente uma coisa: aquele homem era perigoso e traiçoeiro.

— Não gosto desse seu olhar — Legião falou, recuperando o tom calmo de antes. Limpou as mãos no traje e afrouxou o colarinho, deixando à mostra o pescoço pálido. Aquela mudança de atitude desnorteava a garota.

Ele se afastou do informante catatônico e parou bem em frente a Beca. Sua presença bastava para intimidar, nem precisava do fuzil pendurado em seu pescoço.

— O que vieram fazer aqui embaixo? Qual o objetivo de invadir nossas instalações? — perguntou.

Beca se esforçou para não demonstrar receio. Ergueu o queixo e encarou a face pálida de seu interrogador, desafiando-o:

— *Vete al carajo*!

Os olhos azuis de Legião se estreitaram num único sinal de desagrado. Meneou a cabeça em negação, como se não estivesse satisfeito com a atitude da garota.

— Esse linguajar medonho é bem típico da sociedade selvagem na qual vive, com a podridão do passado escuro da humanidade ainda entranhada em seus costumes. Não quer cooperar, tudo bem... Veremos quanto tempo pode aguentar.

Beca estufou o peito, resistindo à intimidação.

— Eu não tenho medo dessa Legião de *mierda*! Alguém que trabalha com os Sombras, que os ajuda a realizar esses testes horrendos, só merece o meu desprezo! Pode me torturar, não vai saber nada por mim!

Ele demonstrou irritação, como se tivesse acabado de ouvir um grande absurdo.

— Garota tola! Não ouse insultar a Legião. Não trabalhamos com os seres que chama de Sombras, a verdade é que eles trabalham para nós.

No momento em que a humanidade se deu conta de que a névoa significava o fim, de que continuaria matando pessoas e instaurando o caos, a questão que tanto maltratava bilhões de almas era: Por quê? Por que o mundo estava acabando? Por que famílias se desfaziam, cidades desmoronavam e corpos se amontoavam no chão? Muitos tentaram responder, mas não houve tempo. A origem do véu permaneceu desconhecida, por isso cada sobrevivente inventou a própria crença. Alguns acreditavam em castigo divino, outros pregavam teorias fantasiosas. Não havia consenso além do que viam todos os dias através de suas janelas: o apocalipse era real.

Quando Beca nasceu, os sobreviventes já conviviam com a névoa há trinta e três anos. Aos poucos, as memórias do que a humanidade um dia fora se apagaram, afundadas sob toneladas de escombros. Os porquês já não importavam diante da luta diária para se manterem vivos. No entanto, lá no fundo, no âmago de cada um que ainda respirava na Nova Superfície, a ausência de justificativas causava uma inquietação constante, um sentimento de estar parado no tempo, de agir sem propósito claro, sem sonhos ou futuro. Com a garota não era diferente: mesmo que evitasse pensar muito no assunto, as perguntas vinham atormentá-la, quase sempre na hora de dormir, quando a mente agitada demorava a se juntar ao corpo cansado. Nesses momentos, ela sentia um forte aperto no peito, uma angústia diante do desconhecido, do inexplicável. Era quase como imaginar o momento de sua morte, sentindo a esmagadora sensação de que o tempo é implacável, prova de que cada indivíduo não passa de poeira diante de um universo muito maior.

Ao ouvir as palavras do homem que se intitulava Legião, sua afirmação de que os Sombras — ou supersoldados, como ele os chamava — eram seus escravos, suas criações, Beca foi tomada por uma sensação semelhante à que a transtornava nas noites de insônia. Sentiu-se diminuta, insignificante, diante de uma horrenda verdade.

Havia orgulho na face do estranho, como se fosse uma grande honra falar dos atos da Legião, deixar suas questões de lado para "iluminar" a mente impura que só naquele momento começava a entender as engrenagens que mantinham seu mundo em movimento. Agachou-se diante de Beca e molhou os lábios antes de continuar a falar. A devoção pelo grupo que representava ficou bem clara em suas próximas palavras:

— As pessoas só se interessavam por dinheiro, esquecendo suas raízes e crenças. ULAN, UE, ASIAN, UNA: as siglas podiam ser diferentes, mas o propósito continuava o mesmo. A desigualdade desenfreada, as megalópoles que amontoavam almas gananciosas e violentas, o lixo que as indústrias cuspiam, tudo isso comprovava que esse modelo de vida não passava de uma praga. A Legião nasceu com o intuito de exterminá-lo, de trazer um futuro para a humanidade, que se tornava cada vez mais selvagem e bruta.

Beca engoliu em seco, sentindo a garganta apertar. As mãos seguraram o ferro gelado da cadeira até as extremidades dos dedos perderem a cor. As informações que todos tanto almejaram finalmente vieram, mas a garota daria tudo para se manter na ignorância. Saber que os próprios humanos poderiam causar tamanha desgraça ao seu planeta, aos seus irmãos, fazia com que sentisse vergonha, raiva e desespero.

— Vocês criaram a névoa? — cuspiu aquelas palavras com nojo. — Vocês mataram bilhões de pessoas?

Aquela interrupção não foi bem-vista pelo interlocutor. Ele levantou a mão com rapidez, acertando um tapa no rosto dela. Os olhos gelados ficaram mais cruéis.

— Nós salvamos o mundo! — falou com uma fé inabalável. — A névoa, como você chama, não foi criada pela Legião. Era uma arma incrível, muito mais eficiente que bombas atômicas ou biológicas, desenvolvida por um dos antros de corrupção que pretendíamos destruir. Achamos justo exterminá-los com sua própria obra. Sabe, muitos falaram que nanomáquinas seriam o futuro da ciência militar, e acabou que estavam certos.

Nanomáquinas? O conceito era quase desconhecido para Beca. Ouviu com assombro a breve explicação de que o véu, na verdade, era um amontoado de gases que carregavam máquinas moleculares. Estas invadiam os corpos pelas vias respiratórias e pela pele, cessando as funções vitais após vinte e quatro horas de exposição total, tempo necessário para que uma quantidade certa realizasse a contaminação.

— Tal tecnologia foi imaginada inicialmente para desenvolver guerreiros perfeitos, com força e disposição para invadir os territórios que resistiam à anexação dos blocos. No entanto, o potencial das nanomáquinas logo foi descoberto e o alto risco fez com que a ideia fosse descontinuada. Anos depois, ao obter mais informações sobre o projeto, a Legião decidiu adotá-lo, e uma arma de destruição em massa foi criada. — Falar das especificidades do plano dos legionários claramente o agradava, sentia-se superior. — Nossos líderes logo perceberam que podiam ter os dois lados da moeda na mesma arma, era apenas questão de programação, de dizer às máquinas o que queríamos que fizessem. Assim, uma pequena porcentagem dos infectados virou nossos supersoldados, ou, se preferir, os seus Sombras.

Ele voltou os olhos brevemente para o informante, que continuava imóvel.

— Outros foram criados anos depois, uma tentativa de melhorar os soldados que já tínhamos. Pena que se mostraram tão instáveis e intratáveis.

— *És loco*! Não acredito nisso! Por que destruir o mundo se a névoa também mataria os seus homens?

— Você não ouviu nada do que eu falei, idiota? Acha mesmo que usaríamos uma arma à qual não somos imunes? — De maneira inconsciente, ele levou a mão até o lado esquerdo do pescoço, e Beca percebeu que ali havia uma marca circular recente com pequenos furos avermelhados. — Os legionários vivem sem medo da névoa. Somos puros e fortes, resistentes às nanomáquinas!

Legião falava com a crença cega de que era superior, um escolhido para guiar os homens. Tão perfeito que nem o véu o afetava. Chocada com as afirmações, Beca já estava cansada de ouvir aquela voz odiosa, cansada da satisfação que via nos olhos de seu carcereiro. Aproveitou a distração dele para atacá-lo com uma cabeçada certeira. Ele cambaleou para trás, com a mão segurando o local atingido, mas se recuperou depressa.

— Você deveria me agradecer. Saber da Legião e de como salvamos o mundo é uma grande honra. — Limpou o sangue que escorria pelo nariz. — Nunca será como nós, mas pelo menos teve a chance de saber da verdade.

Como não podia se mexer, Beca bradou impropérios, gritando tão alto quanto sua garganta ressecada permitia. Aquele homem era completamente louco, acreditava piamente que as mortes causadas pela névoa foram justificadas, e isso a revoltava.

— É assim que o seu grupo doente se considera heroico? Violando homens e mulheres? Transformando-os em monstros? Onde está a humanidade que tanto queriam salvar?

Ele chegou bem perto, soprando a respiração quente sobre o rosto de Beca. Os olhos azuis bem abertos pareciam querer registrar cada reação ao que seria revelado a seguir.

— Ela está no último retiro, no local onde os homens largaram os vícios e reaprenderam a viver. — Seu sorriso genuíno deixava evidente a paixão por tal lugar. — Está em La Bastilla, o paraíso criado pela Legião.

Beca perdeu o fôlego. Sempre desejou encontrar um refúgio, um local livre do véu melhor do que a Nova Superfície. La Bastilla. A palavra ecoava em sua mente, o significado pesando. La Bastilla. Às vezes, enquanto ouvia as transmissões da Torre, torcia para que um grupo pudesse ter encontrado paz e segurança nas montanhas, que houvesse um lugar onde as pessoas recomeçariam suas vidas. La Bastilla. Aquele local realmente existia, afinal, mas fora erguido à custa de muito sangue e dor. La Bastilla. Uma fortaleza apenas para escolhidos. Somente para assassinos. Aquela constatação pavorosa pareceu apagar suas últimas faíscas de resistência. Ela não se mexeu quando os quatro Sombras retornaram à sala, nem tentou escapar ao ser desamarrada. Sentiu seu corpo ser arrastado para fora da redoma, rumo ao desconhecido, mas não protestou. Não havia mais nada pelo que lutar.

NAS MÃOS DA LEGIÃO

Junto com Rato, Beca foi levada para uma das salas de testes. Os Sombras a jogaram sobre uma mesa metálica, prendendo seus membros em grilhões apertados. As placas da armadura sintética de seu traje foram arrancadas com fortes puxões. Com uma faca, fizeram um rasgo na roupa na altura do abdome, revelando a pele arrepiada. Ficou completamente nua. Um deles pousou um aparelho esquisito sobre seu ventre, fazendo-a sentir um calor que quase queimava: era uma espécie de cilindro plástico cinzento afixado em um dos vários cabos que saíam do teto. O Sombra o movia de um lado para o outro, como se estivesse procurando algo no interior da garota. Legião se mantinha afastado, de olho em uma tela que brilhava com imagens indecifráveis. "Aquele é o meu corpo?", Beca se perguntou, lutando para não demonstrar o quanto a visão a incomodava. Depois de um tempo, a sensação se tornou insuportável e ela gritou, angustiada. Não sabia o que aqueles monstros faziam, mas sentia-se invadida.

Quando o procedimento acabou, foi deixada de lado. Os Sombras passaram à mesa onde o informante jazia imóvel e pareceram repetir o processo, só que desta vez o aparelho deslizava sobre as marcas causadas pela névoa. Enquanto eles também o analisavam, Legião se aproximou da garota acenando positivamente com a cabeça.

— Você será uma ótima geradora — falou, como se aquele horror fosse um grande presente —, é muito forte e saudável.

As palavras a deixaram atônita. Sentiu o medo traçar caminhos gelados por sua espinha. Nem que precisasse morder a língua, afogando-se no próprio sangue, permitiria que aquele desgraçado a transformasse numa procriadora.

— Deveria se sentir honrada. Apesar de ter sido criada na selvageria, ainda vai cumprir seu papel — ele esboçou um sorriso. Passou as mãos pelos cabelos suados da garota.

Mesmo enfraquecida, Beca se remexeu, forçando os grilhões que a prendiam. Não ouviria mais absurdos calada.

— Pegue esse papel e enfie *en tu culo*! Prefiro morrer, *hijo de puta*!

— Logo verá que ser mãe de um dos nossos operários é o melhor que poderia lhe acontecer. — Ignorou os xingamentos e puxou novos cabos e aparelhos pontiagudos. — A verdade é que você nasceu para isso.

Os testes continuaram por mais uma hora. Sangue foi retirado, além de pedaços de pele e amostras de saliva. Presa por amarras metálicas, Beca não podia fazer nada a não ser torcer para que aquele horror acabasse logo. Ela nunca se sentiu tão indefesa, incapaz de controlar os rumos da própria vida. As picadas na pele doíam, mas a pior ferida estava em seu espírito, subjugado pelo odioso homem.

Uma intravenosa lhe foi aplicada. A substância que correu por seu corpo a deixou zonza, a cabeça leve e rodopiante. A voz de Legião se tornou a única coisa que prendia sua atenção, quase como um canto hipnótico. As perguntas que ele lhe fez, pedindo detalhes sobre a Nova Superfície e os homens que a controlavam, não puderam ser ignoradas. Ela queria resistir, manter-se calada, mas as palavras se esgueiravam por seus lábios, incapazes de serem contidas. Revelou segredos profundos, falou do irmão, da relação conturbada com Lion e da perda traumatizante dos pais biológicos. Por fim, quando o interrogador se afastou com material e informações suficientes, os sentimentos de traição e fraqueza dominavam seu corpo.

Os Sombras e seu comandante deixaram o pequeno cômodo sem olhar para os prisioneiros, fechando a grossa porta de ferro com um digitar de código no painel externo. Um forte enjoo quase fez Beca vomitar, mas não havia nada em seu estômago que pudesse expelir. A sensação de tontura causada pela droga injetada demorou a passar, fazendo-a perder a noção do tempo. Quando a mente clareou um pouco, ouviu a voz de Rato, que chamava seu nome de maneira insistente. Com esforço, virou o rosto de lado e o viu deitado na cama, também nu. Ficou horrorizada com sua aparência. Os hematomas incharam, o peito recebeu vários cortes diagonais sobre as marcas da névoa e as mãos ensanguentadas já não possuíam unhas.

— O que eles fizeram com você? — ela perguntou num sussurro assombrado.

— Garantiram que eu não fosse uma ameaça — respondeu ele, mais preocupado com o estado dela do que com as próprias chagas. — Como se sente? Aquele *desgraciado* machucou você?

Beca se esforçou para não se lembrar dos testes, ainda assim estremeceu de maneira involuntária.

— Estou bem — desviou o olhar e se esforçou para que a voz soasse segura. Fitando o teto liso e arqueado da sala, refletiu sobre a situação na qual se encontrava. Precisava escapar daquelas amarras, encontrar Edu, fugir daquele bunker e voltar à Nova Superfície. Já não era apenas a vida de seu irmão que estava em jogo, as pessoas tinham que saber sobre La Bastilla e sua famigerada Legião. — Temos que sair daqui.

— Nossa situação não é das melhores. Se ao menos eu conseguisse tirar esse disco do meu peito, as marcas voltariam a se manifestar... — Ele deu uma risada amarga. — Nunca pensei que um dia desejaria me transformar.

A garota não via graça naquela triste ironia. Na verdade, diante de tantos horrores descobertos, achava que nunca mais conseguiria sorrir. O desespero borbulhava na boca do estômago, obrigando-a a se mover, a tomar qualquer atitude. Sacudiu-se na maca, forçando braços e pernas, ferindo-se com os grilhões que a prendiam. Naquele momento, desejou não ser uma saltadora, mas sim uma combatente com força suficiente para quebrar aquelas travas. Pensar em suas habilidades deixou-a com um gosto ruim na boca. Poderia ser controlada pela Legião se assim eles desejassem? Quem seria, dentre Sombras, híbridos e cobaias? Mais um teste? Uma falha da névoa?

— Beca, pare. Não vai conseguir quebrar essas algemas, acredite, eu passei anos tentando — Rato falou. Para alguém que retornava ao inferno que atormentou seu passado, ele até parecia bem calmo.

— Você não sabe o que está em jogo aqui — ela elevou a voz, mas cessou suas tentativas de fuga. — Aquele homem me contou a verdade, agora eu sei o que causou a névoa!

— Eu ouvi tudo, Beca. O disco me deixou imobilizado, mas eu estava consciente.

Um silêncio pesado se interpôs entre eles. Agora que compartilhavam a dolorosa verdade, não tinham muito mais sobre o que conversar. Cada um ficou absorto em seu próprio universo, refletindo sobre as perdas da humanidade e como uma ideologia assassina pôde causar tantos estragos.

— Aqueles *hijos de puta* têm que pagar — ela finalmente desabafou, colocando para fora os sentimentos que ameaçavam explodir seu peito. — Nós precisamos contar o que descobrimos a alguém!

O informante anuiu, sabia o quanto era importante a garota deixar aquele bunker com vida. De repente, seus olhos se arregalaram, como se lembrasse de uma possibilidade esquecida, de uma saída que ainda não havia explorado.

— Os implantes explosivos! — falou empolgado.

Beca o encarou e se deu conta do que ele pretendia. Instintivamente, a língua foi até o local no fundo da boca onde o pequeno objeto metálico fora fixado.

— Escute bem, Beca, nós só temos uma chance. Você vai sair daqui, vai resgatar *tu hermano* e voltar à Nova Superfície!

Quando Legião retornou à sala de testes acompanhado por um único Sombra, a garota sentiu que a sorte finalmente voltava para o seu lado. Ela disfarçou a ansiedade e nem se virou para encarar seu carcereiro. Ele tomou aquela apatia como uma prova de sua total fraqueza e meneou a cabeça, satisfeito.

— Chegou a hora. — O homem aproximou-se da maca, descansando as mãos sobre a cabeceira metálica. Seus olhos brilhavam com antecipação, parecia ansioso por levá-la dali. O Sombra já tinha suas ordens bem expressas, pois não titubeou em destravar os grilhões que a mantinham presa.

Ela foi puxada com violência e obrigada a ficar de pé. Fingiu que as pernas não aguentavam o peso e cambaleou. O Sombra a agarrou pela cintura, mantendo-a em seu controle com facilidade. Apesar de temer seu destino e já se imaginar em um dos casulos que abrigavam as mulheres geradoras, Beca prosseguiu com a encenação: acelerou sua respiração como se o ar lhe faltasse, tossiu alto, estremecendo. Seus olhos buscaram o informante, que observava a cena em total silêncio. Percebendo que os dois carcereiros não tinham a intenção de libertar o outro cativo, concluiu que planos diferentes foram reservados a Nikolai.

Forçou uma tosse novamente, desta vez bem mais intensa. Revirou os olhos e se inclinou para a frente, praticamente se pendurando nos braços do Sombra. Antes que Legião pudesse se aproximar para verificar o que acontecia, ela começou a se sacudir como se sofresse espasmos. As mãos foram até a boca, fingindo tampar uma forte ânsia de vômito.

Sua reação pegou os captores de surpresa. Legião ordenou que o Sombra a largasse no chão e sacou sua arma como precaução, pronto para atirar. Rato aproveitou o momento para entrar na farsa, chamando por Beca com grande preocupação e forçando seus grilhões.

— O que fez com ela, *desgraciado*? — repetia sem parar. — Eu vou matar você!

Quando os espasmos passaram, Beca tinha o queixo coberto de baba e os olhos marejados, mas em uma das mãos trazia o valioso explosivo que podia tirá-la daquele lugar. Ainda aparentando grande fraqueza, virou para o homem que a mirava.

Legião não disse nada, mas pareceu mais convencido de que toda aquela crise foi verdadeira. Precavido, manteve-se afastado e com o fuzil firme nas mãos.

— Levante a garota — ordenou ao Sombra.

Quando ela ficou de pé, com grande esforço e ainda ofegante, ele a observou atentamente, tentando encontrar falhas em sua atuação. Retirou um par de algemas do traje e jogou na direção do Sombra, que as apanhou com uma mão, a outra continuava enlaçada na cintura da garota.

— Não quero que me apronte surpresas, garota. Principalmente quando se encontrar com o irmãozinho.

Beca enrijeceu, falhando na atuação perfeita pela primeira vez. O coração batia acelerado. Com uma mão pesada sobre seu ombro, o Sombra já tomava um de seus braços, pronto para algemá-la.

— O que quer dizer?

— Você me falou tanto sobre o tal Edu que eu fui procurá-lo, achei que você gostaria de vê-lo uma última vez — falou com crueldade. — Ficará impressionada com o que fizemos a ele...

Beca não conseguiu mais atuar. Enfiou a unha no centro do implante por três vezes, armando-o. Com um grito, desvencilhou-se do aperto do Sombra, quase deslocando o ombro, e cravou o explosivo no olho da criatura com tanta rapidez que ela nem conseguiu reagir. Enquanto ouvia os bipes que prenunciavam a detonação, correu rumo ao legionário, que já apontava o fuzil em sua direção. Duas balas passaram de raspão, mas ela foi rápida para se desviar. Acertou um soco no rosto dele, mudando a trajetória dos tiros restantes. Também desviou o fuzil, impedindo-o de continuar disparando. Naquele mesmo instante, a cabeça do Sombra foi feita em pedaços.

Beca e Legião brigaram pela posse da arma. A garota recebeu algumas joelhadas dolorosas na altura dos quadris. O homem era um soldado bem treinado, mas ela tinha a vantagem de ser uma saltadora: seus reflexos rápidos salvaram sua vida e garantiram a vitória. Ele caiu no chão ao receber uma cabeçada certeira no nariz e ela aproveitou o momento para descarregar todo o seu ódio.

— O que fez com Edu, *hijo de puta*? — Os murros em sequência afundavam o rosto dele, destruindo as bochechas e rasgando o supercílio sem dó. Se fosse possível, ela continuaria batendo, queria transformá-lo em um monte de carne esmagada. O grito de Rato a trouxe de volta à realidade.

— Beca, pare! Você precisa quebrar o painel da porta antes que os outros Sombras cheguem!

Com um aceno, ela arrancou o fuzil do legionário e explodiu o painel eletrônico no exato momento em que os primeiros socos atingiram a porta metálica, irados por sua entrada ter sido bloqueada. Não houve tempo para comemorar, já que Rato a apressou.

— Venha me soltar. Anda!

Antes de correr até o informante, ela fez questão de acertar um chute forte na cabeça de Legião, fazendo-o perder a consciência. Em seguida, sem nenhuma cortesia, retirou seu casaco e cobriu o próprio corpo nu. Prendeu os pulsos dele com a algema que seria destinada a ela e só depois foi soltar os ferrolhos que prendiam Rato à mesa. Ele se sentou, um tanto atordoado. Os olhos escuros focaram a porta, que já começava a se dobrar diante dos golpes poderosos que recebia sem cessar.

— O que devo fazer? — ela perguntou angustiada, sabia que seu tempo se esgotava.

Nikolai respirou fundo, pousando uma das mãos de Beca sobre o disco metálico cravado em seu peito. Seu coração batia forte, definitivamente fora dos padrões considerados normais.

— Quero que me ajude a perder o controle.

FUGA

Transformar Rato em um Sombra não foi tarefa fácil. Beca teve que arrancar com as próprias mãos o disco que fora cravado no peito dele. A cada puxão que dava, abrindo rasgos na pele e derramando sangue, sentia-se como uma torturadora. Entretanto, mesmo com os olhos marejados e os músculos tensos, o informante a motivava a continuar. Os braços formigavam com o esforço, mas aos poucos ela conseguiu ganhar mais espaço. Percebeu que o disco possuía cinco longas agulhas que liberavam uma substância malcheirosa no corpo de Nikolai; além disso, que ganchos laterais eram os responsáveis por tornar tão dolorosa a tarefa de retirada.

Em um esforço final, o artefato foi arrancado, deixando uma ferida disforme em seu lugar. No instante em que se viu livre, Rato começou a se contorcer, suas marcas readquirindo o brilho fantasmagórico, as veias ganhando espaço e saltando na pele. Beca deu um passo para trás, assustada com a rápida mudança. Largou o disco no chão, sujando seus pés com sangue e um líquido esbranquiçado.

Enquanto sua aparência se tornava cada vez menos humana, Nikolai conseguiu se pôr de pé, bufando como um animal ensandecido. Fitou a garota com o último resquício de consciência e apressou-se em passar as últimas instruções.

— Vou abrir a porta — a voz tornou-se grossa e gutural, as palavras foram pronunciadas com muita dificuldade. Meteu a mão na boca e, com certa dificuldade, tirou de lá um pequeno objeto metálico. Apertou-o antes de entregar à companheira. Em seguida, apontou para o legionário que havia despertado e gemia no chão. — Pegue Legião e faça com que a leve até o Edu. Depois saia daqui sem olhar para trás.

Beca observou a luz que piscava sem parar no objeto que acabara de receber. Esperava ver um implante do dente semelhante ao dela, mas se deparou com um cilindro preto com um ponto vermelho no centro.

— Eu troquei o implante explosivo por um transmissor de emergência, a Torre vai captar esse sinal mesmo através da névoa — deu um fraco sorriso, revelando dentes pontiagudos como os de uma fera. — É o meu último trunfo.

A garota aprendera da pior maneira a desconfiar dos trunfos do informante, mas na situação em que se encontrava não tinha escolha. Diante do legionário, crispou os lábios, sentindo a raiva aflorar só em vê-lo. Ele gemia baixinho, atordoado demais para se mover. Quando guardou o transmissor em um dos bolsos, acabou sentindo um objeto gelado; ao retirá-lo, percebeu que era uma espécie de ampola injetável. A agulha tampada formava um círculo muito semelhante àquele que Legião tinha marcado no pescoço.

— O que diabos é isto? — perguntou, mostrando a ampola para Rato.

— Não temos tempo, Beca — o informante respondeu com nervosismo. — Vocês têm que se preparar, agora!

A garota pressentia que aquela ampola era importante, Legião a observava com os olhos arregalados, como se ela estivesse profanando uma relíquia. Quis questioná-lo, mas não podia arriscar sua única chance de fuga. Colou o cano do fuzil nas costelas dele, incitando-o a levantar.

— Você vai me levar até o Edu. — Arrastou-o para perto da porta que Nikolai se preparava para esmurrar.

Com os punhos cerrados, Rato atacou a parede metálica como se fosse um inimigo. Os primeiros socos foram tão fortes que cavaram mais sulcos no material resistente, fazendo com que os

Sombras do outro lado cessassem seus ataques. Alguns golpes depois, o bloco de metal voou para longe como se não pesasse nada, atingindo dois inimigos em cheio e os atirando para trás.

Rato lançou um último olhar para a garota antes de avançar sobre os supersoldados. Sua expressão não deixou dúvidas de que estava se despedindo.

— Espero que um dia possa me perdoar.

Encarando-o naquele derradeiro momento, Beca se deu conta de que já não o culpava pelo que havia feito, passaram por tantas coisas juntos que a traição pela vida de Irina parecia ter acontecido num tempo longínquo. Respirou fundo, concluindo que deveria libertá-lo daquela culpa. Era o mínimo que poderia fazer diante de tamanho sacrifício.

— Nikolai, não há nada para perdoar. Fique bem.

Não houve mais tempo para palavras emotivas. Os Sombras já estavam em cima deles e Rato abandonou de vez seu lado humano, saltando sobre os dois monstros para que Beca pudesse fugir. Quando a brecha se abriu, a garota se pôs a correr, motivando o legionário com cutucadas do fuzil. Ignorou os berros e os membros arrancados que passaram como um borrão ao seu lado, direcionando toda sua atenção no comprido corredor que tinha pela frente.

— Para onde? — perguntou em meio à respiração entrecortada, vendo-se obrigada a repetir seu questionamento de maneira mais enérgica para que seu refém decidisse colaborar. Ele apontou para a frente, a testa franzida e os olhos brilhando de ódio.

Seguindo as orientações, ela passou por dois corredores repletos de portas. Não havia sinal de outros Sombras, mas acabaram se deparando com um grupo de cinco híbridos. Diante da armadilha, Beca focou sua atenção em derrubar os monstros com tiros certeiros. Aquela distração fez com que Legião se em-

penhasse em escapar, esticando os braços algemados em uma tentativa desesperada de tomar a arma da garota; contudo, ela estava bem atenta e desviou dele graças aos reflexos de saltadora. Em uma última tentativa, Legião ainda tentou chutá-la, mas acabou recebendo um tiro na perna. Ele berrou de dor, tentando conter o sangramento com as mãos. Para provar quem estava no comando, Beca ainda acertou um safanão na orelha dele, puxando-o pela camisa.

— Não me provoque, *carajo*! — Sacudiu-o outra vez. — Se tentar outra gracinha dessa, vou lhe cravar de balas!

O tiro serviu para impedi-lo de arriscar mais algum truque. Apesar do discurso repleto de fanatismo, Legião não parecia disposto a dar sua vida pela causa.

Mais um pouco de caminhada pelo laboratório e chegaram a uma sala ampla com os já conhecidos tubos vindos do teto e macas de ferro. A grande diferença desta para as outras era que ali havia homens amarrados às camas. Beca quase perdeu o equilíbrio ao encontrar aquilo. Os prisioneiros pareciam desacordados, alheios aos tubos que entravam por seus orifícios e se afundavam em suas carnes. Quando avistou o rosto conhecido do irmão, o mundo à sua volta quase parou. Os poucos passos que deu para chegar até a maca pareceram durar uma eternidade, e ela ficou mais aliviada ao constatar que ele respirava.

— Eu fiz o que você pediu, agora me deixe ir!

A voz do legionário a despertou do choque. Ela reagiu empurrando-o ao chão e puxando o gatilho, acertando seu pé sem piedade. Ele uivou de dor, rolando de um lado para o outro enquanto mais sangue manchava o chão.

— Você vai me dizer para que serve isto! — Quase encostou a ampola injetável no rosto dele.

Em resposta, ele cuspiu. A face estava enrijecida, tentando esconder a dor.

— A Legião vai prevalecer sempre, ninguém pode lutar contra La Bastilla! Ninguém!

Ela ignorou as ameaças e sentiu uma satisfação doentia ao atirar na outra perna. O grito desesperado foi como música.

— Você tem uma marca no pescoço e eu sei que foi essa ampola que a criou. Diga: o que ela contém? Diga agora! — Mais dois tiros, agora nos joelhos.

Legião vomitou, inclinando-se de lado. Ele podia ser um fanático, mas não resistiria a mais dores.

— É o soro! — falou ofegante, com a boca repleta de sangue. — O soro que anula a névoa, temos que aplicá-lo a cada quarenta e oito horas.

A resposta confirmou a suspeita da garota. Guardou a ampola no bolso do casaco, estava de posse de um valioso tesouro que podia mudar a vida na Nova Superfície. Observou Legião em frangalhos e atirou uma última vez: ele caiu morto no chão com os olhos bem abertos, como se seu único sentimento ao partir fosse incredulidade. Beca cuspiu sobre seu corpo e se virou para o irmão, não podia perder mais tempo. As mãos trabalharam sem que houvesse uma análise, arrancando os equipamentos que tanto o maltratavam. Ela nem considerou que qualquer erro poderia matá-lo, só queria vê-lo livre daquela maldita tecnologia, só queria tirá-lo dali de uma vez por todas.

Depois dos tubos devidamente retirados, chamou pelo nome dele, chegando a sacudi-lo de leve. Nenhuma de suas tentativas conseguiu acordá-lo. Foi então que percebeu as veias saltadas em várias partes de seu tórax. Não eram tão proeminentes quanto às de Rato, mas deixavam a verdade bem clara: Edu estava infectado.

Tomada por angústia, apoiou o irmão em suas costas cansadas e, ao se certificar de que ele estava bem seguro, seguiu o conselho de Rato e se arrastou para fora dali o mais rápido que pôde, sem olhar para trás.

Dirigia-se para o elevador quando encontrou dois híbridos bloqueando a passagem. Fez mira com o fuzil, mas, quando apertou o gatilho, só ouviu um clique vazio, as balas tinham acabado! Sabia que lutar contra eles com a carga extra sobre os ombros seria complicado, ainda assim abandonou a arma inútil e partiu para o ataque. Acertou o primeiro com a lateral do tronco, esmagando-o contra a parede. O corpo era tão frágil que ela ouviu as costelas estalando. Braços finos a arranharam, mas não conseguiram prendê-la. Ela se desvencilhou com dois passos, já procurando o segundo operário, porém foi surpreendia por um empurrão em suas costas. Caiu de joelhos, perdendo o equilíbrio e soltando Edu sem querer. Ele deslizou pelo chão liso sem dar sinal de que sentia algo. Se não fosse a fraca respiração, ela já teria perdido as esperanças.

O híbrido avançou com a boca aberta e os braços erguidos, mas não conseguiu acertá-la. Beca rolou no chão, revidando com um chute certeiro na cabeça. Atordoado, o adversário não conseguiu impedir que ela quebrasse seu pescoço, que se inclinou em um ângulo bizarro. Sem perder tempo, ela se virou para o híbrido de costelas quebradas e afundou o pé em sua cara disforme; um leve espasmo percorreu o corpo esquálido antes que caísse de lado, morto.

Sentindo nojo do sangue que a deixou ainda mais suja, ela se afastou. Agachou-se ao lado do irmão, chamando por Edu com uma saudade que já não conseguia controlar. Tudo o que queria era que ele abrisse os olhos, que desse alguma indicação de que estava bem, de que a névoa não havia o afetado tanto assim.

Contudo, seu silêncio permaneceu inabalável. Desta vez, tomou-o nos braços, observando com pesar o estrago que os Sombras fizeram: a magreza era mórbida, revelando costelas e articulações, o rosto negro perdera o viço e estava pálido. Os pelos e cabelos foram raspados ou caíram, deixando a pele lisa e um tanto grudenta.

— Vai ficar tudo bem — ela falou, mais para se convencer do que para o irmão que não podia ouvi-la. — Vamos sair daqui.

Correu para o elevador e pressionou o número um com a ponta do cotovelo. Naquele instante, notou duas figuras escuras despontarem no final do corredor. Prendeu a respiração ao observar os dois Sombras avançarem como feras famintas, dispostos a tudo para impedi-la de escapar. Antes que a alcançassem, porém, o corpo assustadoramente deformado de Rato colocou-se no caminho. Beca não o reconheceria se não fosse pelas tatuagens. A pele brilhava tão forte que chegava a doer na vista, os braços ganharam massa e dobraram de tamanho, dando-lhe uma aparência um tanto simiesca, como o gorila que os atacou no supermercado. O rosto se transformou numa bola disforme e inchada. Ele segurou os inimigos com golpes tão fortes que destruíram o reboco das paredes, sacudindo o elevador a ponto de a garota achar que os cabos não aguentariam. Em seguida, virou-se para ela e jogou o capacete intacto que pertencia a Legião. Deu uma piscadela, fazendo-a se lembrar por um breve instante do informante cheio de si que adorava importuná-la.

O elevador se fechou deixando a luta para trás e subindo em meio a solavancos preocupantes. Beca apoiou-se na parede tomando fôlego. Aproveitou o momento para recolocar o irmão sobre suas costas e cobrir o rosto com o último presente de Rato.

Deixou o bunker numa corrida acelerada, com pressa para se afastar daquele antro o mais rápido possível. Olhou para cima, esperançosa de que o transmissor de Rato tivesse mesmo funcionado, entretanto não havia nenhum sinal de resgate, somente a névoa e a escuridão. Então, para seu alívio, um pesado bloco de metal caiu a cerca de dez metros de distância, quebrando o concreto e espalhando poeira para todo lado. Ela mal teve tempo de sorrir: correu até a caixa de resgate ao vê-la se abrir com um sopro de ar comprimido. O *jet pack* tinha a cor dourada, e lhe pareceu um verdadeiro presente dos céus.

Com cuidado, ela deitou Edu no chão e vestiu o equipamento. Nunca controlara um daqueles antes, mas achava que não havia hora mais propícia para aprender. Agarrou o irmão pela cintura e apertou o botão de ignição. O motor soltou alguns estalos antes de ganhar força e empurrá-los para o ar com um forte solavanco.

Atravessou o véu em alta velocidade, agarrada com força ao corpo de Edu. Não conseguia controlar muito bem sua direção, e por duas vezes quase esbarrou num dos arranha-céus que surgiam em seu caminho. Os ventos fortes a fizeram rodopiar, deixando-a zonza e prestes a vomitar dentro do capacete. No entanto, tudo compensou quando irrompeu da densa bruma cinza e avistou o sol forte. Os olhos se arregalaram diante de tantas cores, o azul do céu nunca foi tão bonito. Ao longe, parecendo-se com minúsculos pontos escuros, os balões de rede flutuavam, transmitindo dados que mantinham a Nova Superfície conectada. Ela sorriu emocionada, feliz por voltar para casa. Podia ser um lugar quebrado e cheio de falhas, mas era a *sua casa*.

Um helicóptero pairava a alguns metros de distância e a acompanhou até a aterrissagem sobre uma cobertura desbastada de formato arredondado. Ela foi diminuindo a velocidade gradativamente, mas acabou desligando o motor antes da hora e caiu com força sobre o piso rachado. A primeira coisa que fez foi verificar se o irmão continuava respirando, depois desabou de lado e arrancou o capacete do rosto, deixando-se banhar pelos raios de sol e respirando fundo o ar limpo.

Um pouco depois, o rosto de Lion se colocou em seu campo de visão, e, mesmo tapando a luz que Beca tanto desejava, ela sorriu, esforçando-se para tocar nas mãos grandes que agora acariciavam seu rosto.

— *Hola, viejo* — falou com dificuldade. — Eu trouxe o Edu de volta.

Comovido e sem se preocupar em esconder o choro, o homenzarrão anuiu. Os olhos se voltaram de maneira breve para o garoto nu e magricela que era levado para o helicóptero em uma maca.

— *Sí, hija.* — Beijou a testa dela.

Ela tinha tanto para falar, La Bastilla, a legião de malucos que destruiu o planeta, precisava contar tudo o que havia descoberto... Entretanto, os lábios estavam pesados demais. Com dificuldades, tirou a ampola do casaco e a entregou ao pai. Ele a encarou, confuso, mas bastou uma troca significativa de olhares para que entendesse que aquele objeto precisava ser mantido longe da Torre.

— Isto está seguro, *hija*. Não se preocupe. Agora descanse.

A voz do pai foi a permissão que seu corpo precisava para se render à exaustão. Mesmo lutando para se manter acordada, acabou não resistindo: fechou os olhos e perdeu a consciência antes mesmo que os médicos da Torre se aproximassem para verificar o seu estado.

TRANSMISSÃO 23.810

Ano 53 depois do véu.
Você ouve agora Emir, direto da Torre.

Esta é uma transmissão especial, hoje é um dia histórico. Pela primeira vez, um grupo fora da jurisdição da Torre desceu até o véu e retornou. Pela primeira vez, uma missão de resgate foi realizada. Isso mesmo, ouvintes, um grupo de corajosos homens e mulheres enfrentou os perigos da névoa para resgatar um caído, um dos seus. O nome dele, vocês devem lembrar, é Eduardo Gonçalves.

O jovem se perdeu há mais de um mês, mas a Torre, preocupada com todos os cidadãos sob nossa proteção, conseguiu informações importantes que confirmaram que os Sombras o mantinham vivo.

Rebeca Lópes comandou o grupo de cinco membros altamente capacitados e foi a única que retornou com vida, junto com seu irmão. É claro que, mesmo sem estarmos na direção da missão, nossa ajuda foi primordial, somos bondosos com aqueles que merecem. Trazer Eduardo de volta significou uma vitória exemplar contra aqueles que nos maltratam há tantos anos, o primeiro passo para nossa vingança. Sim, mais virá! Esse é apenas o começo! Mostraremos aos nossos inimigos que não somos insetos assustados.

Enquanto isso, tudo o que posso pedir é que permaneçam fiéis à Torre. A união será a chave para nossa ascensão e eu terei a honra de liderá-los.

Sigam-me e não duvidem: teremos nossa merecida vingança.

RETORNO E
REENCONTROS

A enfermaria da Torre consistia em uma grande sala com macas tortas, colchões finos e lençóis furados. Mesmo com o aspecto desgastado, era o melhor centro de tratamento de toda a Nova Superfície. Beca ocupou um dos leitos por pouco mais de duas semanas: seu corpo estava muito enfraquecido, mas felizmente a névoa não deixou sequelas. Fortes doses diárias de uma bateria de remédios garantiram sua recuperação, ainda que lenta.

Recebia a visita de Lion em intervalos de três dias, já que as regras da Torre eram bem rígidas sobre deixar estranhos entrarem em seus domínios. Ele lhe contou algumas novidades sobre o progresso no tratamento de Edu. Como era um caso especial, o garoto se encontrava em um ambiente isolado, localizado em um dos andares mais baixos. Seu estado ainda era grave, mas já acordara algumas vezes e se comunicava por sinais. Os médicos da Torre ainda não sabiam bem o que fazer, era a primeira vez que se deparavam com um nível tão alto de infecção pela névoa em que o paciente permanecia vivo. Consideravam um verdadeiro milagre o garoto ter sobrevivido aos misteriosos testes dos Sombras.

Ouvindo aquelas notícias, Beca temia pelo futuro do irmão, não queria vê-lo como cobaia outra vez. Compartilhou o receio com seu pai e o viu bastante preocupado também. Lion não conseguiu disfarçar a mágoa com a traição da Torre. Sua expressão se fechou quando narrou os momentos de tensão ao exigir do líder uma resposta que justificasse o retorno de Idris sozinho: foi quando soube do abandono proposital da filha dentro do véu, do acordo traiçoeiro entre Rato e Emir. Ficou tão transtornado que passou os três dias seguintes encarcerado em uma cela. Quando um sinal inesperado atravessou a névoa, recebeu a visita de Emir e teve que engolir seu orgulho, pedir perdão e jurar que ainda se mantinha leal. Tudo aquilo para poder verificar se era Beca mesmo quem pedia resgate. Ele deixou claro que não confiava mais na Torre e que o destino de Edu provavelmente seria substituir Rato nos testes.

— Mas eu não vou aceitar isso calado, Beca — sussurrou, temendo que seu descontentamento fosse descoberto e o fizesse perder os dois filhos. — Assim que você sair daqui, vamos pensar num jeito de soltar o Edu. Nem que seja à força.

A garota ficou surpresa com a vontade do pai, não esperava que ele desprezasse uma aliança de tantos anos com a Torre. Entendia muito bem os sentimentos que o moviam, mas não podia aceitar um conflito interno naquele momento. Afinal, havia outro assunto muito mais importante, algo que abalaria as estruturas da Nova Superfície e deixaria atônito inclusive o frio Emir.

— Além disso, *hija*, ainda temos aquela ampola que você me entregou. O que é aquil...

Ele não foi capaz de terminar, Beca o interrompeu de maneira apressada:

— Não vamos falar sobre isso. Não aqui...

Assim que se sentiu forte o suficiente, Beca exigiu a presença do pai e do líder da Torre, decidiu revelar a verdade somente aos dois porque não se sentia à vontade com mais ninguém ali. A traição de Emir doía muito mais que a de Rato: mesmo sabendo que a verdade já era conhecida pela garota, ele não tentou se explicar, muito menos pediu perdão. Aquela empáfia a deixava irritada, ela achava que merecia pelo menos uma conversa, uma justificativa. Entretanto, apesar de continuar ressentida, sabia que ele era uma das poucas pessoas capazes de tomar alguma atitude em relação aos crimes de La Bastilla, por isso deixou os próprios sentimentos de lado e contou sobre o homem que clamava controlar os Sombras e pertencer a uma organização chamada Legião. Falou sobre as nanomáquinas que pertenciam a uma arma de extermínio em massa e sobre a cidade oculta que protegia os verdadeiros culpados pelo apocalipse. A revelação sobre a imunidade dos legionários ao véu os deixou chocados. Beca só manteve oculta a informação de que tinha uma amostra do soro em sua posse.

Enquanto avançava com sua história, a garota viu as feições dos dois homens endurecerem em uma mistura de ódio e descrença. Entendia o receio deles em acreditar, mas, depois de sua vivência no bunker, garantiu que não duvidava de nada do que lhe foi exposto. A reação de Lion foi a esperada: xingou alto, socou paredes e exigiu vingança. Emir, porém, pareceu muito diferente do seu eu usual. Uma palidez incomum tomou suas belas feições, a testa brilhava com um suor frio e os braços tremiam levemente. Deixou a sala num rompante, como se estivesse fugindo das palavras da garota. É claro que ela estranhou aquele comportamento, mas ao se lembrar de sua própria reação entendeu que cada pessoa tinha um jeito de lidar com o choque.

Quando ficaram sozinhos, pai e filha se entreolharam.

— La Bastilla, você sabe onde fica? — ele perguntou, os olhos brilhando com um ímpeto bem conhecido pela garota. — Nós temos que encontrar *esos bastardos*!

Beca compartilhava do desejo de vingança do pai, mas não tinha as informações que ele queria. Infelizmente, tudo o que sabia vinha da fala esnobe do legionário, e é claro que ele não foi louco a ponto de revelar a localização de La Bastilla.

— Não faço ideia de como encontrá-los — falou com desgosto. Depois de tudo o que ela sofreu, o que mais queria era invadir o tal paraíso da humanidade e cobrar o preço por tantas almas sacrificadas. — Mas, pelo que ouvi do homem que me aprisionou, eles consideram La Bastilla um local inatingível, perfeito.

— *Mierda*! — Lion berrou, socando o colchão próximo aos pés de Beca. — Isso muda tudo, *hija*. Nossos planos, os planos da Torre, a importância do Edu.

Beca entendia o que o pai estava falando: se o irmão pudesse ser uma arma útil contra a Legião, eles teriam o direito de exigir sua soltura? O que valia mais, o direito de Edu de ter uma vida normal ou o desejo de vingança de toda a humanidade?

— O que você acha que a Torre vai fazer a respeito? — ela perguntou, e respirou fundo tentando afastar aquelas questões perturbadoras. A saída do líder às pressas a deixou bastante receosa. — Emir não pareceu acreditar muito no que eu disse.

— Eu não sei o que eles pretendem fazer, mas o Emir vai voltar, *hija*. Só precisa de um tempo para pôr os pensamentos em ordem.

A previsão de Lion se mostrou correta, pois dois dias depois, quando Beca ensaiava os primeiros passos após quase uma semana presa à cama, o líder reapareceu. A surpresa foi tão grande que a garota quase caiu no chão, as pernas ainda não respondiam muito bem à sua vontade. Com passadas seguras, ele a ajudou a voltar para a cama e dispensou a médica que a acompanhava. Sentou-se ao seu lado e pediu — quase ordenou — que ela lhe contasse a verdade mais uma vez.

Em um primeiro momento, ela desconfiou de que ele estava duvidando de sua palavra. Emir logo notou sua irritação e fez questão de esclarecer a situação:

— Eu acredito em você, Rebeca — sua voz era grave e cheia de significado. Tomou a mão dela nas suas, apertando-a. Ela nunca o vira tão aberto e sincero antes —, mas preciso ouvir sua história outra vez. Por favor, tente se lembrar de todos os detalhes. Isso pode custar o nosso futuro.

A gravidade daquele pedido a fez tomar muito cuidado para manter o seu relato o mais próximo possível do que havia acontecido. É claro que não se lembrava de tudo, houve momentos em que ficou desacordada ou que se encontrava drogada demais para dedicar atenção ao que acontecia ao seu redor. As conversas com Legião, porém, foram descritas quase na íntegra. Repetiu as exatas palavras que ele usou, os termos com os quais se referiu aos Sombras e híbridos, o que as nanomáquinas faziam, como agiam no corpo humano e sua programação para poupar apenas uma porcentagem ínfima de suas vítimas com o intuito de transformá-las em soldados. Tomou cuidado para manter oculta qualquer informação sobre o soro: garantiu que não tinha ideia de como os legionários resistiam ao véu.

Enquanto ouvia, Emir se mostrou totalmente concentrado. Absorvia a fala da garota com toda atenção, como se sua vida dependesse daquilo — e de fato dependia. O assombro não manchou suas feições como da primeira vez, mas havia algo diferente nele, uma sensação de urgência. Ao final, quando ela se calou sentindo a boca seca, ele se levantou bruscamente. Beca temeu que fosse fugir de novo, mas, para sua surpresa, viu-o estender a mão em um convite bem claro.

— Venha comigo. Há pessoas que precisa encontrar.

Usando-o como bengala, ela deixou a enfermaria da Torre pela primeira vez. Por sorte, o local não ficava longe do elevador e suas pernas não foram forçadas demais. Subiram para a conhecida sala de reuniões, onde um grupo bastante tenso os aguardava. Rostos desconhecidos em sua maioria, mas um dentre eles se destacava, com uma expressão que não poderia ser apagada da memória da garota: Idris.

O especialista também não parecia satisfeito em revê-la, muito menos em precisar dela para conhecer as preocupantes notícias que, por sua covardia, fora incapaz de recolher. Esboçou um sorriso forçado para agradar seu superior. Beca só não partiu a cara dele porque Emir rapidamente tomou a dianteira e iniciou a reunião de emergência.

A garota se viu obrigada a recontar suas experiências e responder diversas perguntas, algumas em relação ao bunker, outras sobre os híbridos e seu comportamento. Uma mulher desenrolou um tablet flexível e apanhou uma caneta digital, pedindo que descrevesse Legião para um retrato falado. Mesmo sem entender o motivo da curiosidade — afinal, para que o rosto de um morto serviria à Torre? —, ela se esforçou para citar todos os detalhes possíveis. Ao ver o resultado do desenho, sentiu um nó na garganta, estava assustadoramente igual.

— É ele — falou, impressionada.

Todos os olhos se voltaram para o retrato, observando-o com um ódio velado. Emir tomou o tablet nas mãos, sua testa franziu e o rosto corou. Havia uma fúria em seu olhar que não poderia ser contida. Levou um tempo até que recuperasse o controle, a máscara de frieza. Pediu para a desenhista enviar o retrato para todos os analistas da Torre e voltou sua atenção para Beca.

— Depois que ouvi sua história pela primeira vez, enviei três equipes de mergulhadores ao véu para buscar evidências. A pirâmide onde Eduardo foi aprisionado encontrava-se destruída, tomada por chamas, por isso não pudemos explorar o local.

Beca se surpreendeu com a notícia. Quem poderia ter destruído o laboratório? Será que fora a última vingança de Rato, acabar com o lugar que tanto fez humanos sofrerem? Mas e as cobaias que continuavam presas? Não, aquilo parecia ter sido obra dos próprios Sombras para esconder seus segredos, já que sabiam que a Nova Superfície iria procurá-los. O restante da fala de Emir só veio comprovar essa hipótese.

— Os outros três laboratórios dos quais tínhamos conhecimento também foram incendiados, deixando claro que nossos inimigos querem nos impedir de saber mais sobre seus planos. — Ele cerrou os punhos. — Mas a descida dos mergulhadores não foi totalmente em vão, encontramos algo que os Sombras não tiveram tempo de destruir.

Ele fez sinal para que um de seus companheiros se aproximasse. Um homem alto e magro, com a tez negra e olhos complacentes, puxou outro tablet, este feito do mesmo cristal dos televisores e não maleável, e mostrou fotos de um helicóptero nada parecido com aqueles sucateados que a garota se acostumara a ver nos céus da Nova Superfície. Era um veículo com formato piramidal totalmente preto e com hélices duplas móveis. A cauda possuía um formato diferente, com uma camada metálica envolvendo o rotor traseiro e aerofólios alongados.

— Não há dúvida de que este helicóptero é um dos mais avançados com que já nos deparamos — falou sem esconder o assombro, sua voz era fina e tinha forte sotaque. — Nosso mergulhador, que também é piloto, teve sérias dificuldades em colocá-lo para funcionar.

Beca arregalou os olhos, mal acreditando no que tinha acabado de escutar.

— Vocês conseguiram trazer o helicóptero para cá?

— *Sí.* Foi difícil, mas ele já está na Torre sendo analisado por nossos melhores mecânicos. Esperamos descobrir alguma coordenada em seu sistema de navegação que nos aponte a localização de La Bastilla. — Ele deu um suspiro, deixando evidente que até aquele momento os mecânicos não haviam obtido sucesso na empreitada.

Mesmo com uma notícia tão animadora, Emir e seus companheiros não demonstravam o mínimo sinal de empolgação. A fala do líder veio complementar que desvendar a tecnologia da Legião não seria tarefa fácil.

— Ainda que consigamos tal informação, precisaremos estudar nossos adversários, entendê-los melhor. Agora que sabíamos o que procurar, as amostras de tecido que Idris trouxe provaram a existência das tais nanomáquinas. De alguma forma, elas são invisíveis na névoa, como se estivessem dormentes. Só quando infectam as pessoas é que podem ser identificadas. Há tanta coisa que ainda não sabemos... Por exemplo, qual fator diferencia um infectado fadado à morte de um que se transformará em Sombra? Como as nanomáquinas escolhem seus supersoldados? É algo aleatório? Alguma mudança no DNA dos afetados? E a tal imunidade que você mencionou? Se isso for mesmo verdade, poderíamos viver sem temer o véu! Precisamos estudar mais.

Ele deu um passo para o lado, deixando que Idris tomasse a palavra. Com seu conhecido tom de palestrante, o homenzinho começou:

— As amostras dos seres que descobrimos se chamarem operários foram de grande ajuda, mas, como vieram de um tecido decomposto, não nos mostraram a forma como as nanomáquinas operam. — Ele mostrou algumas imagens em altíssima resolução. Beca não entendia metade do que estava vendo, mas presumiu que os estranhos hexágonos eram as máquinas microscópicas que causaram tantas mortes. — A análise do sangue de Eduardo provavelmente nos dará mais possibilidades de avanço.

Ela sentiu um frio na espinha ouvindo a menção ao seu irmão. Já esperava por aquela postura, porém não conseguiu conter a raiva. Entendia que a Torre precisava de respostas, mas jamais aceitaria que tais informações custassem o sofrimento de Eduardo.

— O Edu não é uma cobaia! O que estão fazendo com ele?

— Ele é o único exemplar vivo que temos. Se o informante tivesse cumprido o acordo, não estaríamos nessa situação — Idris respondeu com irritação, culpando-a pelas repreensões que certamente recebera ao retornar sem Rato.

Antes que Beca perdesse o controle, Emir se pôs à sua frente, segurando-a pelo cotovelo.

— Eduardo é uma peça importante — falou com objetividade, mas evitando ser duro demais. — Não vamos transformá-lo em cobaia ou prisioneiro, não somos como nossos inimigos, mas precisamos dele, agora mais do que nunca.

— Você fala que ele não é um prisioneiro; por que nem eu nem *mi padre* pudemos fazer uma visita? — A imagem do corpo de Edu repleto de cabos e aparelhos, exatamente como no bunker, deixou-a atormentada. Fitou Idris com fúria, sabia que o homenzinho odioso seria o primeiro a propor tal atrocidade.

Foi sacudida pelo líder, que já demonstrava perder a paciência com aquele ataque histérico. Sem dizer mais nada, ele a puxou para fora da sala. Fraca demais para resistir, tudo o que Beca pôde fazer foi continuar a gritar. Caiu nos braços de dois guardas que ficaram encarregados de levá-la de volta à enfermaria.

— Você o verá, mas somente quando eu quiser — Emir deu seu ultimato e fechou a porta, isolando-se com os companheiros para continuar a discutir o futuro da Nova Superfície.

Beca somente conseguiu permissão para visitar o irmão no último dia de internação. Desceu acompanhada por dois soldados armados, chegando a um cômodo de paredes brancas estranhamente limpas. Um vidro a separava da cama onde Edu jazia desacordado. Havia uma máscara de oxigênio amarelada em seu rosto, ajudando-o a respirar melhor, a cor da pele voltara ao normal e ele parecia até ter recuperado um pouco do peso. O que ela mais queria era trocar algumas palavras com ele, ouvir sua voz, mas foi proibida de interromper seu sono; por enquanto, teria que se contentar em apenas observá-lo.

Os soldados respeitaram seu pedido de privacidade e a esperaram do lado de fora. Ela chegou mais perto, tocando na divisória transparente. Perdeu a noção de quanto tempo ficou ali, vendo seu irmão respirar, contando as pequenas marcas azuladas que brotaram em seu corpo, temendo silenciosamente que ele tivesse o mesmo destino de Nikolai.

Durante todo aquele tempo de reabilitação, ela pensara várias vezes no informante. Nos momentos mais inesperados, pegava-se imaginando o que poderia ter acontecido com ele. Será que escapara do laboratório incendiado ou teria sucumbido de vez ao lado sombrio? Pensar que ele encontrara um fim tão trágico a deixava triste: "Eu não devia tê-lo tratado tão mal", era um pensamento que vinha remoendo com frequência. Lembrou-se do breve momento de intimidade na tenda e do beijo que quase trocaram: nunca pensou que pudesse se sentir balançada por quem tanto sentiu repulsa no passado, mas eram acontecimentos que não conseguia apagar da mente. Mesmo tendo ocorrido em uma situação tão intensa, eles a ajudaram a mudar sua opinião sobre Nikolai. Um sorriso triste brotou de seus lábios, pelo visto havia caído na lábia do conquistador sem nem perceber...

— Você não deveria ficar tanto tempo de pé — a voz de Emir a assustou, quase fazendo-a saltar. Virou-se com rapidez e o viu chegar perto com um caminhar seguro, as mãos escondidas nos bolsos da calça.

Ele continuava lindo, talvez até mais atraente depois de todos os horrores que a garota presenciara dentro do véu; no entanto, ela já não sentia aquele frio na barriga ao vê-lo. Na verdade, quase não conseguia esconder o desapontamento, sabia que ele a havia deixado mais tempo longe do irmão de propósito, apenas para mostrar quem ditava as ordens por ali.

— Há algo que queira me dizer, Rebeca? — Parou ao lado dela, cruzando os braços em sinal de espera.

Beca tomou aquela pergunta como uma afronta e decidiu que era hora de abandonar a cautela: sim, despejaria sua frustração sem se importar com as consequências.

— Você não pode manter o Edu aqui — encarou-o com raiva, a voz se elevou um pouco mais do que gostaria. — Ele não é uma peça que possa manipular, um joguete! Já sofreu bastante e merece ser deixado em paz!

A expressão dele continuava impassível, como se aquele desabafo nada significasse. Descruzou os braços e decidiu fitar o enfermo na cama. Por um instante, Beca achou que ele apenas a ignoraria.

— A Torre precisa cuidar da segurança de quatro setores, são milhares de pessoas que dependem de nossa tecnologia e dos suprimentos que providenciamos — ele começou num tom monótono. — Andamos em uma linha tênue e inconstante: qualquer deslize, e a sociedade que lutamos tanto para reerguer vai desmoronar como os prédios mais antigos. Com as terríveis notícias que você nos trouxe, sei que é apenas questão de tempo para que mergulhemos no caos.

Ele suspirou, baixando sua barreira de frieza. Beca só não identificava se aquela emoção era verdadeira ou apenas uma forma de convencê-la. Quando continuou, sua voz parecia mais cansada:

— Como líder, eu preciso tomar decisões questionáveis todos os dias. Escolher entre o bem maior e sentimentos individuais nunca é tarefa fácil, mas sempre vou optar pelo primeiro. — Virou o rosto e a fuzilou com um olhar condenador. — Entendo sua raiva, mas não posso me desfazer de Eduardo; quer você queira ou não, ele é um infectado, uma bomba-relógio esperando para detonar. Não vou expor as pessoas a esse perigo.

Ela não sabia se ele apenas testava sua reação. Entretanto, ao ouvir as palavras duras com que se referia ao seu irmão, Beca perdeu o último resquício de paciência: segurou com força no braço dele, quase cravando as unhas, e aproximou o rosto a ponto de sentir o leve perfume que vinha da sua pele.

— Edu não é um monstro — disse entredentes. — Se Rato conseguiu controlar a infecção, então ele também pode. Não vai ameaçar ninguém!

— Disso não podemos ter certeza — ele respondeu. — Quem vai ensiná-lo a se conter agora que o informante se foi? Você?

Estremecendo, ela sentiu que seus argumentos se enfraqueciam. Como poderia se comprometer a ajudar o irmão se não fazia ideia do que se passava com ele? Desviou o olhar, odiando toda aquela situação. Só queria ver Edu livre e bem.

— Eu já disse uma vez, Rebeca, mas vou repetir: não sou como nossos inimigos, prezo a vida de Eduardo e vou tratá-lo com respeito e dignidade. Pela amizade que tenho com seu pai, seria impossível agir de maneira diferente. Espero que, com o tempo, compreenda.

Uma amizade tão valorosa que não o impediu de colocar a vida dela em risco dentro do véu, de traí-la sem pensar duas vezes e de aprisionar seu pai por três dias para que ele não ficasse no caminho. Aquela declaração não podia ser mais descabida e quase a fez gargalhar. No entanto, agora estava bem claro que a situação havia mudado, que Beca se tornara uma testemunha importante, a única que conhecera detalhes sobre a Legião. Ela passara a ter valor para Emir, por isso ele se esforçava tanto para fazer-se entender. A política da Torre pareceu-lhe odiosa e, por um momento, ela concluiu que não havia muita diferença entre seus membros e os assassinos de La Bastilla.

— Nós vamos entrar em guerra, Rebeca — ele avisou, com uma certeza tão grande que parecia já ter todas as armas para chegar ao refúgio da Legião e derrotá-la. — Será a maior batalha desses novos tempos, valerá nosso futuro. Espero que leve isso em conta antes de julgar a Torre. Pense bem sobre as causas que defende, pois, se está contra nós, então quer dizer que apoia nossos inimigos, e isso não será perdoado.

Depois de tudo pelo que passou no bunker, de tudo o que viu nos domínios dos Sombras, Beca ficou pasma ao ter súa lealdade questionada. Apertou ainda mais o braço de Emir, estreitando os olhos diante de tamanho insulto. Como se sentissem a tensão no ar, os soldados que esperavam do lado de fora reapareceram, e as armas em punho foram motivação suficiente para a garota se afastar do líder. Ela foi praticamente arrastada para fora, e Emir deixou bem claro aos seus comandados que ela não tinha mais motivo para permanecer na Torre.

— Garantam que Rebeca chegue em segurança à morada de Lion — ordenou sem desviar os olhos do vidro.

A viagem de Beca até sua casa foi marcada pela desconfiança: os soldados estavam atentos a cada movimento seu. Se o helicóptero sacudia um pouco mais, eles levantavam o cano das armas, prontos para qualquer ataque surpresa. Beca, porém, não tinha por que tentar nada, ainda lutava para pôr os pensamentos confusos em ordem, entender o que aconteceria com sua vida a partir daquele momento.

Ao descer no heliponto do bloco Carrasco, não tinha a mínima vontade de se encontrar com seu pai e revelar que o líder da Torre quase a chamou de traidora. Desceu as escadarias ignorando os olhares que algumas pessoas lhe lançavam. Ainda demoraria a se acostumar com o fato de ser uma verdadeira lenda na Nova Superfície, alguém que resgatara um sequestrado, desafiando o poder dos Sombras, e sobreviveu. Desviou seu caminho para a ponte norte e caminhou até o ME Potosi. As pernas tremeram um pouco quando chegou à porta do bar Fênix, parecia que se passara uma eternidade desde a última vez que colocara os pés ali.

Bateu na porta com força, imaginando que Velma estaria dormindo no pequeno quarto atrás do balcão depois de uma longa noite de trabalho. A resposta ao seu chamado, porém, veio rápida: as trancas foram desfeitas e um rosto cansado, repleto de olheiras, apareceu num vão menor que um palmo. Os olhos se arregalaram ao reconhecê-la.

— *Dios mío,* Beca! — Aumentou o espaço para permitir sua passagem. — Pensei que você ainda estivesse na Torre!

— Tive alta forçada hoje — ela respondeu, deparando-se com o bar deserto. De cabeça para baixo, cadeiras descansavam sobre as mesas; os tacos de sinuca encontravam-se no suporte e as bolas coloridas, organizadas no centro do tapete verde. Tamanha quietude em um lugar que costumava pulsar com vida a deixou deprimida. De alguma forma, começava a se dar conta de que a ausência de Nikolai pesava ainda mais ali. — Estou precisando muito de uma bebida.

As duas se serviram um trago, que continuava com um gosto horrível. Beca se sentiu um pouco melhor com o calor que se espalhou por seu estômago, mas ainda mantinha a expressão fechada. A dona do bar a fitava com um olhar incerto.

— Como está o Edu? — Velma tentou iniciar uma conversa.

— Ele melhorou bastante — ela respondeu sem muito entusiasmo, fitando os dois dedos de bebida que sobraram no copo. — Mas continua frágil.

— O que você fez foi incrível. — Tocou em seu ombro, tentando confortá-la.

Beca tomou o último gole e encarou Velma, que percebeu que ela não estava com humor para receber elogios tolos. As duas sabiam exatamente o que fora colocado em jogo naquela missão.

— Você sabia do plano do Rato, não é? — A garota não tinha rancor na voz, só sentia uma curiosidade mórbida.

Envergonhada, a mulher baixou a cabeça. Não precisou falar nada para que a garota tivesse a resposta que desejava.

— Eu sinto muito, *chica*. Tentei fazer *lo cabezota* mudar de ideia, mas ele estava obstinado a resgatar Irina, dizia que era sua última chance.

— E era mesmo — comentou, amargurada, e se levantou. Não trazia nada de valor consigo para pagar a bebida, então pediu para Velma pendurar na sua conta. Antes que Beca se afastasse, porém, ela a segurou pelo braço.

— Espere — pediu. — Eu gostaria de saber o que aconteceu com Nikolai.

A garota meneou a cabeça pouco à vontade. Sentou-se outra vez, mas, antes de começar, pediu mais uma dose. A dona do bar

ouviu o relato em completo silêncio, apenas seus olhos mostravam o quanto ficou abalada com as dificuldades enfrentadas pelo grupo. Não conhecia Gonzalo nem Bug, mas sentiu a perda deles. A vergonha foi forte quando chegou na parte da traição de Rato, mas em seguida foi substituída por um orgulho triste ao se inteirar dos sacrifícios do informante para reparar seu erro. Beca não falou nada sobre Legião ou La Bastilla, apesar de sentir grande necessidade de desabafar com alguém que não pertencesse à maldita Torre. Revelar a verdade para Velma acabaria por enterrar a confiança que Emir depositara nela, ainda não estava preparada para ser o alvo de sua ira.

Ao final, a dona do bar fungou baixinho.

— No fim, Nikolai provou que era um homem bom, como eu sempre soube — falou emocionada. — Sentirei falta do meu amigo querido.

Concordando, Beca propôs um brinde à memória do informante que lhe despertou sentimentos tão conflitantes.

— Eu também vou, Velma. Eu também vou.

Depois de beber o último gole do copo, a dona do bar deu um suspiro, espantando a tristeza. Encarou Beca de maneira diferente, como quando costumava tratar de negócios.

— Preciso lhe mostra algo, *chica*. Venha por aqui.

Entraram no quarto que Velma mantinha atrás do balcão. Beca não sabia o que esperar, por isso se manteve perto da porta — uma reação instintiva depois de todas as traições que sofrera. A outra mulher foi remexer suas coisas, ficou revirando caixas por algum tempo até encontrar um cubo de luz. Segurou-o com cuidado, aproximando-se novamente da garota.

— Rato pediu que eu entregasse isso a Lion caso a missão fosse um fracasso — ela começou, meio sem jeito. — Disse que era uma forma de pagar pelos erros que cometeu com vocês.

Beca observou o aparelho sem entender, mas, quando voltou a encarar a dona do bar, deu-se conta de que aquele era um objeto muito importante.

— É o cubo de luz que começou toda essa história, não é? — perguntou, mas já tinha certeza da resposta. — Desde o início, foi o Rato quem o roubou. *No creo*!

A mágoa na voz não pôde ser escondida: ela se lembrou de todas as dificuldades que enfrentou por causa da frustração da Torre em perder a preciosa tecnologia, indignou-se por saber que Rato a enganara mais uma vez. Será que sempre haveria mentiras entre eles, mesmo ele não estando mais ali?

Notando a irritação da garota, Velma se apressou em explicar os motivos do amigo.

— Ele fez aquilo por Irina, precisava do cubo para descobrir sua localização. — Segurou nas mãos de Beca. — Não pense mal dele, por favor.

Se fosse em outro momento, Beca com certeza condenaria o informante, porém tudo havia mudado, e ela realmente não o culpava. Esforçou-se para recuperar a calma e perguntou se Velma sabia que tipo de informações o cubo trazia.

— Nikolai me contou por alto — falou um tanto decepcionada. — Disse que o cubo contém uma longa lista de pessoas sequestradas e também de vários laboratórios. São informações valiosas sobre as quais a Torre vai querer pôr as mãos. Cabe a você e Lion decidirem se devem entregar isso a Emir. Eu não vou me intrometer, só estou atendendo ao pedido do Rato.

Velma estendeu o braço, oferecendo o objeto à garota. Beca chegou a hesitar, mas acabou aceitando. Aquele era o último presente de Rato, seu derradeiro pedido de perdão; além disso, estaria mentindo se dissesse que o cubo não era importante. Com a revelação da Legião, as informações que ele continha se tornavam primordiais.

— Falarei com *mi padre* sobre isso, pode estar certa de que tomaremos a melhor decisão. — Escondeu o presente inesperado no bolso do casaco. — O cubo será de grande valia. *Gracias*, Velma.

Deixou o bar Fênix ao pôr do sol. Despediu-se de Velma com um forte abraço, sentindo que depois daquela conversa as duas compartilhavam um laço mais forte. Percorreu o caminho para casa sem pressa, desfrutando dos efeitos relaxantes do álcool, mas preocupada com o que faria dali em diante. O cubo pesava em seu bolso: um lembrete dos problemas que a acompanhavam. Edu ainda precisaria de muitos cuidados, será que um dia conseguiria ter uma vida normal? Quanto mais tempo passasse na Torre, mais as mãos cobiçosas de Emir se apertariam sobre ele. Por que Edu, uma vítima dos testes inimigos, deveria ser considerado uma ameaça? Nunca imaginou que um dia seria classificada como traidora, alguém que renegava as orientações da Torre, mas começava a simpatizar cada vez mais com a causa dos Falcões.

Subiu as escadarias conhecidas pelas coloridas pichações indecentes, mensagens contra a névoa, desenhos da Torre e dos megaedifícios de outros setores. Aquelas gravuras eram o relato da história da Nova Superfície feito pela gente comum que não fazia ideia da existência de La Bastilla ou dos planos de guerra de Emir. Uma música animada, com ritmo dançante, vinha de um dos apartamentos próximos. Destoava completamente da paisagem triste, mas provava que, enquanto houvesse vida, os homens encontrariam formas de se divertir, de criar. Sorriu de maneira melancólica: momentos simples como aquele provavam que o legionário estava enganado ao chamá-los de selvagens, ao condenar todas as pessoas que viviam dentro do modelo preestabelecido. Ali estava a prova de que eram humanos, de que podiam conviver sem traições, exílios ou extermínios.

Estava tão distraída com sua epifania que quase tropeçou em um homem sentado diante de sua porta. Encolhido, mantinha o rosto escondido entre os joelhos e parecia dormir profundamente. Um casaco surrado e uma touca sintética o protegiam do frio.

Ao vê-lo, Beca prendeu a respiração: pensou imediatamente em Rato, que adorava esperá-la naquele lugar inusitado. O coração acelerou e a esperança de que o informante pudesse estar vivo ali na sua frente encheu-a de ansiedade.

— Ei, *compañero* — Beca chamou com a voz trêmula. — Quero entrar...

O homem se remexeu, acordando. Levantou-se devagar e espanou as roupas puídas, retirou a touca e ajeitou os cabelos arrepiados. O rosto revelado causou grande desapontamento na garota.

— Desculpe, *chica*, só estava tirando um cochilo — o jovem estranho respondeu, gesticulando depressa. Espreguiçou-se uma última vez e partiu, reclamando que nem podia encontrar um lugar sossegado para descansar.

Sozinha em frente à porta de sua casa, Beca sentiu raiva. Lágrimas encheram seus olhos e as mãos se fecharam em punhos.

— Rato, *desgraciado*, por que você morreu? — murmurou.

Aquela decepção serviu como combustível para sua revolta: se deixasse Edu nas mãos de Emir, nada garantia que ele não acabasse como Nikolai. Ela não queria imaginar o irmão transformado em um Sombra, mas a visão foi inevitável. Sentiu um aperto no peito e uma vontade quase insuportável de invadir a Torre e tirá-lo de lá à força. Tinha que fazer algo antes que o perdesse outra vez. A mão buscou o cubo dentro do casaco, apertando-o, e o plano se traçou com clareza. Com aquele trunfo mais a ampola injetável que continha o soro de imunidade à névoa talvez conseguisse propor uma troca. Era um tiro no escuro e um grande risco, mas ela estava disposta a tudo para ter seu irmão de volta.

Digitou o código que destrancava a fechadura eletrônica e entrou em casa. Seu pai a esperava sentado na cadeira que pertencia a Edu. Ao ouvir o barulho da tranca se abrindo, virou-se para encarar a recém-chegada, levantou-se e foi abraçá-la. Desde que ela retornara do véu, aquelas demonstrações de carinho se tornaram comuns, mas Beca demoraria um pouco a se acostumar com a faceta atenciosa do seu velho.

— *Hija*! Recebi a notícia de que você foi liberada faz tempo. Por onde andou?

A garota ignorou a preocupação e foi direto ao ponto:

— Onde está a ampola?

O homenzarrão engoliu as palavras seguintes e adotou uma expressão séria. Passou as mãos nos cabelos volumosos antes de ir até o cofre implantado na parede e retirou de lá o objeto cilíndrico. O líquido escuro sacudia no vidro transparente.

— Você ainda não me falou para que isso serve — falou, entregando a ampola à filha.

Ela estremeceu ao tocar na superfície gelada e relembrar de tudo pelo que passou no laboratório dos Sombras. A face de Legião revelando a verdade voltou à sua mente como uma assombração. Respirou fundo.

— É o soro que torna os legionários imunes ao véu.

Lion arregalou os olhos e soltou uma sequência de palavrões, mas Beca não esperou que se recuperasse daquele abalo nem se mostrou solidária com sua expressão descrente.

— Eu menti quando disse a Emir que não sabia nada sobre a tal imunidade à névoa. Não podemos mais confiar na Torre —

seu tom era frio e decidido. — Tinha certeza de que essa informação seria vantajosa e agora sei como poderemos usá-la: vamos trocar o soro pelo Edu.

A segurança com que Beca revelou seu plano deixou Lion sem fala. Ele piscou algumas vezes e coçou a barba com nervosismo, então começou a andar de um lado para o outro.

— Isso é muito arriscado! — finalmente encontrou as palavras. — Mesmo que esse soro seja verdadeiro, Emir pode nos trapacear, ficar com a ampola e o Edu.

Beca entendia o receio do pai: se caíssem em uma nova traição da Torre, teriam destroçadas todas as chances de recuperar Edu. No entanto, recusava-se a desistir. Seu irmão voltaria para casa.

— Eu sei ser persuasiva. Se Rato conseguiu convencê-lo uma vez, eu também posso — ela insistiu; nada abalaria sua resolução. — Emir já se mostrou um mau-caráter diversas vezes, mas nunca desrespeitou um acordo. Além disso, tenho uma carta na manga que vai facilitar as negociações.

Retirou das vestes o cubo de luz. Não precisou explicar sua origem, o pai deduziu na hora.

— *Puta madre*! — Abriu os braços, exasperado. Depois de recuperar o controle, refletiu melhor sobre a proposta da filha. — O cubo e o soro serão ótimas moedas de troca. É a cura para a névoa, e mais os segredos dos Sombras, pelos céus! Talvez seu plano dê certo, *hija*. Talvez possamos mesmo tirar Edu da Torre!

Com um olhar decidido, ela meneou a cabeça. "Faço isso por você também, Nikolai", pensou no informante e em seu sacrifício para manter a promessa de salvá-la junto com Edu.

— Marcarei o encontro então — Lion avisou, aproximando-se do computador para enviar uma mensagem. — Espero que sua lábia esteja tão afiada quanto a de Rato.

A garota sentiu um aperto no peito, mas forçou um sorriso. Fez sinal de sentido, imitando o gesto com que Rato costumava provocar seu pai.

— Pode deixar, *jefe*! Não vou decepcioná-lo.

A troca aconteceu dez dias depois, tempo suficiente para que Edu estivesse apto a deixar os cuidados médicos. No heliponto da Torre, os dois grupos se encaravam com desconfiança: Emir e seus soldados escoltavam Eduardo enquanto Beca e Lion traziam o pacote que guardava o cubo e a ampola com o soro. Aproximaram-se devagar, analisando os arredores e preparados para qualquer tipo de resistência. Quando todos se convenceram de que o acordo era para valer, de que a troca iria acontecer sem contratempos, foram direto aos negócios.

— Como combinado, aqui está Eduardo. — Emir trouxe o garoto à sua frente, cuidando para que não se esforçasse demais. — Ele ainda está em recuperação, deveria continuar com nossos médicos, mas entendo a pressa de vocês. Não vou mais fazer objeções quanto a isso.

— Nós cuidaremos bem dele, não se preocupe — Lion garantiu sem tirar os olhos do filho, que o encarava com emoção genuína. Era a primeira vez em quase dois meses, um sob o véu e outro dentro das paredes da Torre, que ele via seus familiares.

— Se percebermos um mínimo sinal de que ele está perdendo o controle, iremos intervir, não importa o acordo de hoje. — Emir estreitou os olhos.

— Não será necessário — falou Beca, e deu um passo à frente, entregando o cubo e o soro ao líder. Conteve-se para não abraçar o irmão como tanto desejava. — Edu ficará bem, eu garanto.

Emir a encarou com um olhar indiferente e depois voltou sua atenção para o pacote. Abriu-o e fitou os dois objetos preciosos.

— Se estiverem mentindo, se este soro não anular as nanomáquinas que a névoa carrega, haverá retaliação, Rebeca. Posso garantir que vão se arrepender — a ameaça soou cortante como uma navalha.

— Eu não tenho medo, Emir — ela mentiu, mas não pareceria fraca na frente dele. — Depois de enfrentar aquele homem da Legião, sei que uma rixa entre mim e você é o menor dos nossos problemas. Espero mesmo que tenha sorte com o soro, que consiga desvendar a cura para a névoa. Nosso futuro depende disso e a Torre cuida dele, não é isso que as transmissões dizem todos os dias?

Não pôde escapar de fazer aquela ironia. Imaginou que Rato, Gonzalo e Bug ficariam orgulhosos em vê-la desafiar o homem mais importante da Nova Superfície. Emir estreitou os olhos.

— Sim, é isso que fazemos, protegemos nosso território de qualquer tipo de ameaça. Lembre-se disso, Rebeca. Você não está livre de nós, não enquanto viver na Zona da Torre.

Ele deu as costas à garota e se dirigiu à saída do heliponto. Levava o cubo e a ampola colados ao peito, ninguém fora de seu círculo de confiança colocaria as mãos neles.

Beca pensou em responder, mas sua atenção logo foi desviada pela fala emocionada de Edu. Com passos desajeitados, ele se aproximou dela e estendeu a mão para que ela tocasse.

— *Por Dios*, pensei que nunca mais veria vocês — a rouquidão saída da garganta dele assustava, mas era bom ouvi-lo novamente.

Quase ao mesmo tempo, ela e seu pai avançaram sobre o garoto trêmulo, envolvendo-o num caloroso abraço de boas-vindas, felizes demais com a chance daquele recomeço. Beca sabia que a Torre nunca a deixaria em paz de verdade, que sua família seria observada atentamente e qualquer deslize se tornaria motivo para o retorno de Edu à prisão. Entretanto, não pensaria nos problemas ainda, não quando tinha a chance de dar um beijo estalado na bochecha do irmão.

— Você nunca mais vai ficar longe de mim, *hermano*. — Passou a mão por sua cabeça, sentindo os cabelos curtos espetarem.

— Que tal irmos para casa e nos encontrarmos com seu computador? Você não vai acreditar no que Lion fez com ele na sua ausência.

Os olhos do garoto se arregalaram de pavor.

— *Ay, no*! Diga que Angélica está bem! Não acredito que vou ter que formatá-la no meu primeiro dia em casa!

O comentário fez pai e filha gargalharem, tinham esquecido o apelido incomum que Edu colocara em sua máquina favorita. O entusiasmo acabou contagiando também o garoto, que se deu conta de que a fala da irmã não passava de uma provocação. Deu risadas tímidas, como se tivesse esquecido o modo certo de sorrir, mas foi recuperando o jeito e mostrou os dentes brancos.

— Beca, dá um tempo! Acabei de voltar!

Subiram no helicóptero ainda em meio a risos e comentários sarcásticos para amenizar o clima. Beca sabia que aquele bom momento não duraria muito, mas, mesmo com todas as dificuldades que a aguardavam, permitiu-se desfrutar daquele breve período de otimismo.

TRANSMISSÃO 24.504

Ano 54 depois do véu.
Você ouve agora Emir, direto da Torre.

Este é um chamado de guerra. Escutem todos, escutem com atenção. A guerra é inevitável, teremos nossa vingança contra aqueles que nos tiraram os lares, os sonhos e a esperança: Legião, grupo terrorista que, em sua insanidade, envenenou o planeta e matou bilhões. Faz quase um ano que soubemos de sua existência e de La Bastilla, seu lar. Faz quase um ano que o peso do que sei me atormenta, mas agora o povo da Nova Superfície enfim sabe a triste verdade que nos foi ocultada. Peço perdão por ter guardado esse fato por tanto tempo, mas era extremamente necessário.

Esperamos pelo momento certo, aguardamos que nossas pesquisas e esforços dessem frutos. Hoje, posso dizer com entusiasmo que a espera terminou, que chegou a hora de nos movermos, de agirmos em vez de nos defendermos. A Torre não perdoa.

Este é um chamado de guerra, preparem-se para derramar o sangue de nossos inimigos. Toda pessoa que quiser lutar será bem-vinda, precisamos de braços fortes dispostos a bater e apanhar. As gangues serão perdoadas, os exilados serão realocados. Todos que quiserem dar sua vida pela causa da Torre serão aceitos, não diferenciaremos ninguém. Somos todos um só, agora, movidos por um único desejo.

Este é um chamado de guerra. Venham para a Torre e se armem, transformaremos La Bastilla num inferno.

QUEBRANDO O LOOP

UM CONTO ANTES DE A TORRE ACIMA DO VÉU

Bug era o tédio em pessoa. Contemplava saltar da varanda do saguão do megaedifício Del Valle, não aguentava mais escutar o debate dos seus colegas do Sindicato, sentados em uma rodinha. Eram todos alterados, dois saltadores e dois combatentes, e discutiam ardentemente qual habilidade era a melhor. Os gritos exaltados, gerados pelas tentativas de cada lado em puxar brasa para a própria sardinha, faziam a cabeça da garota latejar. Ela ainda sofria da ressaca da bebedeira da noite anterior. Se tivesse um cachimbo de marihu para fumar já o teria feito, mas estava de bolsos vazios e bastante frustrada por não poder comprar mais.

É claro que podia pedir uma dose para Richie, seu líder, como adiantamento do pagamento mensal do Sindicato, mas não achava justo atrapalhar os negócios da gangue, que se mantinha pela distribuição de drogas — embora ultimamente o foco começasse a mudar para uma área sem muita concorrência. Richie estava cada vez mais seguro de que era por meio da busca de relíquias religiosas que eles consolidariam o domínio do bloco Boca e talvez de todo o Setor 4. Bug ainda não entendia as motivações do líder, mas aprendera que ele sempre arranjava um jeito de se dar bem. Era por isso que os membros do Sindicato o admiravam tanto.

Sem aguentar mais os berros dos alterados, ela decidiu que precisava arranjar algum trabalho extra para garantir a *marihu* que apaziguaria sua dor de cabeça. Os serviços de um teleportador eram sempre requisitados na Zona da Torre, conseguir um trabalhinho ainda naquela manhã não seria tão difícil assim. Por sorte, Richie não costumava se importar que pegassem um extra à toa de vez em quando, ainda mais quando o grupo estava em um momento de calmaria.

— Ei, *cabrones*, calem a boca um pouquinho — ela elevou a voz e subiu no parapeito da varanda. — Vocês estão sabendo de algum trampo para teleportadores? Preciso fumar ou vou enlouquecer!

Os rapazes pararam de brigar e observaram a garota, que batia os pés com impaciência. Um dos combatentes coçou a cabeça de cabelos arrepiados, pensativo.

— Acho que vi alguma coisa na rede. Um chamado no Setor 2.

O Setor 2 estava bem fora da sua área de atuação, tanto é que só tinha ido lá por duas vezes. Apesar disso, achou o lugar tão melhor preservado do que o Setor 4 que passou a nutrir uma antipatia inconsciente por seus moradores. Os lambe-botas da Torre sempre tinham regalias.

— Ah, eu não quero trabalhar pra um bando de frouxos, *hijos de puta*! — Ela puxou os cabelos vermelhos, inconformada. — Você não sabe de outra oferta?

O jovem negou com um aceno e deu de ombros, voltando sua atenção para a conversa sobre os poderes. Bug bufou irritada. Aqueles moleques só sabiam discutir bobagens.

— Vocês estão perdendo tempo com essa idiotice. Todos da Zona da Torre sabem que os teleportadores são os melhores!

Antes que eles pudessem discordar, ela lhes mostrou o dedo do meio e se jogou do parapeito, sorrindo ao sentir o vento no rosto e a gravidade puxá-la para baixo. Seus olhos se fixaram na névoa que se aproximava perigosamente. Um dia conheceria os mistérios lá debaixo. Era o seu maior sonho. Teleportou no momento exato em que seria engolida pelo véu, reaparecendo no andar abaixo daquele em que seus colegas ainda gritavam. Eles já estavam mais do que acostumados com as saídas dramáticas de Bug, por isso nem ligaram quando ela se atirou.

— *Canallas*! — Ela tirou a poeira das vestes surradas e se dirigiu para a sala técnica, onde o Sindicato mantinha um computador ligado à rede da Zona da Torre.

Quando chegou lá, surpreendeu-se ao encontrar Richie conversando com Pascal, o principal hacker da gangue e o encarregado de cuidar dos equipamentos preciosos. O líder do Sindicato apontava para um mapa na tela trincada do computador, empolgado com alguma coisa. A conversa morreu na mesma hora em que Bug entrou. Os dois homens se viraram para observá-la, e ela sentiu que chegara em um momento ruim.

— Foi mal — falou sem graça. — Eu só queria verificar um trampo no Setor 2. Posso voltar outra hora.

Ela já estava dando meia-volta quando sentiu Richie se aproximar e segurar seu braço.

— Espera. Você disse Setor 2? — Os olhos dele brilhavam com interesse. — Pascal, dá uma olhada nesse serviço aí que a Bug tá interessada.

O hacker se virou imediatamente para o computador e começou a digitar. A luz do monitor iluminava o rosto completamente tatuado com uma caveira.

— Aqui está. Não tem detalhes do trampo, só diz que o encontro será no bar Fênix.

Richie abriu um sorriso e meneou a cabeça.

— Essa sua vontade de trabalhar não podia ter vindo em melhor hora, Bug.

— É sério? — Ela estava incrédula.

— Sim. Pode ir ao bar, aproveita o passeio no Setor 2. Só quero que dê uma paradinha em um lugar para mim. Combinado?

Ela recebeu as coordenadas do local que deveria visitar e praticamente foi empurrada para fora da sala. Richie parecia bastante ansioso para que chegasse logo ao outro setor. A vontade de fumar *marihu* foi momentaneamente esquecida por sua curiosidade com o serviço de Richie. Teleportou-se pelos andares até chegar à ponte que a levaria ao ME Magallanes. Chegando ao heliponto, respirou fundo o ar gelado daquela manhã. Mesmo sendo uma teleportadora, a viagem até o Setor 2 era bem cansativa, por isso decidiu pegar uma carona. Com uma lufada de vento, ela desapareceu e foi parar no trem de pouso de um helicóptero que havia acabado de decolar. Agarrada à barra de metal, ela ficou a observar os prédios da Zona da Torre até que seus olhos ardessem com o vento frio. Quando chegou ao Setor 2, teleportou antes que a aeronave pousasse e iniciou sua procura pelo tal bar Fênix. Nunca tinha visitado o lugar, mas já esperava que seria mais limpo do que as espeluncas que frequentava no bloco Boca.

Quando Velma viu a garota de cabelos vermelhos e roupas surradas entrar em seu bar, desconfiou na hora de que ela não era do Setor 2. Os olhos arregalados diante da mesa de sinuca e da caixa de som que tocava uma música latina bastante conhecida foram os indícios seguintes. O terceiro indicativo, mais discreto, foi como ela se manteve alerta a qualquer movimento, como se esperasse um conflito a todo instante. Após analisar atentamente o bar, a jovem se empertigou e, com passos rápidos, chegou até o balcão e encarou a dona do bar.

— *Hola*. Estou aqui por causa do serviço de teleportador. — Ela tamborilou os dedos compridos na madeira gasta. — Sabe qual é? Falo com quem?

Velma apenas apontou com queixo uma mesa no canto do bar, onde um homem de sobretudo preto e cara de poucos amigos conversava com um rapaz jovem e descontraído.

— Você tem um concorrente. Talvez já tenha perdido a vaga.

A garota franziu o cenho e praticamente correu até os outros dois. Reconhecendo o clima de hostilidade no ar, Velma começou a guardar as garrafas de vidro atrás do balcão. Era melhor ser precavida, ainda mais quando um grupo como aquele decidia fazer entrevistas de emprego bem no seu bar.

— Ei, *compañero*. — Bug apoiou as duas mãos na mesa sem ligar para a conversa que estava interrompendo. — Estou aqui para a vaga de teleportador. Sou a melhor que você vai encontrar, vai por mim. Esse otário não tem nem chance.

O jovem levantou uma sobrancelha para Bug, nem um pouco impressionado, e olhou para o homem mais velho, esse sim com uma expressão levemente irritada no rosto carrancudo.

— Olha, a gente já acertou tudo, *sí*? Vou indo. Se você preferir essa maluca aí, me avisa.

Ele colocou as mãos no bolso do casaco, deu uma piscadela para Bug, que mantinha o cenho franzido, e foi embora do bar assoviando de maneira descontraída. Aproveitando a deixa, a garota tomou o seu lugar na cadeira e encarou o empregador, que parecia cada vez mais incomodado com sua presença. O homem devia estar na casa dos vinte e poucos anos, tinha cabelos ondulados e a pele marrom. Sua expressão ficou ainda mais severa quando Bug começou a falar.

— Eu já sei o que você vai dizer, mas me dá uma chance. — Ela abriu um sorriso confiante. — Sou boa mesmo.

— Você é muito cara de pau, viu? — Ele cruzou os braços se afastando da mesa. — Eu já ouvi todos os candidatos que precisava. Além disso, não quero uma viciada em *marihu* trabalhando para mim.

Os dentes esverdeados eram um sinal claro do uso da droga, e Bug, sem ter como negar a constatação do homem, imediatamente comprimiu os lábios. Mesmo assim, decidiu insistir.

— Fique sabendo que eu não fumo faz três dias. — Uma verdadeira eternidade na opinião de Bug. — E aposto que aquele *puto* que acabou de sair daqui não é capaz de fazer o que faço, sóbrio ou não...

Então, ela começou a teleportar pelo bar. Primeiro, para o pavor de Velma, apareceu em cima da mesa de sinuca, atrapalhando o jogo em andamento. Logo em seguida, sentada no balcão do bar com uma garrafa na mão. Aumentou a velocidade de suas aparições, de pé em cada mesa do salão e dançando ao lado da caixa de som, que repetia a mesma música desde que havia chegado. O empregador ergueu uma das grossas sobrancelhas, ligeiramente impressionado com a demonstração. Um teleportador comum jamais conseguiria fazer tantas viagens em tão pouco tempo sem demonstrar cansaço, mesmo que fossem distâncias próximas. No entanto, aquela garota maluca não tinha nem uma gota de suor na testa. Na verdade, parecia que estava no meio de uma grande brincadeira e que tinha energia para muito mais.

Até mesmo os outros clientes do bar ficaram espantados. As conversas morreram e todos passaram a observar Bug pular de um canto para o outro, cada vez mais rápido. No fim, ela reapareceu na cadeira à frente do homem mal-encarado. Seu sorriso de dentes esverdeados era ainda maior do que antes, sem-vergonha.

— E aí? Me dá uma chance?

O homem esfregou os olhos cansados e deu de ombros. Tinha passado a manhã inteira entrevistando teleportadores e nenhum se mostrou tão talentoso como aquela garota estranha. Sem acreditar que tinha que lidar com aquele tipo de gente, ele se aproximou mais dela e começou a sussurrar as instruções em seu ouvido. Bug ouviu tudo com bastante atenção, meneando a cabeça. Tinha que recolher uma carga que estava sendo protegida por outros interessados em um prédio do próprio Setor 2. Um roubo, então. Ela podia fazer isso. Gravou as coordenadas do prédio na mente e alargou o sorriso.

— Tranquilo, *jefe*. Te entrego essa parada hoje mesmo. A gente se reencontra aqui?

O homem franziu o cenho, incomodado com a confiança exagerada da garota.

— Esse é apenas um teste pro serviço de verdade. Se conseguir me trazer o pacote, você vai ganhar outra missão mais importante. Como pagamento dessa, que tal uma sacola cheia de *marihu*? — Os olhos da garota se arregalaram e o empregador sorriu com desprezo. — Mas lembre-se de que você tem um concorrente. Não vou cancelar o trato com aquele teleportador que saiu ainda há pouco, e ele já está na sua frente. Será mesmo que vai conseguir ganhar dele?

Ao saber que podia perder sua chance, Bug se levantou da cadeira em um salto.

— É claro que consigo! — Estendeu a mão para o empregador, fechando o negócio com um aperto apressado. — Qual seu nome, *jefe*? Gosto de saber pra quem estou trabalhando.

— Armando. Agora vá logo, antes que eu me arrependa de te dar essa chance.

Ela sumiu com um sopro de vento, deixando o homem sozinho. Ele massageou as têmporas e pediu mais um copo de bebida à dona do bar. A garota nem tentava disfarçar que não pertencia ao Setor 2, será que era maluca de verdade ou só inconsequente? Será que ela pertencia a uma gangue? Qual seria? No fim deu de ombros, não podia desperdiçar um talento daquele. Se ela conseguisse trazer o pacote primeiro, teria a sua chance para realizar a missão principal. Seu próprio chefe ficaria uma fera, mas Armando aprendera que algumas missões exigiam métodos pouco ortodoxos. Que vencesse o melhor.

Como não conhecia tão bem a região, Bug precisou perguntar a alguns moradores como chegar ao prédio indicado por Armando. Perdeu minutos preciosos, mas mesmo assim chegou confiante ao local da missão. Era um arranha-céu menor que não pertencia a nenhum bloco do setor. A proximidade com a névoa não intimidava a garota, pelo contrário, o risco a deixava ainda mais animada para encontrar o tal pacote. Desceu pela cobertura, procurando a escada de emergência que a levaria até o andar indicado. Só contava com uma pistola enferrujada que costumava travar, mas desde que entrara para o Sindicato suas habilidades tinham sido mais do que o suficiente para que escapasse de problemas.

O prédio tinha um forte cheiro de mofo, mas Bug nem ligou. Comparado ao cheiro de merda que tomava o bloco Boca, até que não era tão ruim assim. Claramente o local não era habitado: depois de descer três andares, a garota ainda não havia encontrado viva alma. Nem mesmo o seu concorrente havia dado as caras, de modo que sua única preocupação era ter chegado tarde demais. Não gostava nem de pensar naquela triste possibilidade.

Já estava no andar onde o pacote deveria ser roubado quando ouviu tiros ecoarem pelo corredor. Agachou-se de imediato, pronta para teleportar caso homens armados aparecessem. No entanto, ninguém veio enfrentá-la e o tiroteio distante pareceu acabar. Com cautela, ela se levantou e empurrou devagar a porta dupla ao final do corredor.

O salão do outro lado era bem amplo, mas parcamente iluminado. Não havia janelas ali e a única fonte de luz vinha de um púlpito envidraçado que guardava um pacote de formato quadrilátero. Bug entrou devagar, sem saber o que esperar. Ao lado do púlpito, havia um corpo caído, talvez daquele teleportador cheio de si. Ela deu uma risadinha e se agachou. Não sabia de onde as balas vinham e não se arriscaria teleportando direto para o pacote, algo que outro idiota devia ter feito.

Esperou os olhos se acostumarem com a penumbra e aos poucos foi identificando várias cadeiras enfileiradas com estofamento esburacado e assentos entortados. O salão tinha o piso inclinado para baixo, como um anfiteatro. Atrás do púlpito havia uma grande tela cinzenta, repleta de manchas e buracos. Bug coçou a cabeça se perguntando o que as pessoas faziam sentadas ali. Será que algo era transmitido naquela tela? Mais um dos mistérios do velho mundo que ela sentia raiva por não conseguir desvendar.

Antes que Bug traçasse um plano de ação, a mesma porta pela qual entrara se abriu novamente, revelando um rosto conhecido. Ali estava o teleportador concorrente, usando óculos de visão noturna e com a mesma expressão de confiança com a qual deixara o bar Fênix.

"Espera. Então quem é aquele infeliz morto lá embaixo?" A garota coçou a cabeça, já imaginando que Armando tinha acertado aquele teste com mais teleportadores do que revelara. Antes que seu concorrente a visse, ela se teleportou para trás de uma fileira de cadeiras, deixando que ele adentrasse no salão crente de que era o único por ali. Bem, pelo menos o único vivo... Além disso, por que se arriscaria para descobrir onde estavam os atiradores se poderia deixar aquele otário fazer todo o trabalho sujo?

O teleportador podia ser confiante, mas não era afoito como o morto sobre o púlpito. Ele teleportou para o meio do salão, sentando-se em uma das cadeiras. Bug teve sérias dificuldades em encontrar sua silhueta, só o avistou quando ele já tinha acendido um palito luminoso verde. No mesmo instante, os tiros recomeçaram. A garota se abaixou de maneira instintiva, mas relaxou logo ao perceber que não era o alvo. Pôde, então, observar o teleportador, que havia mudado de lugar novamente. Onde estivera sentado, só havia a luz verde sobre uma cadeira repleta de balas.

"Ele está tentando localizar os atiradores." Bug mordiscou o lábio quando viu o concorrente acender mais um palito e repetir o processo algumas vezes. Era um cara esperto, isso ela admitia. Então, os olhos da garota se focaram no púlpito. Se aquele vidro tivesse uma tranca, quem quer que tentasse abri-lo perderia um tempo precioso e levaria uma saraivada de balas antes de apanhar o pacote. Como seu concorrente lidaria com aquilo mesmo descobrindo de onde vinham os tiros?

Como se lesse sua mente, o rapaz apareceu ao lado do morto, tocando de leve no vidro. Ele aproveitou que as balas ainda miravam uma cadeira iluminada, mas não ficou muito tempo perto do púlpito. Como a jovem desconfiava, havia uma trava ali e o vidro não pôde ser levantado. Antes que os atiradores ajustassem o alvo, o teleportador sumiu na escuridão.

Mais uma vez, ele acendeu um palito e os tiros o acompanharam. Bug franziu o cenho. Nenhum soldado seria burro de continuar atirando no nada enquanto o teleportador reaparecia no púlpito.

"São drones!"

A garota se teleportou para uma fileira mais à frente, conseguindo uma visão melhor do púlpito. Já estava ficando inquieta de só observar o outro agir. Foi quando percebeu que o rapaz havia deixado algo grudado ao vidro, uma espécie de goma. Arregalou os olhos, curiosa: aquilo não podia ser um explosivo, senão danificaria o pacote. Então... qual era o plano?

Não demorou muito para que o vidro começasse a trincar. Bug não sabia quais equipamentos aquele cara tinha, mas claramente ele não era um zé-ninguém como ela. Percebendo que logo perderia sua chance de roubar a carga, ela se sentiu impelida a improvisar. Sem pensar muito, teleportou até onde o primeiro palito verde continuava a brilhar. Os olhos varreram o salão com velocidade, até encontrarem o vulto de seu concorrente.

Depois de tudo o que tinha visto, seu melhor palpite era de que os drones reagiam não só à luz como também a movimentos. Se eles estivessem focados no teleportador, ela teria uma janela para quebrar o vidro trincado e pegar o pacote primeiro.

— Hora do show — murmurou, abrindo seu sorriso mais lunático.

Aquilo era como saltar rumo à névoa. Era como se sentia viva.

Apareceu ao lado do rapaz com uma lufada de ar, acertando um soco naquele rosto convencido antes mesmo que ele pudesse reagir. Sua vantagem durou pouco: ele revidou em seguida com um golpe igual ao que recebera, mas Bug não se importou em ficar com a bochecha inchada. Todo o seu foco foi prender o palito luminoso nas costas dele para logo depois cair fora.

— Acho melhor se esconder — disse, desaparecendo em seguida.

O teleportador só teve tempo de praguejar antes que a saraivada de tiros dos drones começasse. Entretanto, ele era hábil e teleportou com rapidez, evitando ser atingido. Suas mãos procuravam com insistência o alvo grudado no meio das costas.

Enquanto isso, Bug apareceu ao lado do púlpito, usou a coronha da pistola para quebrar de vez o vidro de proteção rachado e apanhou o pacote com uma expressão vitoriosa. Imaginou que conseguiria sair dali sem mais problemas, mas o seu concorrente não estava disposto a aceitar a derrota. Ele trouxe os tiros para o palco, aparecendo ao lado de Bug e agarrando o braço que segurava o objeto bem na hora que ela pensou em sumir.

Iniciou-se então uma briga inusitada. Os teleportadores começaram a aparecer em todos os cantos da sala. O garoto passou a segurar Bug com firmeza pela cintura, enquanto ela se debatia tentando atingi-lo com socos e chutes. Os tiros dos drones os acompanhavam de maneira errática, sem conseguirem realmente mirar, já que os dois não paravam por muito tempo no mesmo lugar. Enquanto estivessem se tocando, continuariam a teleportar juntos, por isso Bug se esforçava ao máximo para se livrar do aperto dolorido do outro.

Ela teria atirado, se a maldita pistola não tivesse travado como sempre. Também tentou acertar os óculos do adversário, mas ele segurou seu punho fechado e praticamente imobilizou seus dois braços. Por isso, em uma última cartada, Bug abriu a boca e mordeu com toda a força a mão que agarrava seu pulso. Com um grito surpreso, o teleportador foi obrigado a soltá-la. Aquela abertura foi o suficiente para que a garota conseguisse chutá-lo no estômago, desvencilhando-se por completo dele. Com os lábios pintados de vermelho, ela abriu um sorriso sanguinário e vencedor.

— *Hasta la vista*!

Bug teleportou direto para o corredor, fora da sala, abandonando os tiros e seu concorrente com a mão sangrando. De uma coisa tinha certeza: uma vez livre, nunca seria alcançada. Iniciou uma sequência de saltos para ganhar distância e depois teleportou para o prédio vizinho. Só foi parar com a fuga alucinada quando seu fôlego já estava nas últimas, a vários arranha-céus de distância. Finalmente com a certeza de que estava segura, a jovem foi observar o pacote que ainda trazia nas mãos. Era uma caixa metálica um tanto enferrujada e com uma tranca simples. Ela girou a trava, curiosa para ver qual seria o conteúdo que lutou tanto para roubar.

Franziu o cenho ao encontrar só uma simples correntinha, com uma daquelas plaquinhas de identificação usadas pelos exércitos antigos. Aquele safado do Armando arriscou a vida de três teleportadores por um pedaço de lixo! Emburrada, ela fechou a caixa novamente e limpou o sangue que já secava em sua boca. Ainda tinha um bom tempo até o prazo da entrega do item, então decidiu fazer seu contratante esperar um pouco. Era o mínimo que ele merecia por ser um grande *hijo de puta*.

— Hora de buscar o que o Richie me pediu.

Depois de descansar um pouco, Bug foi até o bloco Liberdade, ainda no Setor 2. Lá, encontrou-se com uma mulher de cabelos arrepiados, olhos cansados e sem os dentes da frente. Ela observava o movimento do corredor sentada em uma cadeira de balanço enferrujada. Naquele andar, havia vários apartamentos com luzes vermelhas pregadas na porta. O movimento não era tão intenso àquela hora, mas alguns homens podiam ser vistos procurando diversão. Bug não se surpreendeu ao perceber que Richie havia esquecido de mencionar que o local daquele encontro era uma Zona Vermelha.

— *Hola* — disse a garota, parando diante da mulher, que tentou ignorá-la após notar a cara ainda manchada de sangue e com vários hematomas da luta contra o teleportador. Resolveu insistir. — *Hola*!

— Está perdida, *chica*? — a mulher finalmente falou. — A enfermaria fica no bloco Carrasco. Não aqui.

Bug não ligou para aquele comentário.

— Vim aqui buscar uma encomenda. Richie me mandou.

Ao ouvir o nome do líder do Sindicato, a expressão entediada da mulher mudou completamente. Levantou-se da cadeira nervosa e apressada.

— Por que não falou antes? Eu já vou buscar o que ele pediu. — Ela entrou correndo no apartamento e não demorou muito a voltar com um *microcard*. — Aqui está a localização do alvo dele. Diga para o seu *jefe* que minha dívida está paga.

Bug aceitou o objeto, guardando-o no bolso.

— Isso quem decide é ele, não você. *Adiós*.

Curiosa, Bug se perguntou que alvo era esse que Richie queria localizar. Nos últimos tempos, ele estava com uma fixação tão grande em religião que ela não duvidava que desenterrasse um santor ou coisa parecida dos escombros dos megaedifícios. Deu de ombros, não cabia a ela tentar entender seu chefe, era só um trabalho. Enquanto ele mantivesse os membros do Sindicato seguros e com comida no estômago, ela faria tudo o que lhe fosse pedido.

Já estava pensando em retornar ao bar Fênix quando esbarrou em alguém. Levantou a cabeça para reclamar, mas suas palavras morreram nos lábios ao reconhecer o teleportador concorrente. Os olhos dele brilhavam de satisfação e desejo de vingança.

— Você devia ter ido direto entregar o pacote.

Antes que Bug pudesse pensar em uma resposta, ela sentiu um choque violento. Olhou para baixo bem a tempo de ver o *taser* grudado em seu estômago. Caiu de joelhos, paralisada, enquanto seu concorrente apanhava a caixa metálica que ela acabou largando no chão. Depois disso, sua visão escureceu, e ela só foi acordar meia hora depois, com uma baita dor de cabeça e levando chutes leves e desconfiados de dois soldados da Torre.

— Seu lugar não é aqui. Cai fora — um deles declarou em tom ameaçador.

Quando se deu conta do que havia acontecido, Bug simplesmente desapareceu com um sopro de vento. O seu único foco era chegar ao bar Fênix o mais depressa possível. Ao surgir de pé sobre a mesa de sinuca, causou um verdadeiro estardalhaço. Ignorou os gritos dos jogadores e buscou a mesa onde Armando se sentara no último encontro. Encontrou-a vazia e praguejou, teleportando até lá somente para dar um soco na madeira.

— *Maldición*! *Carajo*!

— Ei, controla essa boca suja e essas mãozinhas pesadas! — A dona do bar se aproximou com uma espingarda na mão e cara de poucos amigos.

Bug não tinha medo da arma, mas controlou sua raiva. Precisava de respostas.

— O cara que estava aqui recrutando teleportadores, você sabe pra onde ele foi?

Velma soltou um suspiro pesado, abaixou a arma e tocou no ombro da garota, demonstrando apoio.

— *Chica*, esqueça essa história. Você perdeu a vaga. Vai pra casa que é melhor.

Ainda inconformada, Bug soltou mais uma sequência de palavrões. Tinha levado a melhor no roubo, tinha sido superior em tudo, mas por um descuido mínimo perdera a chance de refazer seu estoque de *marihu*. Estava tão frustrada que se desvencilhou do toque da dona do bar com um leve empurrão e desapareceu sem deixar rastro.

Velma fez uma careta de desgosto e passou um pano na mesa que acabara de ser esmurrada.

— Teleportadores... Por que são todos tão *locos*?

Quando Bug retornou ao bloco Boca, ainda se sentia agitada pelo fiasco da missão. A dor de cabeça leve havia se tornado uma baita enxaqueca e só lhe restava amargar a derrota sóbria. Esperava pelo menos conseguir dormir, por isso foi direto falar com Richie para encerrar de vez todos os seus compromissos. Quando entrou no apartamento e entregou o *microcard* para o líder da gangue, não conseguiu se sentir satisfeita nem mesmo com os elogios dele.

— O que tá rolando, Bug? — Richie percebeu que a mente da teleportadora estava longe. — Por que essa cara de enterro?

Bug não estava com a mínima paciência para contar sobre seu fracasso, mas, quando Richie fazia uma pergunta, era bom responder com a verdade. Todos do Sindicato sabiam daquilo. Engolindo a frustração, ela relatou sua aventura contra o outro teleportador e a promessa do tal Armando de arranjar um trabalho ainda melhor se obtivesse sucesso no primeiro.

— Perdi o maior estoque de *marihu* da minha vida! *Puta madre*!

Richie ficou pensativo por um tempo, como se remoesse alguma coisa que Bug relatara.

— No final foi melhor assim, vai por mim. Sabe a tal corrente que você achou na caixa? Só gente da Torre usa isso no Setor 2. Você provavelmente faria um trampo pra eles se tivesse conseguido entregar o pacote.

Bug ficou chocada. Arregalou os olhos ao se lembrar da simples *dog tag* na caixa. Nunca imaginou que Armando pudesse trabalhar para a Torre.

— *No jodas*! Eles não têm capachos do Setor 1 para fazer o serviço sujo? Por que estavam recrutando gente de fora? — Fez uma careta deixando seu desgosto evidente. — Se eu soubesse que aquele *cagón* era da Torre, teria cuspido na cara dele!

Richie riu da reação dela, dando tapinhas consoladores em seu ombro.

— A hora desses *putos* vai chegar, Bug. E posso te garantir que esse *microcard* aqui é muito mais importante do que qualquer porcaria que a Torre esteja procurando.

Sentindo novamente a curiosidade aguçar, Bug coçou a cabeça enquanto olhava para o *card* nas mãos do líder do Sindicato. Sabia que não era seu lugar perguntar quem ou o que Richie tanto procurava, mas nunca fora conhecida por sua sensatez.

— Afinal, o que tem aí? A *vieja* da Zona Vermelha só me falou que era a localização do alvo e que a dívida dela tava paga.

— Angie fala demais. — Richie deu uma risada, nem um pouco chateado com a língua solta da velha. — Estou procurando uma pessoa, mas meu alvo não é esse homem, e sim o que ele possui.

— E o que seria isso? — Bug não conseguiu se controlar.

— Um livro que estou muito ansioso para ler. — Richie deu uma piscadela, fazendo mistério. — Agora vá descansar, Bug. Você teve um dia cheio.

A expulsão velada fez a garota engolir suas outras perguntas. Deixou Richie com uma sensação de frustração diferente daquela com que o encontrou. No fim, desistiu de ir dormir e retornou ao andar inferior, onde seus colegas alterados estavam entretidos em um disputado jogo da discórdia. Sem cumprimentar ninguém, ela voltou ao parapeito e se deitou nele. Parecia que nada havia mudado nas horas em que esteve fora. Olhou para as profundezas do hall, mirando a parede cinzenta do véu. Será que um dia as coisas mudariam de verdade? Ou viveriam eternamente naquele loop de rivalidade e perdas? Esperava mesmo que o tal livro de Richie fosse importante.

Enquanto os demais alterados gritavam e vibravam com o jogo, a névoa pareceu chamá-la. Deslizou do parapeito sem estardalhaço, amando o vento em seu rosto e imaginando se dessa vez deveria se deixar levar, atravessar o véu e finalmente ver o que havia lá embaixo. A cada metro percorrido seu coração acelerava mais e os olhos arregalados ardiam. Deveria quebrar o loop?

No fim, se teleportou de volta e soltou um suspiro entediado.

AGRADECIMENTOS

A torre acima do véu é um livro muito importante para mim. Foi ele quem me abriu portas no início da carreira e me proporcionou momentos inesquecíveis em Bienais e outros eventos. Por isso, fiquei extremamente feliz em poder relançá-lo em uma editora tão especial como a HarperCollins, com ilustrações novas, assinadas pela incrível Joana Fraga, um texto reeditado e um conto inédito sobre nossa teleportadora favorita: a Bug.

Tenho que agradecer à minha agente, Taissa Reis, pelo esforço em encontrar uma nova casa para *A torre* e também a todo o pessoal da agência Três Pontos. Aos profissionais da Harper, obrigada por acreditarem nessa história e a acolherem com entusiasmo e dedicação para entregar o melhor livro possível para os leitores. Por fim, minha imensa gratidão à minha família pelo apoio constante. Sem vocês, este livro não existiria!

Agradeço imensamente pela leitura!

Este livro foi impresso pela Eskenazi, em 2023, para a
HarperCollins Brasil. O papel do miolo é pólen natural 80g/m²,
e o da capa é cartão 250g/m².